VINLAND

ヴィンランド

ジョージ・マッカイ・ブラウン 著

山田 修 訳

鳥影社

VINLAND
by
George Mackay Brown

First published in the English language by Hodder & Stoughton Limited.
Japanese translation rights arranged with Hodder & Stoughton Limited, London, through Tuttle-Mori Agency, Inc., Tokyo

ジョージ・マッカイ・ブラウン
（1985 年 8 月、訳者写す）

スリンダー・プンジャ*へ

*ストラムネスの著者をよく訪ねてきて、買物など手伝っていたインド人の若者

目次

登場人物

主人公およびその家族

ラナルド・シグムンドソン　この小説の主人公。前半はヴィンランドやノルウェーへ行ったり、クロンターフの戦いに参戦したり、波乱に富んだ生活を送る。後半は母方の祖父の農地を継いでひとかどの農場主となる。**ラグナ**と結婚し、五人の子をもうける。

シグムンド・ファイアマウス　ラナルドの父親。スノーグース号を持ち、貿易に携わる。アイスランドからグリーンランドへ行く途中船が難破し、溺死する。

ソーラ　ラナルドの母親。ブレックネス農場主**ソルケルド**の娘。

スマルリッド　ラナルドの長男。妻**リヴ**との間にふたりの息子がいる。

ソルヴェイグ　長女。男勝りで農事をこなす。独身。

インゲルス　次女。**ラミール・オーラフソン**と結婚し、六人の子をもうける。

エインホーフ　次男。修道院の授業や農事には精を出さないが、物まねがうまく、旅芸人の仲間となり、その後オークニー伯ソルフィン付きの詩人**アルノル**として戻ってくる。

マーガレット　三女。ラグナに可愛がられるが、若くして亡くなる。

オークニー伯とその家族

シグルド　ノルウェー王オーラフ一世によってキリスト教に改宗させられ、いっしょに連れていた息子フンドを王に預けることになる。クロンターフの戦いで戦死する。

フンド　シグルド伯の息子。フンドは愛称。ノルウェーではみんなから可愛がられたが、体が弱く、若くしてノルウェーの地で亡くなる。

スマルリッド　シグルド伯の息子。温和で礼儀正しい。シグルドの死後、ブルースとオークニーを共同統治するが、早くに病死する。

ブルース　シグルド伯の息子。妻は**ヒルデ**。シグルドの死後、スマルリッドとオークニーを共同統治、スマルリッド亡き後はエイナルと共同統治、エイナルが殺された後はソルフィンと共同統治。温和で領民から好かれるが、亡くなる。

エイナル　シグルド伯の四番目の息子。「口ゆがみのエイナル」といわれている。怒ったりすると、口がゆがむからだ。領民から好かれず、農場主ソルケルに殺される。

ソルフィン　シグルド伯の母違いの末子。頭髪は黒く、醜男《ぶおとこ》である。母親はマルコム二世の娘で、母方の祖父からケイスネス、サザランドを受け継ぐ。甥ログンヴァルドの焼き討ちから妻**インギビョルグ**を抱えて抜け出し、その後その仕返しをして、オークニー一帯をひとり統治する。

ログンヴァルド　ブルースの息子。ノルウェーに預けられ、マグヌース王とは子ども時代から親友。父ブルースの後を引き継ぐが、叔父ソルフィン伯と争い、殺される。

エイスネ　シグルドの母親。アイルランドの魔女。それを持っていれば必ず勝つというワタリガラスの刺繍《ししゅう》を施した旗をシグルドのために織る。

クロンターフの戦い（一〇一四年四月二三日）

ブライアン・ボルーアイルランド大王側は、大王の養子**ケルス**、大王の兄弟**ウルフ**、マン島のヴァイキングの兄弟**オスパーク**。大王はこの戦いで亡くなる。

反ブライアン・ボルー側は、ダブリン王**シグトリッグ**、オークニー伯**シグルド**、マン島のヴァイキングの兄弟**ブロディル**。

その他

レイヴ・エリクソン　ヴィンランドへ行ったウェストシーカー号の船長。

ホーコン・トリーマン　ラナルドをグリーランドからベルゲン経由でオークニーに連れ帰ったラクソニー号の船長。

フィヨルド・エルクソン　ウェストシーカー号、ラクソニー号でラナルドと共にしたノルウェー人の船乗り。若いころ女のことで相手を刺殺し、ノルウェーを永久追放の処分を受ける。ラクソニー号を最後に引き継ぐが、嵐でベルゲンの沖合で沈み、溺死する。

スケイルのソルケル・アムンドソン　農場主。エイナル伯の統治に不満を持ち、宴会でエイナル伯をなぐり殺す。それ以来、ラナルドは彼に距離を置く。ソーフィン伯と近い関係。

ピーター　ウォーベス修道院の院長。

オークニー諸島
N
(パパ・ウェストリー)パピー
(ノース・ロナルドシー)
リナンシー
ウェストリー
ウェストリー海峡
サンディー
ラウシー
エディー
アインハロー
ブロッホ・オブ・
バーシー
エギルシー
パパ・ストロンシー
ウェストネス
アインハロー海峡
ワイア
ストロンシー
イーヴィー
フロッシー
(メインランド)
バーシー
スケイル湾
グリーネイ・ヒル
ティングヴォー
(ティングウォール)
ゲアシー
サンドウィック
ドゥンビー
レンダル
シャピンシー
ハリー
ハリー湖
ワイド湾
フィンズタウン
イエスナビー
(カークウォール)
カークヴォー
ステンネス湖
ブレックネス
ケアストン
ウォーベス
(ストラムネス)
ストラムナヴォー
スコラデール
ワード・ヒル
オーファー
ディアネス
ホイ海峡
グレイムシー
ケイム
ハウトン
コピンシー
スキャパ湾
ラックウィック
バリー
ファラ
ホ　イ
北　海
大
西
洋
サウス
ウォールズ
サウス・ロナルドシー
オズマンドヴォー
オズマンドウォール
(カークホープ)
シェトランド諸島
ペントランド海峡
オークニー
諸島
ダネット岬
ストローマ
ジョン・ノ・グローツ
ケイスネス
サーソー
スコットランド本土

(　　)内は現在使われている名。

第一章　ヴィンランド

一

オークニー諸島のハムナヴォーという村に、ひとりの少年が住んでいた。少年の名前はラナルドといった。ラナルドの父親はスノーグース号という小さな船を持っていた。ラナルドの父親――名はシグムンド・ファイアマウス――は土地やそれに関するもの、例えば鋤《すき》とか馬とか納屋といったものを好まなかった。シグムンド・ファイアマウスは海で風に帆を合わせて調節しながら、荷物やときには乗客を乗せてあちこちの港へ行くときは、とても楽しかった。

ラナルドの父親がファイアマウスという名がつけられたのは、誰かなり何かに彼がまごつき不快な思いをすると、彼から激しいことばが出てくるからだった。その時は、突然かっとなり、叫び、拳でテーブルをたたくのだった。妻のソーラでさえ彼に具合の悪いことばを言うことを恐れた。

父親が不機嫌な時、例えば彼の積荷が船に無事積まれたが、逆風で出帆できないときは、いつでも少年ラナルドは真っ青になり震えた。

ときどきスノーグース号は塩漬けの魚や燻製《くんせい》の鳥の荷をのせて、リースとかベリック（トゥイード川の河口に位置するスコットランドとイングランドの国境の町、ベリック・アポン・トゥイード。現在はイングランド領だが、当時はスコットランド領）のようなスコットランドの港へ出かけた。一度グリムズビー（イングランド東部ハンバー川河口の近くにある港町）まで行ったことがある。

だが、たいていはノルウェーやデンマークといった東のほうで、木材の荷を大量に積んで帰ってくるのだった。オークニーには木材が少なく、取り立てて言うほどの樹木は無かったからだ。島の人びとは石造より木造の家を好んだ。

初夏のある日、シグムンド・ファイアマウスは錨《いかり》を下ろした湾より戻ってきた。しごく機嫌がよかった。積荷も順調にいき、船乗りたちは出発したがっていた。順風であった。

「次の潮で出発だ」とシグムンドは妻にいった。「今まで行ったことのないところ、グリーンランドへ、穀物とスコットランドの木材を積んでいくのだ」

「グリーンランド、すてきな場所のようですね」ラナルドの母親はいった。

「グリーンランドと呼ばれるのは、この世で一番肥沃で楽しい場所だからだ」とシグムンドはいった。「グリーンランドには、ほんのごく最近人が住むようになった。いろいろな家族が北部のいたるところから集まっている。特にアイスランドの人たちが。そう、お前は何を期待する！——アイスランドの人びとは常に氷河や強風の中で生活している。このグリーンランドの航海を楽しみにしている」

「そんなに肥沃で緑に恵まれているのでしたら、どうして穀物や木材の積荷が必要なのですか」とソーラはいった。

シグムンドは顔を真っ赤にして、拳で食卓をたたいた。「お前が何を知っているというのだ」彼は叫んだ。「余計な口出しをするな」

いつものように、彼の怒りはすぐに収まった。ポリッジを食べ終え、エールを飲み終えたときまでには、また穏やかな気分になっていた。

彼は戸口に行き、人差し指をなめ、差し出した。そう、南からのそよ風はまだ吹いていた。そして雲の様子から、まもなく風が強くなることは分かっていた。グリーンランドへはおそらくずっと順風で、少し東寄りの風が吹くだろう。

彼は息子にいった。「なあ、お前はいくつになった」

「一二になるところです」とラナルドは答えた。

「それなら自分で何をやるか、まもなく決めなければなるまい。ほかの子どもたちといっしょに修道士の長椅子に座って、いつまでも読み書きを学んでいるわけにはいくまい」

ラナルドも何もいわなかった。口を開くのが怖かった。海が嫌いなのだ。小さな手こぎボートでさえ不安になり、うろたえるのであった。

母親はテーブルでパン生地をこねていた。夕食に食べるパンだろう。母親は手を止め、心配そうに父親から息子へ視線を移した。

シグムンドは続けた。「もちろん読み書き・そろばんを学ぶことは、スノーグース号を引き受けてからも大いに役立つだろう。わしはいつまでもできない。わしはこの前の冬、船に乗っている間、雨と嵐の中にずっといたので、リューマチが悪くなった。たぶん三、四年たてば、お前にスノーグース号を任せることになるだろう」

「そうならないわ」と、鉄板に生地の塊をのせながら、妻は静かにいった。

「お前、何か言ったか」船長はいった。「それとも火の中の泥炭の灰のつぶやきか」

「ラナルドは船乗りにならないわ」ソーラはいった。「息子のラナルドは次の春、耕作時にお祖父《じい》さんの農場に働きに行くのよ。お祖父さんには息子はなく、娘だけ五人で、わたしはその長女なの。老人はラナルドが自分を継いで、ブレックネスの土地を耕すことを期待しているわ。ブレックネスの一切をラナルドが相続するの。だから、雄牛に軛《くびき》をつける頃には息子はブレックネスへ行くの。そのようにして、耕作時から始めて、一年を通して麦の刈り取りや取入れまで、農業の各段階を学ぶのだわ」

普段ソーラはおとなしい女だった。自分のいうべきことをわきまえて、怒りが爆発する前にことばを途切れることなく繰り出した。

でも船長シグムンドは自分がしゃべる時になり、静かにいった。「さあ、朝の出帆の用意をしなさい……」

二

オークニーを出て最初の日、フェア島とシェトランドのサンバラの間で、ラナルドは船酔いで気分が悪くなった。

しかしアンスト島を過ぎると、いつの間にか船と海を楽しんでいた。

五人の船乗りは、少年を船に乗せてよかったと思った。

父親のシグムンドは何もいわなかった。彼は日差しと雨の中、舵《かじ》のところに座り、ときどき手をかざして北のほうを見た。

夜になると、みんなキャンバスの日よけの下に体を伸ばして眠った。ただ、交代でふたり見張りについた。

灰色の海と何も見えない地平線がつづく三昼夜が過ぎた。

ある朝、西のほうに厚い霧が垂れ込め、丸い峰が突き出ていた。

「あれはフェロー諸島だ」と船乗りのルンドが、捕らえた魚を切り裂いて、船体に打ち寄せる冷たい緑の波で洗いながらいった。魚を串にさして、船の中央の小さな火にかけた。

料理するサバの匂いで、ラナルドは大変空腹を覚えた。スノーグース号が出帆して以来、ほとんど食べ物を口にしていなかったからだ。

今、彼は他の仲間とたらふく食べた。

食事中船長のシグムンドは、船乗りのひとりが見張り中眠ったことを責めた。クラックという船乗りが答える前に、シグムンドはその船乗りの顔を激しくなぐり、クラックは鼻血を出した。

その後の食事は、みな黙って食べた。

強い南風のためコースが幾分ずれたので、シグムンドは機嫌が悪いように思えた。

それからシグムンドは息子にいった。「お前はずっと何もしないでいた。お前が食べる分の魚を食べてもいいよ。明日は何か仕事をしろ、魚を釣るか、グリゴルが帆を操るのを手伝え」

クラックはまだ鼻血が出ていたけれど、魚の骨を何とかきれいにしゃぶることができた。

その夜、クラックは舵のところにいるホワルという別の船乗りのそばで見張りをした。

ラナルドは眠り半ばで、クラックがいうのを聞いた。「わけもなくおれをなぐるなんて、船長を殺してやりたいよ」

「それは船にとってもクルーにとっても不運なこと」とホワルはいった。「シグムンドは厳しいが、いい船長だ」

「あいつを喜んで殺したいが、息子のラナルドはおれたちにとっちゃ喜ばしい存在だからな」クラックはいった。「鼻の骨が折れていると思う」

「本当に前より曲がっているように思える」とホワルはいった。

それからラナルドは眠った。

目を覚ますとすぐ、ホワルの叫び声を聞いた。「おーい、陸地だ！　雪におおわれた山だ！　アイスランドだ！」

三

一日の大半は、レイキャビクの港で、スノーグース号の積荷の一部を下ろすので忙しかった。

商人たちはシグムンドと取引にやって来た。長時間しつこくしゃべりまくった。ついにラナルドは彼らの細い計算高い目や、袋や金袋に触れる指にうんざりして、ほえている犬や詮索好きな女たちのグループや、彼を指さしあざける子どもたちのあたりをほっつき歩いた。

ぶらつきながら、燃えている山や氷におおわれた山や、穀物のない野原に驚きの目を見張った。アイスランドは低い緑の島々のオークニーとかなり違っていた。

湾では、とても大きな船が出航の準備をしているのを目にした。船乗りたちは背の高いハンサムな男に、仕事の指図をされていた。その男は指図するのに自分の父親のように叫ぶことはなかった。それどころか船乗りたちは大変陽気に仕事をこなし、帆や食料を積み込んでいた。何人かは歌ってさえいた。

船はウェストシーカー号といった。

ウェストシーカー号の船長は岸にいる少年に気がつき、愛想よく挨拶をした。「アイスランドは初めてかい」と彼はいった。「ようこそ。わたしの名はレイヴ・エリクソン、グリーンランド出身だ。ここアイスランドでこの大きな船を買った。わたしらのすることは、できるだけ西へ行くことだ。日の出に出発する」

自分の父親シグムンド・ファイアマウスも船を持っており、グリーンランドへ行くところだが、風のためコースが幾分それてしまい、ここアイスランドで父親は売買や交換をしているのだ、とラナルドはいった。スノーグース号とその乗組員は、西へ行く前に一日か二日休息の予定だ。

「どの船が先にグリーンランドに着くか見てみたい、スノーグース号かウェストシーカー号か」

レイヴ・エリクソンはいった。

ウェストシーカー号の乗組員たちは今、エールのたるや塩漬けのクジラ肉の箱や、オーブンから出したばかりのまだ温かいパンを船にのせていた。

ラナルドは遠くから叫び声を聞いた。父親の声だとわかった。走って波止場地区へ行った。

父親の顔は溶鉱炉のように怒り狂っていた。アイスランドの商人たちは自分らの品物を荷造りして、毛深い小さな馬にのせていた。スノーグース号の船乗りたちはみんな船尾に立ってあらぬ方を見て、青ざめた顔をしていた。

ラナルドは父親のところへ行った。

すると、父親は彼に何度も何度も往復びんたをくらわし、ついに少年の顔は燃えているミツバチの群れのように騒然と音を立てていた。しかし、シグムンドはクラックの鼻骨を折った握り拳ではなく、平手でラナルドを打った。

「ふらふら歩いて消えてなくなるようにと誰がいったか!」シグムンドは叫んだ。「分かっているのか、この島には泥棒やごろつきがうじゃうじゃいるのを。アイスランド人がお前にけがをさせたら、オークニーの母さんに何と言ったらいいか。答えてみろ。この波止場地区にいて、船主と商人との間で商いがどのように行われているか、見てもらいたかったのだ。いやむしろ――今日のように――商人によってはどんなならず者がいるか、直接見て……」

父親は少年を突き放して、船のほうを見た。「お前たちは何のためにそこに立っているのか、ぐうたらめ」と彼は叫んだ。「穀物の袋をすべて船倉に入れておけ。すぐにグリーンランドに行くぞ」

船尾にかたまっていた船乗りたちは散った。ゆっくりと黙って荷を積み入れた。仲間内でぶつぶつ文句をいった。時折、誰かが怒りをくすぶらせている船長を密かに見た。船長は桟橋の先に拳を震わせてひとり立っていた。

日は沈んだ。一番星がきらめいた。

スノーグース号の船乗りたちは、次から次へと毛布にもぐりこんだ。その夜は、軽口も歌もなかった。

明け方、レイヴ・エリクソンのウェストシーカー号は海に出た。アイスランドがもはや見えなくなると、レイヴは朝食の招集をかけた。

コックのウルフがピッチャーを満たすためエールのたるを傾けていたとき、人の動きとせきを耳にした。なんとエールのたるの間には、密航者の少年ラナルド・シグムンドソンが顔を青くして、寒さで震えているのが見られた。

四

レイヴ・エリクソンは、少年が乗船しているのはよい兆しと受け取った。

「おれたちはみな黒や赤や金色のあごひげを生やしている、そのあごひげもじきに薄く灰色になるだろう。そうすりゃ、死は間近い。このオークニーからの若者は、おれたちの航海は楽しい陽気な結果になるという印さ……」

レイヴはラナルドを船乗りの間に迎え入れ、みんな彼が好きになり、食べ物や快適さの点で不自由することがないように取り計らった。

ウェストシーカー号はスノーグース号よりも楽しい船だ、とラナルドは思った。船員たちはレイヴ・エリクソンが好きで、尊敬もした。みんなそれぞれの問題を彼に持ち込んだ——サイコロ賭博のいさかいや通りすがりの鳥の名とか、ノルウェー王の正確な系譜とか——そしてみんなレイヴの意見をいつも受け入れた。

夜は夕食後、火を囲んでみんなで歌をうたった。いつも寝る前、世界の果てには、今まで船が行ったことのない西には、何があるのか言い合ったものだ。

「大蛇の横腹にぶつかると思う」大工のトロッドはいった。「すると、大蛇は怒っておれたちに襲いかかり、一呑《ひとのみ》にするだろう」

船乗りたちがそれを聞いて笑うと、トロッドは怒った。

「大蛇の喉に船もろとものみこまれりゃ、そんな大笑いはしないだろう」とトロッドはいった。

「大蛇って何」とラナルドは聞いた。

トロッドはまじめに、でも小声で、その大蛇は全世界に巻き付いている大きな竜で、大地と海をともに支配している、とラナルドにいった。船乗りたちはもうダイスを振っており、ひとりは少し酔って、大声で歌っていた。

レイヴ・エリクソンは舵のところにいて、何もいわなかった。

翌朝、船は荒海に突入し、雨は横なぐり、泡は飛び散った。その時、ラナルドは大波を楽しんでいるのに気がついた。船の左右に飛ばされながら、あかとり皿を使って海水を海に捨てていた。

午後、強風は和らぎ、ウルフというコックは火を起こし、食事を作った。しかし、船乗りたちはスープや肉は塩辛すぎると文句をいい、帆と索具を管理しているスヴァーリという船乗りは気に入らず、かじりかけの肉の骨をウルフに投げつけた。

ウルフはのどで低くうなり、スヴァーリにとびかかりたい気持だった。

しかし、大波のてっぺんから船に入り込んだ波しぶきのため、食べ物は塩がききすぎているのだ、とレイヴはいった。

その夜、みんなは航海の終わりに何を目にするか、もう一度話し合いを始めた。

「おれが目にするのは」と年かさのノルウェー人フィヨルドはいった。「大海が永遠に流れ込む巨大な激流だ、ごうごうと音を立てている大滝だ。この地の果ての滝がウェストシーカー号をとらえて、おれたちはみんな永遠の世界に放り込まれるだろう」

トロッドは目を丸くし、口をぽかんと開けた。

「怖がることは何もないよ」フィヨルドはいった。「顔を青くするようなことは何もない、トロッド。箱型ベッドで歯無しの老人としてやせ衰えていくよりはましだよ。おれがこの航海に参加した理由として、他に何があると思う」

縫帆工のスヴァーリは皮肉っぽく笑った。「もしそうなら」と彼はいった。「もし大海が西のはずれの岩棚を越えて、巨大な奔流や滝となって注ぐのなら、海はなぜ空《から》にならないんだ。海水はみんなどこから来るんだ」

フィヨルドはそれに答えることができなかった。はじめ困ったような顔をし、そして賢そうで我慢強そうに見えるようにつとめた。それから銀色のあごひげを揺すって黙り込んだ。

海の才があるというばかりでなく、歌がうまく古代詩の朗唱にもたけているということで、この航海に参加した船乗りがひとりいた。アルドという名だった。結局、アルドは詩人としてまずまずと考えられた。彼は概して他の船乗りより傾けるエールの杯数は少なかったけれど、ほぼ毎晩、夕食のときは酔っていた。

今はほろ酔い寸前で、アルドは水の神秘について即興の歌を歌い始めた。水はさまざまな美しい形をとる、雨のしずく、小さい池、流れ、井戸、川、湖、雪片に心を奪われた人、露、沼の水、大海……

そのとき、詩人アルドの舌がしどろもどろになり、エールの角杯が手から音を立てて転げ落ち、前に倒れた。もし何人かの船乗りが彼を引っぱり出して、海用毛布を掛けてやらなければ、火の中に鼻から突っ込んでいただろう。

レイヴ・エリクソンは航海の終わりに、何を目にするかはわからないといった。

「だがまず、グリーンランドに寄らなければならない」とレイヴはいった。「このノルウェーの木材とタールを持っておやじの農場にな。グリーンランドでは、船や家屋用の木材が大いに不足している。おれたちはグリーンランドの親類から大いに歓迎されるだろう」

ラナルドは、これはおかしいと思った。自分の父親は、グリーンランドは森林の多い肥えた場所だといわなかったか。

そのとき、みんなが寝る時間だった、舵取りや見張りは別として。

明け方、ラナルドはスヴァーリの叫び声で目を覚ました、スヴァーリはその夜、見張りだった。船乗りたちはそれぞれ動き出し、あくびをして、毛布をはいだ。

朝の薄明りの中に、海に浮いている板切れや帆にからまったマスト、たるや折れたオールが見られた。

「あの嵐で、グリーンランド行きの、ある船が事故にあったように思える」とレイヴ・エリクソンはいった。

こういったとき、レイヴはラナルドを見なかった。

折れて曲がった木片が漂い過ぎていき、その上に彫られたスノーグース号という文字をラナルドは見た。それは船首の一部だった。

ウェストシーカー号の人びとは壊れた船の木切れを集めたが、文字の彫ってある木片は流されるままにしておいた。

その時ラナルドは、父やスノーグース号の船乗りたちは全員溺死してしまった、と理解した。

彼は体の中に、両手や口が震えるほどの悲しみのうごめきを感じた。

「泣いたほうがいいよ」詩人のアルドはいった。「そうすりゃ、気持ちが晴れるよ。ときどき泣くことはいいことだ」

「いいえ」とラナルドは答えた。「泣くのは女や子どもだけです。おれは今おとなで、船乗りです」

五

レイヴ・エリクソンはグリーンランドでの用事を全て片づけ、自分の農場や漁船について指示を出し、ウェストシーカー号に最良の食料を積み終わると、友人や家族に別れを告げた。

ラナルドはグリーンランドの人たちから、多くのプレゼントをもらった。人びとは彼の東方のことばや訛《なま》りにとても引きつけられた。彼らの多くはこんな若者が未知の世界にそんなに奥深くいくべきではないと考えた。

ラナルドはこんな思いやりのある人びとのところに、できるものなら居たいと思ったろう。

しかし、レイヴはいった。「あいつには海の血が流れている。休息することはほとんどないだろう」

それで、ウェストシーカー号は、船体を傾けてタールを塗ってから、進水した。南東の順風で、西方に快調に滑り出した。

ある夜、見張りが大きな雷鳴のような、ぶつかるような音を聞いた。「前方に岩礁!」と彼は叫んだ。全員目を覚ました。前方で騒音が大きくなった——揺れる混沌《こんとん》とした海水。

年配のノルウェー人フィヨルドは、世界の果ての奔流に近づいているのだといった。大工のトロッドはしごく震え、歯をがたがたいわせた。「大蛇がおれたちを、朝食に呑み込もうとしているのだ」

そのとき、海のとどろきが小さくなった。レイヴ・エリクソンは恐れるものは何もないといった、北上するクジラの群れだ。

確かに夜明けの光で、北の地平線上にいくつかの弱々しい噴水を見た。クジラは流氷の間に餌場を求めていた。

風は三日間西に変わり、船はゆっくりと進んだ。

「ワタリガラスがおれたちを助けてくれるかどうか見てみよう」とレイヴはいった。ウェストシーカー号の船上の枝編みのかごにワタリガラスを一羽飼っていて、餌をほとんど与えていなかった。

今レイヴがかごの戸を開けると、ワタリガラスはレイヴの指を振りちぎるようにして、マストの上に飛び上がった。時折止まり、常に広がる地平線を見回してから、灰色の大気の中を突き進んだ。さらに高く上り、ラナルドには羽ばたく一点しか見えなくなったとき、そこにしばらくとどまっているように見えた。それから突然矢のように西に飛び去り、ついに雲間に消えた。

「これはいい兆しだ」とレイヴ・エリクソンはいった。「鳥は西方に虫や木の実の匂いを嗅ぎつけたのだ」

それは船乗りたちに元気を与えた。

風はおさまり、青い海の上を動かず漂っていた。みんなオールを出して、こぎ座でリズミカルに体を前後に動かして歌いながら、西に向かって熱心にこいだ。

「カラスのほうが歌はうまい」詩人アルドがいった。「それにそれは悪い歌だ。さらに遠くにいくなら、その遠くの浜で、おれは適した詩を作ろう、ベルゲンの王の宮廷で歌われるのにふさわしい歌を」

コックのウルフは鉄鍋を火にかけてスープを作った。時折、こぎ手はふたりずつオールを引き上げて、火のそばで魚のスープをすすった。

あたかも北方の氷が全宇宙を魅了したかのように、相変わらず静けさが海に立ち込めていた。みんなはあの静かな夜の星座のこんな輝きを、見たことがなかった。

ある朝のちょうど日の出のころ、船乗りたちが寝ぼけ眼でぶつぶついいながら、オール受けにオールを入れているとき、レイヴ・エリクソンはいった。「静かにしてくれ、みんな！　よく聞いてくれ！」

船は静まり返った。聞こえるのは船体に軽く打ち寄せる波ばかり。

そのとき明け方によく起こるように、風が少し出てきて、また静かになった。

「前方に陸地がある」と船長はいった。

こぎ手たちの顔が西のほうを向いた。地平線には何も見えなかった。

今やオールこぎたちはぶつぶつ言い始めた。彼らの肩は痛かった！　ふくらはぎはこむら返りを起こしていた！　彼らは自由な船乗り、帆と風の友であって、この塩の製造所で、ぶつぶつ言いながら過ごす運命にある奴隷ではなかった。

しかし、ノルウェー人のフィヨルドは愚か者になるな、とみんなにいった。レイヴ・エリクソンはオオカミのような鋭い耳を持っているのだ。

その朝遅く、ラナルドは船尾のこぎ座にすわっていると、隠れた砂州の上で小競り合いをして騒ぐ海鳥の群れを見た。その騒ぎが収まると、はるか西のほうに、ため息のような、か細い切れ切れのつぶやきを聞いた。

一時間後のお昼時、レイヴ・エリクソンはウェストシーカー号のへさきの位置からとものほうへ突然歩いて行った。トロッドのけだるい手から舵取りオールを取った。トロッドは舵手《だしゅ》兼見張りだった。レイヴ・エリクソンは空いている手の人差し指で前方を指さした。

もう一度オールこぎたちは西方に顔を向けた。地平線沿いに低い岬が浮かんでみえた。

みんな喜びの声を上げた。海が大きなハープであるかのようにオールに身をのせた。ウェストシーカー号は突き進んだ。

その午後遅く、竜骨は砂に触れた。レイヴ・エリクソンは浜に真っ先に飛び下りた。ひざまずいて、新しい陸地にキスをした。

それからひとりひとり、船乗りたちは笑いながら、水の中を歩いて浜に上がった。

ラナルドは最後に上がった。

まず船乗りたちは船を固定した。それから岩の間で火をどんどんたき、コックのウルフはクジラの肉の塊を串につるし、スープを作るために塩漬けのウサギと羊の肉を鉄の鍋に入れた。

スヴァーリはエールのたるの栓を抜かずに、飢えた手で蓋をはぎ取った。「先月から飲物としては、塩しか口にしてなかったと思うから」とスヴァーリはいった。

それで船乗りたちは砂の上の草地で腹一杯飲み食いした。

「さあ、アルドが航海についての詩を朗唱する番だ」とウルフはいった。

しかし、アルドは酔っぱらって満潮時水位点に横たわっていて、一頭のアザラシがじっと彼を眺めていた。

「詩人を砂地の上にもっと引き上げろ」とフィヨルドはいった。「満潮が彼の口を永遠にふさぐ前に……」

レイヴ・エリクソンはあまり飲みもしないし食べもしなかった。大きな岩に寄りかかって座り、一枚の羊皮紙の上におおざっぱな海岸の地図を描き、木炭で印をいくつかつけた。

時々レイヴは立ち上がって、低い小さい丘に歩いていき、目をゆっくりと泳がせて風景を見た。

ラナルドは酔った人たちを恐れ、船長レイヴから離れなかった。

「結構だ」とレイヴはいった。「清水の泉がいくつかある。森林が豊かだ。魚や鳥やシカに不足することはない。あすこ、それにあすこ、さらにあすこに、家を建てることができる」

それから彼はいった。「あの馬鹿者どもは午前中、あまり働けないだろう」

レイヴはラナルドにいった。「春にはグリーンランドに戻らなければならない。女や馬や羊なしでここに定住はできない……この新発見の土地は、グリーンランドよりもはるかに有望だとおれには思える……おれたち一族は何世帯にわたってここに生活し、繁栄すると思う」

それからレイヴは火のところに戻り、みんなに夜は船に戻るように命じた。

「この場所に人が住んでいないと思う。わしは目にしなかった。でも、森の住民がいるかもしれない。はっきりしたことが分かるまで、船で寝たほうがよい」

船乗りたちは不平を言ったが、何とか順々に立ち上がり、砂浜をおぼつかない足取りで進み、浅瀬の水を跳ね返しながら、船に何とか乗り込むか、船に引き上げてもらった。

詩人アルドをふたり掛りで船に乗せた。

「おい」とレイヴはラナルドにいった。「眠る時間だ」

ラナルドはなかなか寝つかれなかった。その日の出来事を繰り返し思い浮かべた。この土地はなんというのか。またオークニーを見られるだろうか。カラスはみんなを許して、戻ってくるだろうか。

彼は眠れなかった。寝袋の中は暑かった。まわりは酔っていびきだらけだった。レイヴ・エリクソンは操舵席《そうだせき》に大の字になって眠っていた。

その夜の見張りはラナルドだけだった。

へさきに歩いていき、暗がりの浜を見渡した。

日が落ちて一時間経った。

ラナルドは浜辺に動くものを見た。動物だろうか。目がすぐに暗闇になれた。それは犬やイノシシにしては丈がありすぎた。ひとりの少年だった！

その少年は長い間立って、船を見つめていた。

星を背景にしたラナルドの影を見たようだった。

少年は手のひらをこちらに向けて手を挙げた。挨拶だ。

ラナルドは海越しに少年に挨拶をするために、両手を差し出した。

すると少年は鳥のように片手をバタバタさせて、向きを変え、岩と砂丘の間に消えた。

六

翌朝ラナルドが目を覚ますと、全員がウェストシーカー号の舷側から身を乗り出して、浜のほうをじっと見つめていた。

ラナルドも起きだして見た。

浜には二〇人くらいの男たちがいて、その中に昨夜ラナルドに挨拶した少年がいた。

事態がどうなるのか、今、船上では長々と議論されていた。

浜の男たちの中には、槍《やり》と弓で武装しているものがいた。

男たちの髪は黒い直毛で、目は黒い石のようで、大方の顔は黄や赤や白に彩られていた。首長と思われる男は、髪に鳥の羽根をさしていた。

「あの男の祖母《ばあ》さまは鳥だったに違いない」とウルフはいった。

だが、誰もそれを笑おうとはしなかった。

乗組員たちは武装して叫びながら上陸するべきだ、とスヴァーリは考えた。「おれたちの斧《おの》や剣は連中の木製の武器より優れているから、連中をすぐ片づけられるだろう」と彼はいった。

しかし、レイヴ・エリクソンはまだしばらく待つようにいった。連中を皆殺しにして、どんな利益があるというか。森に集落があるに違いない、おれたちが得るものは森の種族の敵意であろう、とレイヴはいった。

レイヴがそういった後、浜の住民の首長は部下たちに合図をした、すると槍や矢を持った連中は、岩の間にそれらを置いた。

「これはいい兆しだと思う」とレイヴはいった。

その時首長は頭をそらし、大きな鳥の鳴き声のような長々とした叫び声を上げた。その叫び声は砂丘や海の間にこだまし続けた。

「これはとても美しい音色だ」とアルドはいった。

「首長の殺し屋たちにナイフを持ってくるようにという合図だ」とウルフはいった。「武器から手を離すな」

しばらくして、彩られた顔をし、タカのような鼻をし、石炭のような目をした他の男たちが浜に現れ、何か詰め込んだかごを持ってきた。

レイヴは目がよく見えるので、かごにはサケやシカのもも肉や幾房もの小さな果実が入っているのに気がついた。

「もう、明らかなことだ」とレイヴはいった。「連中は平和の申し出をしたいのだ。さあ、上陸しよう。連中に何をやろうか。角杯を持っていけ、首長には細工をした銀のへりの付いた角杯を。何袋かのエールと一個か二個ヤギのチーズを持っていけ」

それからレイヴは海中に入り、浜まで歩き始めると、他のものもあとについてきた。ラナルドは最後だった。

詩人のアルドは船を離れるのを嫌がった。

「われわれの贈り物をぬらすなよ」とレイヴはいった。ふたりの船乗りがエールの皮袋、ヤギのチーズと角杯を運んでいた。

「斧《おの》から手を離すな。そのほうが大事だ」とウルフはいった。

レイヴ・エリクソンと彩色した人びとの首長は、潮目線で会った。ふたりは厳粛な面持ちで挨拶をした。首長は顔の前で両手を組んでお辞儀をした。

それから首長が合図をすると、かごを運んできた若者たちは、それをレイヴの足元に置いた。するとレイヴは贈り物を持っている者に合図をした。あまり儀式張らずに、エールの角杯、エールの入った皮袋、チーズを首長の足元に投げ出すように置いた。

首長はふくれたエールの皮袋を持ち上げて揺すった。それをどう取り扱ってよいか彼は戸惑った。それでレイヴは皮袋の口を開け、頭をそらし、口を開けたエールの皮袋をしぼって、エールを口に流し込むやり方を教えた。首長は口を開け、皮袋をしぼった。すると初めのうちは嫌な表情を示したが、しばらくするとにこりとし、それから突然笑い出した。岩の上に勢いよく水が流れ落ちるような声音だった。

そのあと、首長はエールの皮袋をそばに立っている若者に渡すと、彼も飲んで、笑った。そして皮袋は口から口へと回され、空になった。

それから首長はレイヴと部下たちに贈り物を受け取るように指示した。

レイヴは小さな果実を一つ取り、口に入れた。かむと甘かった。「ブドウだ」と彼はいった。

しかし、ノルウェー人のフィヨルドは、それは不可能だといった――遥か北ではブドウは栽培されなかった。

今では森の人々は四つ目五つ目のエールの皮袋を開け、意に介さず飲み始めていた。

ひとりの若者は砂の上で跳ね回り始めた。

「エールは連中にとって初めてだと思う」とレイヴはいった。

もう森の人びとはみんな笑っており、中には頭を振り回すものもいた。

前夜ラナルドが挨拶した少年でさえ、エールの皮袋で口を湿らせていた。少年は今、ラナルドが海辺に立っているところへやって来た。少年は海水を両手ですくって、笑いながらラナルドに投げつけた。

ラナルドは少年の顔へ海水を蹴りつけた。

そしてふたりは笑って、お互いぐるぐる回りながら、水をまき散らした。

浜の上のほうで、まず森の人びとのひとりが、喉で大きく小さく長々と鳥の鳴き声をだし、槍に手を伸ばして振り始めた。すると次の男が弓を取り、太陽にかざして叫んだ。

「連中はこれ以上エールを飲まないほうがよいと思う」とオールこぎのチーフのウルムがいった。

「危ない雰囲気になっている」とウルフはいった。「斧を握るおれの拳のいかに青白いか見てくれ」

「連中は今、出陣の踊りをやるのだろう」とレイヴはいった。「おれたちに見せてくれるのは名誉なことだ」

森の人びとは一列になり、砂を蹴散らして行ったり来たり、踊り始めた。ときどき、頭をそらして叫んだ。

戦士のひとりが勢いよくぐるぐる回りながら、いつの間にかウルフと顔を突き合わせた。槍を上げ、彩色した顔をコックの顔の間近につきだした。

そのとき、太陽の光に鋼鉄の刃《やいば》がきらめいた。骨の砕ける音がして、砂地にどさっと体が倒れ、倒れた踊り手の頭から砂地に血が噴き出した。

踊りは止まった。

レイヴはいった。「もうおれたちは船に引き揚げるときだ」

船乗りたちが船に何とか乗り込むと、彼らの間に矢がうなりながら飛んできて、船体やマストに刺さり揺れた。

縫帆工の腕に矢のかすり傷ができた。血が少し滴り落ちた。

ラナルドは首に石をぶつけられた。振り返った。一時間前、いっしょに笑いながら遊んだ少年が石を投げたのだった。

さらなる傷や打ち身に備えて、舷側沿いに盾の壁が出来上がると、「ウルフ」とレイヴはいった。

「お前をどうすべきかわからない。縛って石の重りをつけ、船から落とすだけのことをしたことは分かっている。でもそうすりゃ、おれたちは自分で食事を作らなきゃならない。誰もお前ほどうまく食事はできないからな」

「連中はおれたちを自分たちの食事にするつもりですぜ」とウルフはいった。「それからみんなを救ったことに、感謝してもらいたい」

「この世を終わりにするのは、ウルフ、お前のような大バカ者だよ」とレイヴはいった。

みんなが火を囲んで最後の骨をかじり、拳から脂をなめとると、レイヴは盾の壁越しに見た。浜には人影がなかった。

月が砂浜のエールの角杯の銀のへりや、レイヴがブドウと呼んだ甘い果実の、まき散らされた粒の上に輝いていた。

「ここでなく、さらに南の次の岬の向こうか、またさらに次の岬の向こうに定住しようと思う」とレイヴはいった。

その後、みんなが寝る準備をしているとき、レイヴはいった。「この国のブドウはおいしかった、いいワインができると思う。それでこの地をヴィンランドと呼ぼう」

七

さらに南の二つの岬を越えたところで、船乗りたちは木を切り倒して、三つのログハウスを建てた。

この場所には森の人びとのいる気配はなく、最初に上陸したところよりも土地が肥えていた。「おれたちがあのスクレーリング人をひどく脅かしたので、また襲うことはないと思う」と船乗りたちはいった。(「スクレーリング人」は森の人びとに彼らがつけた名で、「野蛮人」を意味する。)

しかしながら、小屋が建つまでは、船で寝たほうが賢明であると考えるものが何人かいた。次の数週間、快適な生活を送った。海には魚がたくさんいた。鳥の群れが頭上を飛び、多くの鳥を矢で射落とすことができた。森ではシカが群れをなしていた。あの甘い木の実は、至るところにふんだんにあった。野生のトウモロコシが風に揺れていた。

「豊かな土地を発見したことは、もう承知している」とレイヴ・エリクソンはいった。「ここの生活は故郷のグリーンランドよりもはるかに容易で快適だろう。ここに定着して、いったん落ち着いたら、何人かは東へ戻ろう。女たちや信用のおける親類や種もみや雄牛や家畜無しでは生活を続けることはできない。北欧の連中がみんなわれわれヴィンランド人の決断や幸運をうらやましがるのは、結局こういうことだろうと思う」

乗組員たちは船長のいったことに心から同意した。

みんな木を切り倒して、住む所を建てたり、元気よく働いた。

森の鳥や岬の向こう側で泳いでいる無数のタラで、結構な生活をした。そこに流れている幅広い川から、サケを網で取った。

ラナルドは丸太の切り出し、家つくりや猟を手伝った。

レイヴ・エリクソンはラナルドにいった。「お前が年を重ね、もっと力が強くなれば、重労働を期待できる。少年たちは想像の世界を自由に回ることを愛し、そこで自分は船長であり、首長であることを知っている。だから、今無理して木を引いて運ぶことはない」

それでラナルドは、森の中や海岸沿いを歩き回って、多くのとても楽しい午後を過ごした。

ある日、ラナルドは林を散歩した。木が少なくなり、いつの間にかところどころに木が生えている、開けた平原に出た。大きな川が心地よいせせらぎの音を立てて流れていた。

ラナルドがサケの川のほうへ歩いていくと、枝の間に動きがあるのに気がついた。見ると、黒い目をした赤褐色の顔が木の葉越しに彼を見ていた。上陸した浜でいっしょに遊んだ少年だった。

もう一度両手を差し出して挨拶をした。一羽の鳥がブーンと音を立てて、木から彼のほうへ飛んできたように思えた。彼の手首から草の上に震えながら落ちた。ラナルドが見ると、それは骨のナイフだった。手首から血がしたたり落ちた。

ラナルドは向きを変え、林の中を走り戻っていった。男たちが革ひもで屋根に丸太を結び付けている開拓地に来るまで、彼は止まらなかった。

ウルフはさかんに燃えている火の上で、シチューを作っていた。

「顔色がすごく青いぞ!」とレイヴはいった。「どうしたのだ。クマにでも追いかけられたのか」

それで、ラナルドはレイヴ・エリクソンに自分の見たことを話した。小屋を建てている者たちは、半ば出来上がった屋根から身を乗り出して聞き耳を立てた。

ラナルドはみんなに手首を見せた。血の流れは止まっていたが、できたばかりの赤いかさぶたがあった。

「ここの生活は思ったより刺激があるかもしれない」とレイヴはいった。

それから、彼は小屋を建てている者に仕事に戻るように命じた。

ウルフは大きな両手でハーブをこすり、その汁の香りをかいで、シチューのぐつぐつ煮えている鍋の中に投げ入れた。

その夕方、みんなが食事をしているとき、レイヴ・エリクソンは三人に交代で見張りをするように命じた。

見張りたちが聞いたのは、さまざまな葉ずれの心地よい音や眠たげな鳥たちのつぶやきだけだった。

その夜、船で寝たほうがよいという者がいたが、他の者からバカにされた。ふたりの男が怒って拳を上下させながらお互いに迫ったが、レイヴがふたりを引き離した。

「船で寝たいものは、そうしてよい」と船長はいった。「それは別に恥ずかしいことではない。スクレーリング人たちは皮船でそっと来て、水上攻撃するだろう。人間、息をしている間、安全ということは少しもない。それを喜ぶべきだ、危険は楽しむことを増してくれるものだ」

結局、半分はウェストシーカー号で寝ることを選び、あとのものは浜の火のそばで眠った。

ラナルドは火のそばに寝た。

野犬が月の下で一晩中ほえていた。

朝食後、午前中みんなは木を切ったり、丸太をのこぎりで切ったり、屋根のはりを取り付けたりで忙しかった。そのとき、森全体が長々と泣きわめくような音を発し、小屋の間にたくさんの矢が降り注ぎ、一群のスクレーリング人たちが槍を立てて船乗りたちに向かって走ってきた。

レイヴ・エリクソンは用心のため、手近にナイフや斧を置いておくように命令しておいた。それでみんなは素早くスクレーリング人の若い戦士たちを迎え撃った。槍の遅い一振りに、斧は二回打ち下ろすことができた。スクレーリング人たちはしばらく踏みとどまったが、結局甲高い声を上げて森へ逃げ込んだ。

「あれは臆病者の叫び声ではない」とレイヴ・エリクソンはいった。「あれは挑戦者の叫び声だ、もっと大きな小競り合いがきっと起こる」

それに対して、多くのものはうろたえたように見えた。

「もう一、二か月踏みとどまって、どうなるか見てみよう」とレイヴはいった。「あの戦士たちは何か弱点がないか探りに送られたのかもしれない。おれたちがいかに強く決意が固いか知った今、また来る前によく考えるだろう。しかし、これからは夜の見張りは三人ではなく六人がよいだろう」

その夜から多くのものは船で寝た。

でも、ラナルドはいつも火のそばに寝た。

スクレーリング人によるグリーンランド人に対する襲撃はもうなかった。

でも、毎晩夕食後、みんなが話す時間がだんだんと長くなり、顔はビールと火影で赤くなった。

アルドは古来の詩を何度も繰り返し朗唱した。

「あの詩を聴くとホームシックにかられる」と年配のノルウェー人のフィヨルドはいった。

それからアルドは、デンマーク王の奴隷である巨人の乙女たち、フィーニアとミーニアの物語を語った。王はグロッティという大きなひき臼を持っていて、それで欲しいものは何でも作り出すことができるのだった。でもひき臼グロッティはとてつもなく大きいので、フィーニアとミーニアの強力な両腕によってしかその石を回すことができなかった。そのひき臼は金《きん》を引き出すことができたので、王はこの世で一番の大金持だった。しかし、王宮が眠りと暗闇の中に沈んでいたとき、デンマークの敵、海の王がやってきて、大女たちを説き伏せ戦士たちをひき臼にかけたので、夜も明けないうちにデンマークの宮殿は金や真珠やダイアモンドでなく血の海となった。海の王はひき臼グロッティ、さらにフィーニアとミーニアを伴い、西方へ出帆した。そのとき、海は雨のしずくや川の流れのように新鮮だった。海の王は大宴会を開いて、彼の勝利を祝うように命じた。それで彼のコックたちは忙しく豚を焼いたり、サケを鍋で料理したりした。また、エールの角杯がまわされた。「肉と魚は風味が欠けている」と半ば酔った王はいった。「姉妹たちに塩をひくように命じよ。」それでグロッティは塩を吐き出した、あまりにも多量なので、船は沈み、海の王も乗組員全員も、グロッティも大女たちも沈んだ。これが起こったのは、オークニーとスコットランドの間のペントランド海峡であった。海の底にはひき臼のグロッティがまだいて、塩を作り出しているのである。そういうわけで海水は塩からい……

アルドが魔法のひき臼グロッティの物語を話している間、船乗りたちはひとりひとり、うとうとと居眠りを始めた。

しかし、静かな眠りではなかった。ラナルドの近くに寝ている何人かは暗闇の中でしゃべった。

「ここにいると、寂しい」とひとりはいった。

もうひとりは「いとしい妻フレヤがいなく寂しい」

三番目は「外国の海岸で死にたくない」

四番目は「髪に羽根をつけたスクレーリング人が怖い」

五番目は「おれたちは船乗りだ、森林労働者でも家造りでもない」

しかし、朝になると、みんな最初の居住地の家を完成させる気持で、仕事にとりかかった。

それぞれ家造りの道具のそばに、斧や短刀を置いた。

この時、ラナルドは森の中へ入るよりは浜沿いを歩いた。

ある日、波と戯れながら歩いていると、砂の上にまき散らされた貝殻にぶつかった。それは波が勝手に打ち寄せたものではなく、人間が作った模様だとすぐに悟った。それは矢と槍の形をしていた。矢はウェストシーカー号を指していた。槍は浜沿いに作られた小さな小屋を指していた。

ラナルドは砂丘の草むらに気配を聞き取った。

あのスクレーリング人の少年が、草越しに彼を見ていた。その顔には笑いが浮かんでいなかった。

ラナルドは見たことをレイヴ・エリクソンに話した。

レイヴは船乗りたちにそのことを一切話すなと言った。

八

ある朝、見張りのひとりが朝食時のたき火に戻ってこなかった。

みんなヴァルトという この男を探しに、森深く入った。彼の形跡が少しもなかった。

もうひとりの見張りは、彼らを警戒させるものを一切聞かなかったし、目にしなかった。

しかし、ひとりアウドゥンというものが、真夜中ヴァルトが見張りに立っているところで、見慣れぬ鳥のブーンという飛ぶ音を聞いた――彼にはそのように思えた。

「ヴァルトは鳥を装ったスクレーリング人の娘に誘い出されたに違いないと思う」とレイヴはいった。

みんなはその日一日ほとんど口をきかなかった。

かんなをかけ、ハンマーをふるい、小屋の戸を作った。でも今では以前より仕事に対する熱意が減った。

フィヨルドがいった。「ノルウェーの多くの豚小屋には、今日ヴレムが作っている戸よりもましなのがついてるよ」

船乗りたちは笑ったが、戸の木材に止めひもをつけていた男は唇をかんだ。

「おいらは船乗りだ、大工じゃない」とヴレムはいった。

次の夜、見張りを割り当てられた者たちは、日没後、いやいやそれぞれの部署についた。

「この航海に、暗闇を怖がる子どもらを乗せたとは知らなかった」とレイヴ・エリクソンはいった。

六人の見張りはそれぞれの部署についた。

いくつかの小屋の一つは、森のはずれのすぐ近くに建てられた。それはよく作られた小屋で、レイヴ・エリクソンは自分の住まいにその小屋を選んで幾晩もそこに寝たが、今ではレイヴをふくめ船乗り全員がウェストシーカー号に寝た。

真夜中、船上で一つの叫び声が上がり、大声だったので全員目を覚ました。

へさきの見張りは浜を指さした。レイヴの小屋がここかしこ火や影でまだらになっていた。見ていると、何か赤い獣が中で解き放されたかのように、突然小屋が震えたかのように思えた。しばらく炎の間に棟木が黒く立ち、それから崩れ落ちた。

「うん、今夜家にいたら、今この甲板に立っているほど寒くなかったろう」とレイヴはいった。

朝、みんな陸に上がった。

見張りたちはいつものように、陸に上がったものを迎えに来なかった。

「このように部下を失い続けるなら、船の人員配置に苦労するだろう」とレイヴはいった。

森の奥で、見張りのひとりを見つけた。髪の毛が頭皮からとられていた。

「ビョルンはブーラにまたくしですいてもらう必要はないだろう」とウルフはいった。

「スクレーリング人たちがビョルンの脳みそを求めていたのなら、わざわざそんな手間をかける必要はなかった」とウルフブリッドという船乗りはいった。「ビョルンがどんなに脳みそが足りないか教えてやれたのに」

みんな笑ったが、今やその笑いからとどろきや響きや無頓着さが消えていた。灰色の残り火のそばの老人のように笑った。

死んだビョルンは本当にかなり愚かで、自分の長い金髪をとても自慢していたので、航海の初めにはいつも女房のブーラが真水でよく洗い、輝く髪の間をくしが快い音を立てるまですかなければならなかった。

しかし、ビョルンは頭の回転が悪くうぬぼれ屋であったが、船乗りとしては有能で、笑いを愛し、思いやりがあるので、グリーンランドのどの市《いち》でも、彼が参加するどの航海でもみんなから好かれた。

ビョルンの亡骸《なきがら》を浜まで運び、まきを積んで火葬に付した。

「ビョルンの骨灰をここに残して汚されたくない」とレイヴはいった。

レイヴは船から粘土のつぼを持ってこさせ、彼の遺灰をこの中に入れて、封をした。

「女房のブーラは彼を手にすることができよう」とレイヴはいった。「ブーラはこのかめの上に墓を建てるだろう。彼の髪がスクレーリング人たちに盗まれたことは話さないでおこう」

その日、家をつくる者たちは手斧やハンマーを持つ手に熱が入らないように思えた。

お昼に、レイヴ・エリクソンは船乗りたちを全員集めた。彼はいった。「この土地を見つけた。豊かで恵み深い土地だ。ここを離れるつもりはない」

そのことばに、みんなの顔に影が差した。

「けれど」とレイヴはいった。「こんな不運な場所に落ち着きたくないとわたしは思う。ここは状況が違っていた。さらに南へ行こう。次の岬の向こうの土地ははるかに肥えているだろう、そして次の、さらに次の岬を越えて、南の太陽のほうへ向かおう」

だが、船乗りたちはまだ疑わしそうな表情をした。つぶやきや頭を横に振る動作があった。

「だがまず、グリーンランドに戻る」とレイヴはいった。「船を点検修理し、食糧を補給し、さらに船乗りを補わなければならない。ここから南の谷あいや森に戻るときには、女を連れてこよう。ハープやミツバチの巣箱、馬も持ってこよう。スクレーリング人たちと仲よく生活していくように努める。彼らの歓迎のダンスを駄目にして悪いことをした。戻ったときは、贈り物の渡し方、彼らからの贈り物の受け取り方を心得ているだろう。北欧人とヴィンランド人の間に、永遠の平和が築かれるかもしれない」

船乗りたちは鼻にしわを寄せた。ひとりふたりが火につばを吐いた。

「だが今は、東への航海の準備をしよう」とレイヴ・エリクソンはいった。

それに対し、みんな大きな歓呼の声を上げた。

「われわれのこの航海は、有名になるだろう」とレイヴはいった。「アイスランドからアイルランドまで、この物語は冬の火の周りで、何度も何度も語られるだろう」

それからみんなはシカ肉や酒、たわわに実った野生のベリーを船に積み込むのに忙しかった。たるに川の水を詰め込んだ。

その夜、アルドはビョルンのために詩を作った。

なあ、ビョルンよ、野蛮人どもが
君の金髪を保存しますように、
彼らの骨や羽根の間に金色が花やぐ、
彼らにとっては驚嘆の品。
われわれはグリーンランドに戻る、ビョルンよ、
君の心、君の強い手、
木を切り、オールをこぎ、
耕された畝に大麦をまく。
ブーラと六人の子どもたちは
君のために墓を建てる
納屋と浜に引き上げられたボートの間に。

翌朝、錨《いかり》を上げ、北西から風が吹き始めると、帆を張り、すぐに東に向かって快調な滑り出しをしていた。

ラナルドは浜のほうを振り返った。

十数人のスクレーリング人が森から出てきて、砂丘の間に立って、彼らの出発を見ていた。

あのスクレーリング人の少年が、一番高い木のてっぺんに登っていた。

九

グリーンランドへ戻る航海で、レイヴ・エリクソンはウェストシーカー号の舵の彼のそばに、ラナルドをよく座らせた。ラナルドに航海や船の扱い方を教えた。「空に一つ恒星があり、北天の星で、その星は常に船乗りの友だ。しかし、東から西へ夜毎に動く大きな星座があり、優れた船乗りはその星座の読み方を知り、正しいコースを取ることができる。星の町にはティンカーや巡礼のように動く星が五つあり、その動きも知るようになる。月の謎も常にある。月は血の中の脈動に触れるのだろうか。われわれ船乗りの気持が月の変化とともに変わる事に気がついた。多くの正常で冷静な船乗りが、満月では奇妙なことをいう。こんな時に、口数の少ない男が詩をいうのだ。本当だよ、ラナルド、欠けていく月のときに航海に出るのは、愚かな船長だ。彼の船は海霧の中で、岩で終わるか永遠に消えてしまうだろう。月は海の干満を支配し、血管の血と海の流れはお互いに近いとわたしは思っている。

雲におおわれて、目安となる星座がない夜が海にはある。その時、有能な船長は自分の全感覚を研ぎ澄ます。

触覚、嗅覚、味覚、聴覚、視覚は特別な鋭さを持つ。船長は数マイル離れた、暗い崖にあたるかすかな波音も聞き分ける。ひとつの脈動が彼の中に流れると、逆流が生ずる。つまり、海の中央のうねりが海岸に近いうねりに取って代わるのだ！その時、船長は警戒を怠ってはならない。船首を素早く横切るミズナギドリの鳴き声と飛翔《ひしょう》は、いずれかの方向に陸があることを告げる。海風に運ばれるどんなわずかな匂いでも、海藻にしろ、氷にしろ、イラクサにしろ、何かしらを告げる。このように船長の感覚にかすかに告げるものは、難破か無事な航海かを分けるのだ。

船長というものは、空が覆われている夜はほとんど眠らないものである。そういう船長は、東方に夜明けの薄明かりを見ると、とてもうれしくなるものだ！しかし、一番大きな喜びは、真っ暗闇の中で一片の雲が取り払われて、星が一つ輝く時だ！それから次々と星が現れ、なじみのある星群、頼りにする星座が現れる。それによって船長は自信をもって船を進めることができるのだ。

今朝、海上に氷片があるのを見たろう。わたしにとってこれは珍しいことだが、わたしの好みにまったく合わないわけではない。この緯度のこちらに十数回来ているけれど、今回と、それより以前に、こういった氷山が崩れた浮氷を見たことがある。海を恒常的で不変なものと考えてはいけない。ゆっくりとした脈動が海と陸の自然を貫く――とてもゆっくりなので、あごひげが白くなった者のみがそれを観察できるのかもしれない。世界のこの北方の地域が、だんだん寒くなっているようにわしには思える。もし海に氷があるなら、まわりの陸地もだんだん寒くなっていて、人間と動物を養う源は凍るかもしれないことは確かだろう。その時は、グリーンランドの人びとにとって厳しい時になるだろう。この寒い時は来年、いや次の百年間は来ないだろう。でも、レイヴ・エリクソンが西方のヴィンランドに肥沃な場所を見つけたことは悪いことではない、とわれわれの子孫は考えると思う」

船は右舷真横に順風を受けて航海を続けた。五日目の朝、朝日にグリーンランドの山頂が照り映えるのを見た。

それを見て、船乗りたちは大歓声を上げた。

しかし間もなく風がやみ、オールに取りつかなければならず、不満の声が大きく上がった。

一頭のクジラがすぐ近くに浮上し、大きな噴水をその潮吹き穴から空に向かって噴き上げ、そのうねりでウェストシーカー号を横揺れさせ、それからまたクジラは深く沈んだ。

あのクジラを仕留めることができなかったことはしごく残念だ、とウルフはいった。そうすりゃ次の冬は、食事について心配する必要はなかったろう。

「いいことだ」とレイヴ・エリクソンはいった。「人間の食い意地で測れないほど大きくて強い動物がまだいることは」

「でも結局、人間はこの上なく大きいクジラでさえ仕留める武器を考え出すということになる」とその後でレイヴはいった。「野蛮で無知と思ったスクレーリング人たちは、その点ではわれわれよりは賢明だった。彼らはその日に必要なだけのシカやサケしかとらなかった。われわれは必要以上に欲しがる大食漢で、狩りのあとはたいてい腐らせてしまう――恥ずかしいことだ。ヴィンランドの人びとが動物や木、すべての命あるものに示した崇拝の念を見なかったか。ヴィンランドの人びとはすべての生き物と聖なる絆《きずな》を結んでいたように思えた。生と死のふたつの問題において、人と生き物の間に実りある交換があった」

それからラナルドは浜を、海岸の上のほうにある家々を、そして岩の間に立っている一群の人びとを見た。

間もなく、彼は村人たちのよく知っている顔を見、村人たちの歓迎する声を聞いた。

一〇

ラナルドは冬の間ずっとグリーンランドにいた。彼は村の人たちにとても好かれていた。「お前には一二人の母親がいる、ここの女性はみんなお前の面倒を見たがっている」とレイヴ・エリクソンが言ったように。

ラナルドはレイヴの家に居住した。そこでは喜んで受け入れてくれた。オークニーのブレックネスの家では、牛の移動や豚のえさやりをやっていた。祖父の農場で、馬に乗ることも覚えていた。

レイヴの農場には、レイヴ・エリクソンがヴィンランドに発つとき子馬だった一頭の馬がいた。今では御しがたい馬となり、農場の誰もその馬を取り扱うことができなかった。馬の名はフーフリンガーだった。

「こいつは見込みのある馬だった」とレイヴ・エリクソンは作男たちにいった。「お前たちはある面こいつを侮辱した。馬は誇り高く、敏感なものだ。こいつをほめなきゃいけないところで罰してきている」

フーフフリンガーを他の馬と同じように扱ってきた、と作男たちはいった。

「だが、フーフフリンガーは特別な子馬だった」とレイヴはいった。「収穫時の競技会で、他の村の最良の馬たちとこいつを競わせたかった」

フーフフリンガーは放牧地を逃げ出して、ひと月間、山腹を自由に動き回っていた。フーフフリンガーは誰かが近づいてくるのを見ると、ひづめを蹴り上げていななき、雪の積もっている中を走り去っていくのだった。

「朝食後、あの馬と話をしに行きたい」とレイヴはラナルドにいった。「お前もいっしょに来ないか」

レイヴとラナルドは山麓の丘陵地帯を歩いていくと、ついに牧場の高いところで美しい一頭の馬が草を食んでいるのを見た。レイヴとラナルドは静かに歩いて行ったが、フーフフリンガーは気配を察し、いなないて、ひづめを蹴り上げ、牧場をぐるぐる走り回った。

「あの馬にロープを投げて落ち着かせるのは難しいでしょう」とラナルドはいった。

「このような馬にとっては、ロープで飼いならすのは不名誉なことだろう」とレイヴはいった。

それから、レイヴは後ろに下がって、口笛を吹き、風にのせた。ほとんどすぐに雷のようなひづめの音がおさまった。馬は身を震わせながらこちらを向き、男と少年を見た。

「あいつと話をしに行こう」とレイヴはいった。

馬はふたりが来るのを見ると、下がり始めたが、レイヴが話し続けると、フーフフリンガーは牧場で母親のそばで走っていた子馬のころのレイヴの声が、離れたところからでも分かったように思えた。

馬はふたつの岩の間に身を震わせながら立ち、少しでも敵意を感ずれば、向きを変えて走り出そうとしていた。

「あいつと話してみる。ここで待っていてくれ」とレイヴはいった。

レイヴはフーフフリンガーに近づいた。馬は片足を上げて待ち、風がたてがみを吹き抜けた。レイヴは馬のすぐそばに立った。馬は黒い唇をゆがめ、目をギラギラさせた。それからレイヴが馬の耳に一言いうと、すぐに馬はレイヴの肩に頭をこすりつけ、レイヴの手がたてがみに入れられると、その男と馬は初めからお互い知り合いであったように思えた。

ふたりと一頭は連れ立って農場に戻った。

フーフフリンガーは間もなくラナルドに対して、レイヴ・エリクソンに示したとほぼ同じ情愛を示し始めた。

馬はラナルドが背に乗ることを許し、それからひづめの音高く牧場を走り回り、ラナルドは馬の首にしがみついていた。一度岩を避けるために急にそれたとき、ラナルドは放り出されたが、岩の反対側の湿地帯にマリーゴールドが一面に生えていた。ラナルドは泥とマリーゴールドにまみれて、馬を従え農場に戻ってきた。

フーフフリンガーは初め、手綱やくつわ、おもがいをつけるのをあまり喜ばなかった。「でも、収穫時の競技会でこいつと西部の連中の馬と競わせたい」とレイヴはいった。「西部の連中はいたるところで、自分たちの馬がおれたちの馬よりどんなに早いか、いつも自慢している。フーフフリンガーがおれたちのために何をやってくれるか見てみたい」

ラナルドは収穫期の競技会で、西部の馬と対抗してフーフフリンガーに乗るように言われた。収穫期の祝いが行われ、競馬が招集されて、スタートラインに今まで見たことのない馬に少年がまたがっているのを見て、西部の連中は笑った。

西部の馬や騎手たちは、グリーンランド中に知られていた。北部の他の村の馬と騎手も出場していたが、西部の馬や騎手たちに対抗できる機会はほとんどないと考えられた。

スターターが角笛を吹くと、馬は走り出した。コースは三マイルの広いレース場だった。初めのうちは、フーフフリンガーは立ち遅れた。今までレースに出たことがなく、見知らぬ馬たちを見て仰天したように思えた。さらに、群衆の叫び声や声援が彼の調子を狂わせた。

フーフフリンガーはトラックの半周ほど遅れた。

ラナルドは身を乗り出して、馬の耳にささやいた。白雲が風に吹かれて山頂を横切っていた。ラナルドはまたフーフフリンガーにつぶやいた。最後に、レイヴ・エリクソンが言うように教えてくれたことばをいった――馬の飼育の業界で少数の人しか知らない秘密のことばだ。

すぐに少年は自分の下で加速されるのを意識し、コースを走るひづめのリズムは早まった。

まもなくフーフフリンガーは一頭に追いつき、さらに次から次へと。ラナルドは抜かされていくライバルの驚きと苦痛の顔を一瞬意識した。

さらにフーフフリンガーはスピードを増し、一群の馬、二頭の馬、急き立てられるように口角泡を飛ばしている一頭の馬を抜き去った。ついに前に一頭いるだけで、それは西部のチャンピオン、ウェーブブレイクという名の馬で、スヴェン・ニャールソンという若い農夫が騎手だった。西部の連中はみんなウェーブブレイクが確実に優勝するといった。

確かにその馬の名の通りだった。色は荒れた海のように灰色で、今や強い西風の中の波のように首を伸ばし、広々とした大洋のリズムが彼をとらえているように思えた。

「さあ、高い雲を思え、山中の激流を思え」とラナルドはフーフフリンガーにいった。

ラナルドの目に、ゴールとそこで待つ群衆が映った。

スヴェン・ニャールソンは自分が挑戦を受けていることを突然意識した。肩越しに興奮した驚きの眼差《まなざし》を投げかけ、ウェーブブレイクに拍車をかけた。あまりにも駆り立てられ急き立てられて、その勇敢な馬はつまずき、ペースを落とし、スヴェン・ニャールソンが再び見上げた時は、ゴールの向こうでフーフフリンガーが優勝して後ろ脚で立ち、東部の連中が喜色満面で、ラナルドが馬から降りるのを手伝う光景を目にした。

「でかした」とレイヴ・エリクソンはいった。ラナルドの手に銀貨を一枚握らせた。

その夜、屋台店ではエールが多量に飲まれ、西部の連中と東部の連中の間における収穫時の競技大会ではいつもけんかがあったけれど、特にこの夜はいつもより角杯が多くあけられ、血が飛び、骨折があった。

スヴェン・ニャールソンはレースの後すぐに家に帰った。彼の有名な馬ウェーブブレイクの姿を二度と見ることはなかった。その馬がどうなったかについて、黒いうわさが広まった。スヴェン自身はクリスマスの後まで家にこもりっきりだった。

ラナルドは他の人たちと連れ立って、一番星のもと村に帰った。優勝の知らせはすでに伝えられており、村中の女たちは彼を出迎えに出ていて、女たちから何度も何度もキスをされた。口にひげの生えたトラッダ婆さんから、乳しぼりを覚え始めたばかりのシグリッド少女に至るまで。

フーフフリンガーその日以降、グリーンランドで一番有名な馬となった。他の馬とは交わらず、山のふもとの丘でただ一頭草を食むのだった。フーフフリンガーはレイヴやラナルドが岩の間に立っているのを見ると、いつでも喜びいななき、迎えに走って来るのだった。

二

冬が近づき、夜が長くなると、村人たちは火のそばに集まり、お互いに訪れたり、エールを飲んだり、物語を語ったりした。

ヴィンランド航海に行った人びとはすっかり有名になった。彼らの物語は繰り返し語られ、西方の国やスクレーリング人やふんだんにいる魚・シカ・鳥について聞きに、他の居住地から人びとがやってきた。

「地上でこれほど豊かなところはない」とレイヴ・エリクソンはいった。「グリーンランドは貧弱でかじられた魚の骨のようだが、ヴィンランドは油にあふれ、卵が詰まった巨大なチョウザメのようだ」

老人たちはうらやましそうな表情を浮かべ、中には、レイヴと船乗りたちは大げさに言っているに違いないという者もいた。

翌年の春には、ヴィンランドへ新たに探検に出かけようという話も多く出た。

アルドはヴィンランドについて作った詩をいくつか朗唱したが、グリーンランドの人たちはへたくそだと思った。

「アルドはヴィンランドに詩才を置き忘れた」とひとりの老人はいった。

アルドはそれに怒った。自分の才能がこんな田舎者や火にしがみつくものに浪費されたといって、赤毛のエリックの家から暗闇に出て行った。

アルドはその夜帰ってこないで、翌朝も彼の席は空いたままだった。

村人たちは何か不運が、詩人アルドに振りかかったと思った。山の雪の吹き溜まりに落ち込んだか——赤毛のエリックの家から腹を立てて出て行ったときは、ブリザードの夜だったので——あるいは、大波が大海から打ち寄せて、彼をさらっていったのだったと。

しかし、アルドは七日後に帰ってきて、とても満足した表情を浮かべていた。

レイヴ・エリクソンと村人たちは、アルドにどこに行っていたのかたずねた。

アルドは自分のヴィンランドの詩に浴びせられた侮蔑に、ひどく傷ついたといった。詩作の才を失った今、食べ物も与えられず、泊まる家もなく、餓死するに違いないと思った。北へ行くつもりだったが、幸いなことに、海岸沿いの他のある村で彼の詩を認めてくれて、とどまるように言ってくれた。そうでなく、ブリザードの中で迷っていたら、餓死していたろう。

エールを飲んでいる人たちの小屋で、アルドの詩が軽蔑された後での彼の考えはこのようなものだった。

彼が村を離れたときは、本当に新たなブリザードの吹き始めの雪片が頭のまわりを舞い、渦巻き始めた。

「思ったより早く終わりがやってくる」そのときアルドはいった。「わたしが見つかったときは、雪の衣をまとい、口は氷のキーでロックされているだろう」

そう思ったとき、唇は震え、顔に熱い涙を感じた、とアルドはいった。

そのとき、彼はカンテラの明かりを見、女の人の声を聞いた。「旅の人、こんな夜にこれ以上行ってはいけません、どうぞわたしの火のところに来てお座りください」

それでアルドはカンテラと声に従い、間もなく子どもの声のする家にいて、暖かいエールの角杯を両手に持たされ、炉辺の一番よい椅子に座らされた。目の雪を払うと、自分が金髪のビョルンの未亡人、ブーラの家の客になっているのに気がついた。

アルドはブーラに、エールと火のそばにおいてくれたことにお礼のことばを述べた。

自分はブーラと子どものところに長くいるつもりはない、と彼はいった。彼の運命は北部の荒野のどこかで、雪の衣を着て、口を氷のキーでロックされ、全く行方不明となり、忘れられることだった。

自分が思った通りするべきです、とブーラは彼にいった。

しかし、とブーラはいった、雪の衣よりもよい衣があるし、亡き夫ビョルンの、掛け釘にかかっている三着のクマ皮のコートもあるし、アルドはどれでも好きなのをどうぞと。

その申し出をブーラに感謝するが、自分の人生は何の意味もないので、冬の暗闇の中へ北に向かって進み、姿を消すほうがよい、とアルドは答えた。

彼のことばに父無《てて》し子の二、三人が泣き始めた、とアルドはいった。その上、おそらく自分の力はまだ失われていない、と心の中で彼は思った。どんな詩人も、子どもを踊らせたり泣かせたりするほど大きな喜びを求めることはできない。

人の生を決めるのは運命です、アルドさんが北の夜の暗闇の中で姿を消す運命でしたら、そうなるでしょう、とブーラはいった。でも、ブーラの考えによれば、彼にはまだ楽しい冬が何年か残されていた。

「それに反して、今は沈黙のときだと思います」とアルドはいった。「わたしの最盛期には、優れていると考えられる詩を多く口にしてきました。でも今や、わたしの口は氷のキーでロックされるときが来ました」

さらに、残りの父無し子が泣き始めた。

温められたエールとことばの力のおかげで、アルドはうれしい気分になり始めた。

「ねえ」とブーラはいった。「キーのことなら、この家のキーはあの壁のくぎにかかっています、永遠に人の口をロックする氷のキーよりもよいキーだと思うわ」

アルドは口を開かなかった。ビョルンとブーラの子どもたちは、涙でぬれた顔で彼を見た。

「夫ビョルンの遺骨が、夫の畑の端の土塚に埋葬されているのはうれしいわ」とブーラはいった。

「子どもたちもそうなることで喜んでいます。死んだ農夫の塵《ちり》と彼の土地の生きた塵が混ざり合うのはよいことです」

それは本当だ、とアルドはいった。

「外の嵐を聞いてごらんなさい」とブーラはいった。

確かに嵐がよろい戸を揺すっていた。

「こんな夜ですと、遠くへは行けなかったでしょう」とブーラはいった。

「行けなかったと思う」とアルドは答えた。

「死者の亡霊が、何によってうれしがったり喜んだりするのかわかりません」とブーラはいった。

「亡霊たちは、あたしたち人間が感ずるような怒りや喜びを超えたところにいるのかもしれませんわ。でも、夫ビョルンが喜びを感ずるとしたら、死後、自分のためによいエレジーが作られたことを光栄に思っています」

また、部屋の中に静けさがあった。

嵐でよろい戸がより一層大きな音を立てた。

すると一番上の一二歳の男の子が、金色のあごひげのビョルンのためにアルドが作ったエレジーを朗唱した。

その詩の終わりに、六人すべての子どもたちが、父親のビョルンが栄誉を受けたのだから喜んで手をたたいた。

それでその夜、アルドはその家に泊まった。

嵐は夜明け前におさまった。

ブーラはアルドの前に、魚とエールとパンで朝食を整えた。

ブーラは彼がその日、北へ行くつもりなのかたずねた。

アルドはそれについて考えなければなりません、といった。「わたしのハープはまだ壊れてないように思えます。もう一、二年人びとを泣かせたり、踊らせたりできるように思えます。また、この世にまだ美があり、女性の手が思いやりや慰めをまだ差し出すことができ、子どもたちの声が冬のあと融けだした小川のように思えます」と彼はいった。

ブーラはアルドが雪の衣や口をロックする氷のキーのことより、むしろそのように話すのを聞いてうれしいといった。

ひとりひとり子どもたちは箱型ベッドの中で目を覚まし、アルドにお早うございます、といった。

一週間後、アルドが村に戻ったとき、自分とブーラは結婚することになったということで、この話は締めくくられた。

村の人びとはみな、クリスマス前にブーラの家の結婚祝いの席に招かれた。

その後長い間、アルドとブーラは幸せに暮らした。

でも、意外にもアルドは、ブーラとの結婚後詩をつくらなかった。

彼は農業や漁業に秀でていたわけでもなかった。

でも今では、ビョルンとブーラの間の息子たちは力を蓄えてきた。数年後農場は栄え、息子たちは恵まれた漁師となった。

アルドは義理の子どもたちから好かれ、彼の口はパンやビーフ、魚やエールに事欠くようなことはなかった。

詩についていえば、彼の口は氷のキーでロックされていたほうがよかったかもしれない。外見については、きちんと顔を洗い、いくぶん貧弱なあごひげにくしが入るように、またきちんとした身なりでいるようにブーラが取り計らった。

一二

オークニーの少年ラナルド・シグムンドソンは、ヴィンランドの航海やよく知られた競馬での優勝で、その冬、村では敬意を払われ、グリーンランドでほめそやされた。

その冬の間、人びとはヴィンランドへのさらなる遠征を計画し、食料・装備などを集めていた。間もなく、思わぬ障害が生じたことが明らかになった。レイヴ・エリクソンは再び西への航海をするつもりはない、と言ったのだった。「西に移民することに成功したら、それで満足を覚えず、自分たちの土地をもっともっと求めるように思える」とレイヴはいった。「ヴィンランドの人びとは長い間、自分たちに必要な分だけ取って、動物や植物と調和と平和を保って生活してきたとわたしは思った。木や魚や鳥やクマは、人びとが彼らに敬意を表し、彼らの友だちであることを知っており、それゆえ、ヴィンランドの万物全体が、すべての人が喜んで参加する一種の舞踏であるように思える。

昨夜、わたしの心をいたく乱すような夢を見た。

この夢の中で、スクレーリング人や動物や木々はいっしょに踊っていた。金髪で青い目をした男がひとりやってきて、舞踏の端に立って見ていた。舞踏のリーダーはその見知らぬ人に舞踏の中に入るように誘った。それにこたえて、船からきた人は黄金のマスクを顔につけた。すぐに舞踏は駄目になり始めた。踊っている者たち――シカやウ、サケや木や人、ヘビやワシ――はそれぞれ舞踏を離れた。夢の中で、黄金のマスクはそれが見るすべてのものにむかつきを与えたように思えた。最後に黄金のマスクをかぶった男だけがその浜に残された。

それから夢の中で海を見渡すと、地平線の端から端まで船でおおわれていた。

黄金のマスクをかぶった男は、急ぐように船に合図をしていた、その土地は自分たちだけのものだと。

そのマスクは非常にまばゆいので、生命を与える太陽は天頂でかすんでいるように見えた。

わたしはこの夢を警告と予言と受け止めた。

アイスランドやノルウェーやオークニーと取引をして、従来のやり方を守るべきかもしれない。そこでわれわれの貪欲と狡猾《こうかつ》は昔の賢人たちが考案した立法によって、曲りなりにもチェックされる。でも西方では、われわれの貪欲は何の障害もなくむさぼり続け、わたしには悪の終わりは見えない」

グリーンランドの人たちはレイヴ・エリクソンと彼の夢をあざ笑った。

しかし、レイヴ・エリクソンはグリーンランドの家にとどまる決意を変えなかった。

一三

その春、ノルウェーのラクソニー号という船が、木材と羊毛をのせてグリーンランドにやって来た。

船長はホーコン・トリーマンという男で、レイヴ・エリクソンとしばらく話をした。ホーコンはグリーンランドからクジラの骨とセイウチの牙の積荷をのせてベルゲンに戻り、その後すぐにまた西へ来るつもりだが、ただ、木材とヤギのチーズを積んでシェトランドとオークニーまでだ、ということが分かった。オークニーのヤギのチーズは、ノルウェーのヤギのチーズの持つ山の風味にかけていた。

ホーコンがレイヴ・エリクソンに自分の計画を話していたとき、たまたまラナルドが来て、戸口のところに立っていた。

ノルウェーの船長がオークニーの話をすると、少年はとてもホームシックにかられた。ラナルドは話してもよいかといった。

レイヴ・エリクソンは、ラナルドのいうことならいつでも喜んで聞くよ、と答えた。

ラナルドはホーコンのほうを向いて、なぜトリーマンといわれるのかたずねた。

船長のホーコンは笑って、自分は二〇年前に船を購入して以来、積荷の大部分が木材だから、そう呼ばれているのだと答えた。木材の積荷を木のないところ――フェロー、アイスランド、グリーンランド、オークニー、シェトランドに運んだ。それで、そこの人びとは洞窟や冷たい石よりも木の家に住み、牛の皮や他の動物の皮の船よりも木の船に乗ることができた。「北欧は木材が豊かだからだ」とホーコンはいった。

ラナルドは立ったまま、目を伏せて聞いた。

「それはお前がホーコンにしたいと思った重要な質問ではないようだな」とレイヴ・エリクソンはいった。

「君のする質問なら、何でもできるだけうまく答えるよ」ノルウェーの船長はいった。

それで、ラナルドはためらいがちに、少し震えるような低い声で、オークニーへ自分を連れていってもらえないかたずねた。「ここでは、レイヴさんやグリーンランドの人たちといっしょで幸せです」と彼はいった。「でもオークニーで、母さんやほかの親戚の人たちが元気にやっているのか、知りたいのです。父さんのシグムンドと彼の船が遭難したことを確かに知っているでしょう。でも、母さんはぼくもスノーグース号とともに沈んでしまったと思っているでしょう。それは母さんにとって悲しいことです。ブレックネスの農場の祖父は年を取っていて、自分の農場の世話をすることができないし、まして母さんの世話をすることはできませんから」

ホーコン・トリーマンはラナルド・シグムンドソンが航海でやっていけるか、レイヴにたずねた。ラナルドはもう腕のいい船乗りだ、とレイヴは答えた。仕事はよくやるし、船賃だけのことはしますよ、と答えた。

「でも」とレイヴはラナルドにいった。「お前が一番、ヴィンランドに戻って暮らしたいように思えたが」

だが、ラナルドはまずオークニーに帰りたいといった。

すると、ホーコン・トリーマンはラナルドに用意をするようにいった。ラクソニー号は積荷を積めばすぐ出帆するので。三日後、新月になるが、それが出帆の好時期なのだ。

それからラナルドは村中の家をすべて回った。村人の大部分は、すぐに彼が出かけるのを残念がった。みんなは彼に骨の彫り物や薄い銀のリングなど、ささやかな餞別《せんべつ》を贈った。一番年かさの老婆は、彼女の祖父のものだったクマ皮のコートを贈った。「波のしぶきや海の冷たい強風は、多くの将来ある若い船乗りには死ぬほどつらいものだからね」と彼女はいった。

ホーコン・トリーマンはラナルドに、朝、乗船するように言った。「もう月が黒い洞窟から出てきた。美しい乙女だ。われわれの航海に銀色の祝福をもたらすだろう。」波止場にいる船乗りの何人かとグリーンランド人の一部の人は笑った。

「ホーコン・トリーマンは船長でなくて、詩人になったほうがよかった」とレイヴの兄弟のソルヴァルド・エリクソンはいった。

ラクソニー号の船長は、月の相や女の涙のようにごく平易なものをイメージに変えることをとても好み、その時すらすらと作り出したことばに感動し、喜んでいるようにグリーンランドの人たちには思えた。

詩人のアルドは群衆の中に立っていた。彼は浮かない顔をしているように見えた。ブーラと結婚して以来、まったく詩をつくっていないにもかかわらず、自分以外誰かが詩人と考えられることを望んでいなかったからだ。「満足した人間は詩を作る必要はない……」でもアルドは他の人がことばを操ることで称えられるのが嫌だった。

ホーコン・トリーマンは、自分は詩人ではないといった。あるイメージが自分の心の木に集まって、そこに楽しい動きを作り出すに過ぎず、それが起こるといつでも、自分の考えを灰色のドライな言葉で表すのが恥ずかしくなるのだ。

「本当に詩人は、君のように芸術に全人生をかけなければならない、アルド。わたしはたまたま詩人であるにすぎない。わたしには手の込んだ詩を作り出す技術はない。わたしの本当の仕事は船の技術だ」

この言葉に、アルドはうれしそうな表情を見せた。

ラナルドが高いところにある牧場に行くと、フーフフリンガーが彼を出迎えに走ってきた。馬と少年は顔を寄せあった。船乗りたちが浜から叫んでいるので、ラナルドが行きかけると、フーフフリンガーは悲しそうに大きくいないないた。

ノルウェー人のホーコンは、ラナルドの目がうるんでいるのに気がついた。「それはもう結構」と彼はいった。「こことベルゲンの間には、そういった塩辛いものはうんざりするほどある。危険な海の上の船乗りには、忙しく取り組まなければならない差し迫ったことがもっとある」

それでラナルドは長い指で目から涙をふき払った。

「だが、女や子どもが泣くときには、ある美しさがある」とホーコンはいった。「それは心に触れる。悲しみの泉が満ちて、盛り上がり、溢れて飛び散り、水中の石の間で美しい音楽をしばらく奏でる」

船乗りたちは笑った。船長はまたイメージを考えていたのだ。

ホーコン・トリーマンは、みんなにオールにつくように厳しくいった。

それでラナルドは水の中を歩き、引き込まれるようにラクソニー号に乗り込み、舵を取る船長のそばに座り、目を東方にしっかりと見すえた。

老いたノルウェー人フィヨルドは船乗りとしてラクソニー号に雇ってくれるように頼んでいたが、ホーコンは喜んで雇い入れた。

ノルウェーまで終始順風だった。

フェロー諸島の北で、アイスランドに向かう二隻の牛皮船とすれ違った。船乗りたちはみんな頭に頭巾をかぶっていた。

その船を襲うべきだ、とホーコン・トリーマンにすすめる乗組員が中にはいた。「あの修道士たちは貴重なお宝を運んでいると言われているのだから」と彼らはいった。

あの修道士たちはむしろ反対で、極貧で旅しているのだ、と船長はいった。「仮にお宝を持っているとしたら、われわれの貪欲の手の届かない彼らの心の中にある」と彼はいった。「おれたちは治安を乱さず、東へ行こう」

そのとき、ホーコンは静かな水面越しに巡礼の修道士たちに挨拶を叫んだ。

一番年かさの修道士が一言「ご無事で」と答えた。

それから、それぞれの方向に別れた。

ラナルドはこぎ座で自分の役割を果たし、海水が船に入ってくると、あかとりですくい出し、跳ねるサケが縫い取られている一枚の帆を、広げたりたたんだりするのを手伝った。

一二日にわたる夜には、月は船を見守っていた。すぐにほっそりとした内気な少女ではなくなり、震える海の鏡に見入る花嫁のように思え、それから銀貨をまきながら進む王女となり、ブリザードの中の羊飼が炉辺と食卓に帰れるように、小屋の窓辺にランタンを置く女となった。

こんなイメージは、ホーコン・トリーマンとともに船尾のこぎ座に座っているラナルドには思いもつかなかっただろうが、これは老船長の心に思い浮かび、ことばとなって表れるのだった。

ある晩、雲が多く、月は大部分隠れた。ときどき雲の端に輝きがあり、月は次から次へと雲におおわれるまで、澄んだ空を急いで通り抜けようとしているように思えた。

「今夜は何の仕事をするのですか、お月さん」と船長のホーコンはいった。「わざわざ何をなさっているのですか。庭から出て行ったのは牛ですか。火のそばの揺りかごにいるのは病気のお子さんですか、薬草売りの女から治療薬を買いに行かれるのですか。西からニシンをたくさんのせた船が入り、その貰い分を取りに急がなければなりませんか。そんなことはなさらないで、奥様……ほら、こんな風の夜に大急ぎで次から次へと雲を振り落とされる、何であれ仕事を終えるために。急いではいけません。縮みしおれるときがあなたにすぐ来ますよ。そのときには、燃え殻のつぼをもって黒い洞窟の入口に座り、この世の死者たちが群れをなしてくるときには、それぞれの口やまぶたに灰をかけておやりなさい。そして最後に——かわいそうなお月さん——あなたは燃え殻のつぼをもって、回れ右をして黒い洞窟に入っていきなされ」

ホーコン・トリーマンはラナルドしか聞き取れないほどの低い声でつぶやいた。

その時ホーコンはとても悲しみに満ちたため息をついたので、ラナルドには苦痛の叫びのように思えた。

まもなく、ラナルドはクマ皮の毛布を掛けて眠りに落ちた。

一四

ラクソニー号はベルゲンの港に錨を下ろした。

すぐに船長のホーコン・トリーマンは上陸した。二日間、彼はベルゲンの商人の出店や倉庫で、グリーンランドから持ってきた積荷売却の交渉をしたり、その年の後半、オークニーの商人に持っていくと約束した材木やヤギのチーズや燻製のカモシカの肉の積荷の手配をしたいと思った。

乗組員の大部分は上陸して、海岸通り沿いの酒場でエールを飲んだ。

ラナルド・シグムンドソンはほとんどひとりで、ノルウェー人の老船乗りフィヨルドと船にいた。

「なぜ上陸しないのですか」とラナルドはフィヨルドにいった。「この町に知り合いが多くいらっしゃるでしょう。こんな長い航海の後では、みなさんはあなたと再会されて喜ばれるでしょうに」

フィヨルドは笑った。ノルウェーの海岸のどこにも足を踏み入れるつもりはない、と彼はいった。若い頃人を殺して、追放されていたのだった。その男とフィヨルドは美しい娘をはさんで、にらみ合っていたのだ。ある夜、このライバルの男はベルゲンの酒場で、フィヨルドの手からエールの角杯をたたき落としたのだった。するとフィヨルドは若く向こう見ずだったので、ベルトに持っていたナイフで躍りかかった。見るとその男はわき腹を押さえ、床に横たわり、指の間から血が出ていた。

酒場の主人はフィヨルドに急いでノルウェーのどこか遠い所に行き、山へ入って木や滝や雪の間で見つからないようにするよう忠告した。フィヨルドはそうせず、恋人が自分の愛の証しに感銘を受け、トラブルが収まるまでかくまってくれることを願って恋人の家に行った。

しかし、人殺しのニュースはたちどころにベルゲン中に広まった。フィヨルドはスヴェーナの家の戸口で父親とふたりの兄弟に会い、極めて冷淡な挨拶を受けた。家の人たちはスヴェーナの結婚について、死んだ男と交渉していたことが分かった。

フィヨルドは若くハンサムだが、貧しい大工職人であるのに反して、彼が殺した男はあごひげに白いものが交じっているが、二隻の船のオーナーで、ベルゲンの向こう側に立派な家を一軒持っていた。

戸口では一言も話されなかった。フィヨルドは自分が永遠に追放されることを望まれていることを、彼らの表情から読み取った。さらに、彼の顔に黒い布が掛けられることが望まれた。

フィヨルドはスヴェーナに一日会いたいと思ったが、部屋にいるように言われたに違いない。彼女の機織る音が聞こえ、織機のところで歌をうたっていた。

「スヴェーナ！」戸口のところで彼は叫んだ。「君のために、あの太っちょの商人の豚野郎、ヨム・オレを殺した」

一瞬歌がやんだが、スヴェーナはふたたび歌い始め、織り始めた。

それからフィヨルドはその家から立ち去った。

彼は町はずれの酒場に入った。深酒をした。胸に老商人の短刀を突き刺されて死んで横たわるのは、自分フィヨルドであればよいと願った。

警察官が酒場に入ってきて、殺人のかどでフィヨルドを逮捕した。

その夜、城の牢獄に身を横たえた。

朝になると、法廷に引き出された。

フィヨルドは商人ヨム・オレを殺害したことを速やかに認めた。「でも、ヨム・オレがおれの手からなみなみ注がれたエールの角杯をたたき落としたので、怒りと嫉妬からあいつを殺《や》ったのだ。おれは富と高慢さに畏縮するような臆病者ではない」

集まった六人の裁判官は金持の長老のように見える。自分が口を開けば、事態は自分に分が悪いだろう、とフィヨルドはつぶやいた。

スヴェーナの父親とふたりの兄弟が証人として呼ばれた。スヴェーナは商人のヨムを深く愛し、殺し以来、家で鬱々とぼうーっとしているだけだった、と証言した。フィヨルドの名がいわれるだけで娘は奮い立って、フィヨルドは死刑にすべきだと甲高い声で言うのだった、と。「あの人が戸口に来たとき、あの殺人者を殺さなかったとは、あなたたちは臆病者ですか」と彼女は兄弟たちに問い続けた、と。

その時、フィヨルドはスヴェーナが機織りをしていた時の歌を思い起こし、法廷でうそや偽りの証言がなされていると思った。

フィヨルドがそれに気づき声高に笑うと、六人の裁判官は彼に厳しい非難の眼差しを向けるのだった。フィヨルドに対する訴訟はこれまでより厳しいものに見えた。

殺しのあった酒場の主人は、フィヨルドを弁護する証言をした。その日、そこで飲んでいた大工の作業場から来た三人の若者もそうだった。

しかし、厳粛な法廷において、彼らはおどおどしたように見えたので、彼らの証言はほとんど重きを置かれないことは確かだった。

それで、フィヨルドは死刑宣告をくだされると考え始めた。その頃、死刑判決を受けた者は、海岸先の小さな岩礁に連れてゆかれて岩に縛り付けられ、満ちてくる潮に口をふさがれて溺死するのだった。

「自分が選ぶような道ではない」とフィヨルドは内心思った。

六人の裁判官は協議し始めた。

彼らの額を寄せる時間が長くなればなるほど、それだけ眉根のしわが深くなり、表情がかげった。

フィヨルドは日没前に、潮が満ちてくると隠れる岩礁に連れてゆかれることを望んだ。まもなく自分の命が消えることをもう願っていたからだ。

突然法廷の扉が開かれ、ひとりの若い女が守衛を押しのけ、裁判官のほうにやって来た。

「わたしの名はスヴェーナといいます」彼女は口早にいった。「あの若者はフィヨルド・エルクソンという木こりです。彼は善良な人で、間もなく自分を連れて、山中の木こりの小屋で生活することを望んでいました。しかし一か月前、父親はわたしの知らないうちに、わたしがそれほど好意を持っていない、ヨム・オレという商人にわたしを売り渡したのです。四日後、結婚することになっていました。そのようにせよと父はいいました。お前には木こりの小屋はない。町はずれにある立派な家の女主人となるのだ。すぐ行け、スヴェーナ、結婚衣装を用意しなさい。ヨム・オレは持参金を当てにしてない。結婚披露宴さえ用意している。お前は幸運な女だ。あの木こりのフィヨルド・エルクソンでは、一生みじめさと貧しさの中でお前は暮らすことになるだろう。早く結婚衣装を用意しなさい。

そう父はいいました。わたしの心は氷のようでした。

でも、わたしは織機のところに座り、わたしの苦痛を忘れるために、機織りに専念しました。織機の布地を見ますと、織っているのは花嫁衣裳ではなく、経かたびらでした。

それはわたしには、運命の印、つまりこの件はだれかの死で終わるように思えました。

裁判官さま、わたしは老守銭奴のヨム・オレの妻になるよりも、むしろ死んだほうがよいように思えました。

それから昨日昼頃、兄のエルリングが『人魚亭』という酒場で人殺しがあったという知らせを持って帰ってきました。

それに誰もあまり注意を払いませんでした。波止場沿いの飲み屋では喧嘩や傷害はいつものことです。

そのとき、弟のバルドが息を切らして入ってきて、叫びました、死んだのはヨム・オレだ。ヨムはつばとおがくずの中で死んだ。

それを聞いて、織機のところへ行き、杼《ひ》をとても早く動かしました。その経かたびらをヨム・オレの葬儀のために用意しなければ、と思いました。一時間、少しも途切れることなく織りました。

隣の部屋で、父とふたりの兄弟が低く暗い声で、次にどうするべきか話し合っているのが聞こえました。

そのとき、戸口にノックがありました。愛する人が戸口に来てノックすると、ことばは不要です。一瞬踏み板の上でわたしの足の力が抜けましたが、嬉しかったからです。それからまた杼を動かし、歌を耳にしました。フィヨルド・エルクソンがわたしに会いに来てくれたので、自分が歌っているのに気がつきました。

しかし、裁判官さま、わたしはフィヨルドに会いませんし、彼のことばも聞きませんでした。何も言わずにあの人たちが、フィヨルドを閉め出すのを聞きました。ふたたび家の男たちの暗いささやき声を耳にしました。

相変わらずわたしは経かたびらを織り続けました、ヨム・オレのために、幅広く長くなるように。

それから灯ともし頃になると、ドアがまた開いて、叫び声を聞きました。あいつが捕まったよ。弟のバルドが叫びました。警官たちが『ハヤブサ亭』で人殺しのフィヨルドをとらえた。午前中、あいつの命のかかった裁判が行われる。

裁判官さま、その叫び声にわたしは織機から立ち上がり、ベッドに行きましたが、悲しみのため眠れませんでした。悲しみのためと、また隣で、父と兄弟たちの暗いささやきが一段と強く意地の悪いものとなったからです。わたしはベッドから出てドアに耳をあてました。この裁判の前に証言のためにでっち上げているうそを聞きました。フィヨルド・エルクソンを死刑にするためのいろいろな偽証を」

それからスヴェーナは口を閉じ、法廷の床を見た。

裁判官たちはもう一度額を集め、うなずき、考え、指先をしげしげと見た。だが、ひとりの銀髪の老裁判官がフィヨルドとスヴェーナをときどき見ながら、熱心に忙しげに主張すると、次々と他の裁判官たちも黙ってうなずき、ある程度の一致点に達するように見えた。

そのとき、スヴェーナはまた低い声で言った。「お願いです、裁判官さま、わたしが織り終えた経かたびらを、このフィヨルドに着せませんように。今日はこの人に悪いことが多く紡がれました。彼は若く勇敢です。死なせないでください」

裁判官たちはふたたび相談した。

それから、銀色のあごひげを生やした裁判官はいった。「木こりのフィヨルド・エルクソン、われわれはお前が殺人の罪であると考える。すべてを検討した結果、お前は岩礁に連れていかれ、岩に結び付けられ、潮が満ちて口をふさがれるまで残るべきである。しかし、この女性が述べたことを考慮して、追放処分の刑とする。お前はノルウェーを離れ、二度とこの地を踏んではならない。王国で発見された場合、お前を殺したいものが誰にせよ、お前は法から保護されないだろう。

さて、準備に一日の猶予を与えるので、この土地を去りなさい」

それからフィヨルドは何をすることができよう。ノルウェーの誰も彼をかくまい、保護することができなかった。それについては疑念の余地はなく、遅かれ早かれ、父親と兄弟たちは彼のために殺し屋を雇うだろう。

法の保護を奪われたフィヨルドはそんな暗い思いにとらわれているうちに、いつの間にかマストや索具やタールの匂いのする港湾地区にいた。

波止場にひとりの老船乗りが立っていた。この男はフィヨルドに話しかけた。「ふさぎこんでいるようだな、おい」と彼はいった。「ひと月陸にいれば十分だろう。またあごひげを海のしぶきにさらす時だ。元気を出せ、次の満ち潮で船出する。イングランドのグリムズビーという町へのセイウチの牙と塩漬けのトナカイの積荷だ。もう、顔色はよくなっている。船長とちょっと話して来い」

木こりのフィヨルドは今まで船に乗ったことはなかったが、船長はいいだろうといってくれた。しかしながら、ノーサンバーランドの海岸を見ないうちに、船長はこの新人と契約したことを後悔した。フィヨルドは新人のおかす過ちをすべてしでかした——船酔いはする、オールのリズムが合わない、海では言ってはいけないことばを口にした、他の船乗りの邪魔をした、左舷と右舷の違いが分からなかった、一度ならずもロープをとんでもないもつれにしてしまった。しかし、船長は辛抱強く、ある夜の見張りの際、フィヨルドが自分のおかした犯罪の話をしたとき、船長は喜んだ。「なぜなら、お前のような自由な無法者は最良のヴァイキングになるからだ」と彼はいった。だんだんとフィヨルドは海の技術を覚え、二航海の終わりには、彼は一人前の船乗りとして通用する、と船長は太鼓判を押した。

スカーバラ沖合を南下するあの最初の航海で、船長は一隻の商船を目撃した。「見たところ、相当の積荷をのせている」と彼はいった。「積荷をちょっとのぞいてみようと思う」

商船はノルウェー船が接近するのを見て、操舵手《そうだしゅ》は帆が風をいっぱいにはらむように旋回したが、ノルウェー船に比べれば船足が遅かった。ノルウェーの最初の矢が商船に射込まれると、イングランドの船長は両手をラッパの形にして叫んだ。「そちらが楽しみのために殺しをするヴァイキングといったものではないことを望む。こちらは新しい船で、乗組員はみんな若く、新婚か、リューベックから財布を銀貨で満たして帰ったら結婚するつもりの連中だ」

「好奇心からそちらの積荷を拝見したいのだ」とノルウェーの船長はいった。

それで二隻の船は横付けし、ロープでつなぎ、船長とフィヨルドを含め四人の船乗りがイングランド船に乗り込み、船倉にある百梱《こり》のうち一、二開いた。その船の積荷は最良の羊毛であることが分かった。

「この羊毛をすべて必要とするほどコートに不足していない」とノルウェーの船長はいった。「友情から二梱いただこう、自由に見せていただいたことに感謝する。その代わり、一たるトナカイの肉を差し上げる——海上での厳しい一日の仕事の後の、トナカイのシチューほどうまいものはない」

上背のある、白いあごひげを生やした、深刻な顔つきをしたイングランドの船長は、その日、血が流されることがないことを知った。そのあと、彼はノルウェーの船長と親しげにことばを交わした。ふたりは仲良くなって別れた。ノルウェー船は南下して、グリムズビーに着くまで冒険はなかった……

乗組員たちは給料を使おうと上陸し、船長のホーコン・トリーマンはどこかの重要なビジネスで忙しいので、フィヨルドとラナルドがふたりだけラクソニー号に残っていたとき、フィヨルドはラナルドにいった。「まあ、海の手柄話はこのくらいにしておこう。なぜおれがこのベルゲンの海港や、ノルウェーのどこにも足を踏み入れないかを説明するために話すことは話した。まだおれは犯罪者で、死ぬまでそうだ。ヨムを殺し、裁判にかけられた——四〇年前のことだが、以来、グリムズビーやダブリン、オークニーやフェロー、スペインやシシリー、アイスランドやグリーンランドやヴィンランドと、大洋を行ったり来たりしたが、自分の故国に一度も足を踏み入れたことはなかった」

ラナルドはいった。「仮に上陸しても、ベルゲンにはあなたのことを知っている人はもういないでしょう。あなたの敵たちも亡くなっているのでは。あなたはまだ強い人です、フィヨルドさん、あなたに危害を加える人はまずいないでしょう」

フィヨルドはいった。「お前の言うことは正しい、ラナルド。死が彼らの目を閉じた可能性は大きい。ベルゲンの通りを歩くことを妨げるような恐怖はない。通りすがりに、誰かに次のようなことをいわれるのが怖い。『スヴェーナは婆さんになって、これこれの路地の家に住んでいる……』

あるいはもっと悪いことは、『スヴェーナはだいぶ前に死んだ、まだ若い娘のころに、フィヨルド・エルクソンが人殺しでノルウェーを追放された後まもなく』」

その夜、ラクソニー号の乗組員は船に戻ったが、ベルゲンの酒場で飲んで、大分酔っている者もいた。中にはけんかした者もおり、目や口のあたりにあざを作っていた。大部分の者は給料を使い果たしていた。

船乗りたちはすぐに寝床に入り、間もなく船はいびきの不協和音で満たされた。

「間もなく船長のホーコンが帰ってくることを願う」とフィヨルドはいった。「この三日間、商人の執務室か店にいっている。長い間、彼が積荷について交渉するのを知らないでいた。結局、簡単な積荷で、オークニー向けの木材やヤギのチーズや燻製のトナカイの肉だ」

翌朝、船乗りたちは目を覚ましたが、みんな青い顔色をしていた。

さらに二日過ぎたが、船長のホーコン・トリーマンの気配がなかった。

それから、また海に戻りたいと思い、船乗りたちはぶつぶつ言い始めた。彼らの財布は空っぽで、付けでベルゲンの酒場で飲める可能性はなかったからだ。

オークニーで積荷が売れれば、それぞれちょっとした銀貨を手にするだろう。

さらに一日過ぎたが、ホーコン・トリーマンは波止場周辺にも船にも姿を見せなかった。

代わりに、ひとりの使者が馬に乗って波止場にやって来た。この男はワシの羽根をつけた革の帽子をかぶり、色のついた羊毛で刺繡《ししゅう》された上着を着ており、ベルトに銀のラッパを下げていた。使者は馬を後ろ足で立たせ、権威ある洗練された口調で叫んだ。「この船は最近グリーンランドから戻ったラクソニー号か」

船乗りたちは手で隠して忍び笑いをし、彼の口調をあざ笑い、勝ち誇ったようにまぶたを伏せ、大声で笑った。いつもそんな具合だ——船乗りたちはいかに高貴で力強くとも、陸者《おかもの》の気取りをからかうのである。

ついにフィヨルドは、この船は間違いなく最近グリーンランドから着いたラクソニー号である、と重々しくいった。

「わたしはラクソニー号の船長とことばを交わしているのか」と使者はいい、火花が出るほど玉石の上で馬を飛び跳ねさせた。

わずかな風が使者の髪の匂いを船に運んだ。何人かが鼻を押さえた。他のものは海につばを吐いた。

「ラクソニー号の船長は、仕事のため陸に上がっている」とフィヨルドはいった。「船長はすぐ戻ってくると思う」

「船長が問題ではない」と使者はいった。「陛下がお話しになりたいのは船長ではない」

王様からの使者だ！　船乗りたちは嘲笑をやめ、玉石の上で馬を半円にはねさせる、よい匂いのする輝く存在に、ある程度の敬意を払った。陛下は自分らをトロンヘイムで建造している新しい国の船の乗組員にしたいと考えておられるのか——ありそうにもない話だが。

「フィヨルド・エルクソンという名の乗組員はいるか、それからラナルド・シグムンドソンという名のオークニーの若い船乗りも？」

フィヨルド・エルクソンは前に出た。「わたしがフィヨルド・エルクソンです」と彼はいった。

「それならすべての用務をやめて、王宮に直ちに来るように」と王の使者はいった。

「お招きを王様に感謝申し上げます」とフィヨルドはいった。「しかし、フィヨルド・エルクソンは四〇年間王国において犯罪者であり、世界の大洋で残りの日々を過ごすことを誓いました」

次に船乗りたちはラナルドを前へ押し出した。「さあ、使者の方、オークニー少年のラナルド・シグムンドソンです」

使者はラナルドを見下ろすように見た。

「ただちに王宮へわたしとともに来るように」と彼は調子をつけていった。「王の命令である」

四人の船乗りがラナルドを船側から波止場に押し出した。使者は大仰なしぐさで、ラナルドにくらの彼の後ろに乗るように指示した。

それから栗毛の馬はひづめを蹴散らして玉石を一回りし、勇ましくいないないた。

「フィヨルド・エルクソン、お前に関しては」と使者いった。「陛下は王の召喚に従わなかったことを不快に思うだろう。たとえ船の上であっても、お前は今王国にいるのだ。そのことに責任を負わなければならないかもしれない」

そういって使者は馬の向きを変えて拍車を入れ、長い波止場を一直線に走り去った。ラナルドの髪は後ろになびいた。

しばしひづめがとどろいた後、馬は速度を落とすと、ラナルドはアーチ形の紋章のある門をくぐっているのだった。

城の中庭に、ラッパが鳴り渡った。

第二章　ノルウェー

一

ノルウェーのオーラフ王は高い椅子に座り、ラナルド・シグムンドソンに彼の前のスツールに座るように命じた。

書記が近くのテーブルに座り、王の言うことをほとんど書き留めた。

白いあごひげを生やした侍従が、王座の後ろに立っていた。その老人は疲れているように見え、ラナルドは気の毒に思った。しかし侍従はときどき王座の金箔《きんぱく》の高い隅に手をかけ、姿勢を正して立っていた。その手は晩秋の木の葉のように弱々しかった。

オーラフ王は興味ありげに少年を見て、待った。

「陛下」侍従は王の耳元でささやいた。「ヴィンランドへ行った少年です」

オーラフ王はすぐに身を起こした。「ヴィンランドへ行った者か」と王はいった。「なんと若い！これは余に楽しみを与えてくれる」

ラナルドは頭を下げた。オーラフ王の足元にひざまずき、王の指にはめられた金の指輪にキスをするべきか分からなかった。しかし、彼は独立心のある人びとの間に育った。王の前の低いスツールに座る前に、できるだけ厳粛に礼儀正しく「陛下」と何とかいった。

「さて、余はこのヴィンランドについてすべて知りたい、と興味を大いに持っている。その地は野蛮人が所有しており、彼らは片足しかなく、場所を移動するときはこの大足で跳ねていかなければならない、と聞いておる」

「そんな人たちに会いませんでした、陛下」とラナルドはいった。

「また、骨髄と血の混じりあったとんでもないものを食べ、それで野蛮で、人を殺すようになる、とも聞いておる」と王はいった。

「いいえ、陛下」とラナルドは答えた。「彼らはサケやガチョウやシカ肉を食べます。髪は直毛で黒く、目は夜のように黒いですが、見た目は美しい人びとです」

書記の羽ペンは書きよどんだが、この情報をできるだけ書き留めようと、カリカリと音を立てた。

侍従はしばし、疲れた老いの目を指で押さえた。

ラナルドはオーラフ王にうながされて、ヴィンランドの森、浜、川や平原について精一杯述べた。至るところにふんだんに生っている小粒の甘い木の実の房、風に吹かれて上下に波打つ平原の野生のトウモロコシ、またサケや森林の敏捷《びんしょう》なシカ、太陽の近くで旋回しているワシについて述べるのを忘れなかった。「首長たちが髪にワシの羽根をさしているのは、陛下、スクレーリング人の間では名誉の印です」

「まったく、野蛮人、異教徒だ」と侍従はつぶやき、疲れでわずかによろめいた。

「さらに余は聞いておる」と王はいった。「あのスクレーリング人たちは敵の髪を征服の印と考える。頭髪が切り取られるばかりでなく、頭皮がナイフで頭からすっかり切り取られ、村の中央のポールにかけられるとか。家は皮や枝でつくられている」

ラナルドはそれには何も答えなかった。

書記の目は驚きで大きくなり、ペンは皮膚をすべって、小さなインクのしずくがまき散らされた。ラナルドは宮殿の離れたところで、少年たちが歌う、ゆっくりとした厳かな歌声に気づいていた。

「さらに余は聞いている」と王はいった。「ずっと北の氷のあるところでは、別の仕方で生活をしている――こういった暮らしを『生活』と呼ぶことができるならだが――スクレーリング人がいると。その北方のスクレーリング人たちは――余はそう聞いておる――小柄な人びとで、とても太っており、クジラやアザラシの脂肪ばかり食べているので、どうしても肥ってしまうのだとか。その氷の人びとは本当の人間でなく、半分人間で、半分セイウチだと言われてきた。雪の家に住んでいるとか」

ラナルドはいった。「陛下、その人たちはヴィンランドの人びとより、むしろ北方のグリーンランドの人びとです。彼らは自分たちをイヌイットと呼んでいます。少し前、彼らは自分たちを地上に住む唯一の人間であると考えました。かつて三人のイヌイットが、レイヴ・エリクソンやわたしが住むグリーンランドの村にやって来て、木材やビールと交換にオオカミの毛皮やセイウチの牙を差し出しました。あのスクレーリング人たちがたるのように丸く太っているのは本当ですが、楽しい笑みを絶やさない人たちで、彼らと取引するのは楽しかったです」

「野蛮人、氷の人」年老いた侍従は、半ばあくびをし、半ばため息をついてささやいた。

書記は石のインクつぼに羽ペンを深く浸した。

「このヴィンランドとその住民たちについて、余は知りたい」とオーラフ王はいった。「こういった土地の油や果物や鉱山が、グリーンランドやアイスランドの貪欲な商人たちによって浪費されるとは、余には残念に思える。ノルウェーの造船所で商船の艦隊を建造し、西へ商いに行くことができるかもしれない。しかし、ノルウェーからヴィンランドまでは長い危険な航海であるし、結局会計簿は、渦巻きや難破や氷山や海の怪獣やらで、利益よりは引き出し額が多くなるかもしれぬ……一方、悲しいかな、周りで多くの困難を抱えており、山賊やヴァイキングに対して全精力をつぎ込まなければならない」

書記は手を止めた。この一、二年で何度も記録されたことは記録する必要はなかった、山地民やラップランド人や海賊たちとのトラブルなどは。

「……空しさ、すべては空しい。……すべての労苦も何になろう」（旧約聖書口語訳「コヘレトの言葉」第一章第二、三節、文語訳「伝道の書」）侍従は埋火《うずみび》の灰のように乾いた声でいった。

また少年たちの合唱が始まり、その清らかな歌声は、謁見の間の三つの声を下品で意味のないように思わせた。

それから、ラナルドは商船スノーグース号でオークニーを離れ、父親の怒りでレイヴ・エリクソンのウェストシーカー号の密航者になったこと、世界の果てへの旅で嵐の後、父親の船の残骸を見たこと、かごから出た飢えたワタリガラスがヴィンランドへの道を示してくれたことを王に話した。

そこで起こったことをすべて詳細に王に話した。

書記は時折、一言二言書くだけだった。というのは書記が記録すると考えられたことは、舌足らずの少年の想像する世界ではなく、オーラフ王の口から出た豊かな英知であったからだ。

離れた王の礼拝堂で聖歌隊は歌っていた。

朝の翼を受けて
海の最果てに逃げるけれど
あなたの慈悲がわたしを探し
あなたの右手がわたしをとらえますことを……

ラナルドはオークニーのウォーベスで修道士から十分ラテン語を学んでいたので、その意味をたどった。しかし、本当に音楽は意味で、意味は音楽であると思ったので、そのラテン語のことばとグレゴリオ聖歌は継ぎ目なく一つに織られていると思った。聖歌の美しさゆえに、彼は自分の話をするのをしばしとどめた。

「お前の話は余にはこの上なく面白い」と王はいわれた。「余はしばらく前、オークニーを訪れ、オークニーの人びとをキリスト教に改宗させた。シリー諸島からノルウェーに航行の途次、余の船隊はホイ島のオズマンドヴォー（二一六ページのオズマンドウォールと同じ。ホイ島南東部サウス・ウォールズの東端。現在の地図でカーク・ホープという入江である）に避難した。雨のカーテン越しに、オークニー伯シグルドの船を三隻、目にした。シグルドは彼の領主を見て、あまり喜んでいないように思えた。間違いなく、彼はノルウェーがヴァイキングの戦利品の分け前を要求すると考えた。

『恐れるな、シグルド』と余はいった、『銀杯やタペストリーは手元に置くがよい——余は少しも望まない——むしろ、余はお前たちにキリスト教という大きな宝を与えよう』

『ノルウェーの神々のトールやオーディンに、この上なく満足しております』とシグルド伯はいった。

『しかし、余はお前の王であるぞ』と余はいった、『最近余は、キリスト教はノルウェーおよび西の伯領の宗教であると布告した。お前はキリスト教徒にならねばならない。お前の王はこれを命ずる』

『いいえ』とオークニー伯は答えた、『と申しますのは、わたしやわたしの祖先たちはオーディンの大海を航行してきて、オーディンはわたしどもを繁栄させてくださいました。キリスト教というこの未知の海に、あえて乗り出すつもりはございません』

『それについて何も難しいことはない、シグルド伯』と余はいった。『たまたま余の船にふたりの修道士が乗っていて、瓶に洗礼の水を持っている。その瓶からお前の額に数滴たらせば、お前はキリストの海に乗り出せるのだ』

『わたしは祖先の神々の裏切り者になりたくはありません』シグルドは頑なにいった。

『なあ、シグルド』と余はいった。『余のよき友よ、お前の王の反乱者として、お前を余に処刑させたくないだろう。お前の部下たちに、横木沿いにひざまずき、太陽を振りあおぐように言え。余のふたりの修道士が部下のところへ行って、その額に洗礼の水をそそぐであろう。シグルド、まずお前がここ王の船の高座において洗礼の水を受けよ。こんな簡単なことで、お前やすべてのオークニーの者が、キリストの広大な海に乗り出すことになるのだ。そこでは計り知れぬ宝が見いだされるであろう……』

だが余には、シグルドは宗教におけるこの変更を、少しも喜んでいないように思えた。余がノルウェーに向かって東に出航すれば、シグルドは元の神々の信仰に戻るように余には思えた。余はシグルドのことをよく知っている。あいつは多くの面で、善良で勇敢な男だが、極めて頑固だ。

ところで、シグルド伯の船に息子が乗っており、フンドというハンサムで優しい若者だ。伯は息子をかわいがっているように思えた。見よ、オーラフ王よ、宝庫の莫大な富にもかかわらず、わたしの息子フンドのような宝石を持っていまい……と言わんばかりに、あいつは何回も少年の肩を抱いた。だがまた、ある大きな危険が息子に降りかかるのを恐れるかのように、大事にしているように思えた。少年フンド・シグルドソンを見ていると、余は少年の性格や目鼻立ちの優美さに目を向けざるをえなかった。ヴァイキングの猛襲や包囲攻撃に向くようには作られていなかった、このフンドは。しかし、父親は息子の中に、疑いもなく強靱《きょうじん》さと英雄的資質を植えつけるために、この最初の航海に連れてきていた。このフンドは、いつかオークニーで統治をしなければならないかもしれない。それは柔弱な者の仕事ではない。

それゆえ、シグルド伯はその日オズマンドヴォーの船上にて、額に洗礼の水を受けて、大きな愛情と誇りと心配を胸に秘めて、少年フンドを呼び寄せていった、フンドよ、運命の命ずることは、起こるべくして起こる。航海にともに出かけよう。

この時、余はシグルド伯に申した、『わが友よ、お前は船にすばらしい息子を連れてきておる。余オーラフ王は彼の顔つきや態度が大いに気に入っている。こういった息子はヴァイキング襲撃で危険を冒すべきでないと余には思える。オークニーにおいてさえ、彼の魅力は少数の島民しか目にしていないだろう。この少年フンドを余に預け、ノルウェーで養育すべきと思う。ノルウェーで十分な養育を受け、貴族の若者に必要な技芸・教養について最高の人物から教えられよう。さらに、キリスト教の信仰において、入念に教育されるであろう』

シグルド伯は苦痛の大声を上げた。『フンドはわたしの息子であり、手放すことはありません。わたしの心臓を引き裂いてもらったほうがまだましです！ オーラフ王、今日あなたは十分すぎることをわたしになさった。もうノルウェーに出航し、わたしを息子と船と部下とともにそっとしておいてください』

そしてあの雄牛のごとき男、シグルド・フロドヴェルソン伯は息子を引き寄せ、目に涙がきらりと光った。彼の大きな体は悲しみに打ち震えた。

余は命令を下した。少年フンドは父のもとから引き離され、王の船に移された。そして少年は金色に彩られた船首、船側に並ぶ盾の打ち出された青銅の突起、精巧に彫られた船首のドラゴンに、いたく心を奪われたように思えた。

ロープが緩められると、フンドは振り返って、伯である父に手を振ることはほとんどしなかった。オークニーの船団はオズマンドヴォーに残り、王のノルウェー船団は全部で五隻であるが、整然と並んで一隻ずつペントランド海峡に入り、北東のベルゲンに向かった。

少年フンドはまだこの宮殿にいる。耳を澄ましてみろ、今、礼拝堂の聖歌隊に彼の声を聞くことができよう。フンドはこの上なく美しい声をしている……」

みんな耳を澄ませた。

それから、オーラフ王は疑わしそうにいった、今朝、聖歌隊にはフンド・シグルドソンの声は、廷臣や商人の息子たちの声に美しく厳かに織り込まれてないように思える。「かなり繊細なのだ、余のフンドは」と王はいった。「よく喉を痛めたり、せきをしたりする。そういったものは少年のころの病だ。いずれは強い、有能な大人に成長すると、余は確信している。彼が騒然としたオークニー諸島を支配する気があるのなら、それは必要なことであろう。しかし、余は疑いや憶測でグレゴリオ聖歌を台無しにしている。耳を澄ませ」

宮殿の離れたところから、アーチのある迷路のような廊下を通して、聖歌隊員のグレゴリオ聖歌が聞こえてきた。

天は神の栄光を宣言し
大空は神の手仕事を布告する
日は日にその言葉を注ぎ
夜は夜に知識を分け与える……

オーラフ王はいった。「父のシグルド伯が塵《ちり》に帰した後、息子を異教徒のオークニー諸島の領主として返す前に、余はこのフンド・シグルドソンを偉大なキリスト教徒の騎士に育てたい。あの同じシグルドが終わりまで良きキリスト教のままでいるかどうかわからないので。

しかし、オーラフ王の余がオークニーにキリスト教の光を最初にもたらしたことは、余の心を喜ばせる」

年老いた執事は立ったままほとんど眠っていた。高座のそばに立ってうなだれて、かすかな騒音が鼻から聞こえていた。

書記は長い時間、書くのをやめていた。オズマンドヴォーでのオーラフ王とシグルド伯との船上での会見の説明を、昨年のうちに書記は何度も書いていた。

「すみません、陛下」ラナルドはいった。「キリストのろうそくは、陛下が話されるよりもずっと以前に、オークニーの祭壇に灯されていました。パプリやパピー、アインハロー、バーシー、ウォーベス（いずれもオークニー諸島の島または場所の名）にはとても長い間、アイルランドの修道士がおりました。ウォーベスの修道士はわたしに読み書き、またラテン語の文法や暗号、聖書を教えてくださいました」

書記の目が、王の威厳に逆らうこの少年の厚かましさに、大きく見開かれた！

「そうかもしれない」とオーラフ王は笑いながらいった。「そうだったに違いないと余は確かに思う。だが、あの聖なる人びとは常に異教徒の伯たちの気まぐれのままだった。シグルドの一言で、修道士たちは海の最果ての地に追いやられたり、羊皮紙の文書が燃やされたり、銀が溶かされたりしただろう。王印がすべてを保証する。余はすでに言ってある。そうなるであろう」

ラナルドはうやうやしくお辞儀をした。

「さて、お前が船に戻る前に、余と夕食をともにしてもらいたい」と王はいった。「夕食の席で、未来のオークニー伯フンド・シグルドソンに会うだろう。お前たちふたりは同じ年頃だ。きっと同意してくれると思う。お前たちの心の中を見た。ともに才能に恵まれた、聡明な若者たちだ」

オーラフ王は立ち上がり、三度手を叩いた。

年老いた執事はびっくりして、叫んだ。「はい、はい、馬にくらはつけてあります、ハヤブサたちはフードをつけて、納屋から出してあります。狩りの準備は万端整っております……」その時、元気なころ何度もしたように、タカ狩りの準備をして中庭にいないのに気が付いた……「おやまあ、立ったまままた眠ってしまったわい」と彼はいった。「これはいかん、これはいかん」

三人の従僕が来て、王のほうへ顔を向け、謁見室の入口に立った。

「オークニーからの若いお客がいる」とオーラフはいった。「夕食までいる予定だ。ラナルド・シグムンドソンは塩や海あかを洗い流す必要がある。清潔な亜麻布のスーツとコートを着てさっぱりするだろう。そのように取り計らえ」

書記は巻いた羊皮紙文書をリボンで結んだり、羽ペンを集めたり、インクつぼにコルクのふたをするのに忙しかった。その日、謁見室では、これ以上知恵のある、黄金のことばが語られることはないだろう。

書記は王にお辞儀をし、お辞儀をしたまま、後退するカニのように扉のほうに斜めに歩いた。

三人の従僕は、ラナルドに従い会見室から出ると、へつらいと敬いをすぐに捨てた。

「あ、くさい！」とひとりはいった。「ドブネズミのようなにおいがする。気分が悪くなる。いらしてください。こちらへ」

従僕たちはラナルドを連れて、二つの廊下を通り、角を三つ曲がり、オーク材の水だるとオーク材の洗面器と亜麻布のタオルのある部屋へ案内した。

「真水を最後に見たのはいつですか？」と他の従僕がいった。「豚小屋で育てられたのですか？うぇ！」

三人目の従僕はたるから洗面器に水を汲んだ。「陛下は自分の部屋にこんな獣のような汚い若者を入れることができるのかな！お前さんの風下にいるのはごめんだね。すっかり汚れを洗い流しておくれよ」

ラナルドはきれいな水（死んだクモ一匹とカタツムリが一匹いたけれど）でよく洗い、タオルで拭いて体が赤らむと、三人の従僕はラナルドを衣装部屋へ連れて行った。

「彼はまだ全然バラのような香りはしないね」と最初の従僕がいった。

「だが、もうご婦人方をそれほど震え上がらせることはないだろう」二番目の従僕がいった。

「祭りの日の商人の息子ぐらいには通るだろう」三番目の従僕はいった。

ラナルドは青い絹の襟のついた新しい亜麻布のスーツを着て、羊毛の靴下にスペイン製の革靴をはき、宮殿の大きな宴会室に案内された。

客たちは殿方ご婦人とひとりひとり交互に入り、長いテーブルのそれぞれの椅子のそばに立ち、待ち受けた。

銀のトランペットが鳴り響いた。

オーラフ王が入場された。王が高座に着かれると、紳士淑女は王にお辞儀をされた。王の両脇に一つずつ、二つの空席があった。

王は合図をされた。宴会場が盛夏の庭園であるかのように、廷臣たちは芳香を漂わせ、線のくっきりとした清潔な亜麻布の衣擦れの音を立てて座った。「本当に、女性方は華やかなチョウのように見える……」とラナルドは思った。年老いた執事と老婦人が、食卓をはさんで向かい合わせに座っているのが分かった。ふたりは優しく静かにうなずきあった。

その時、ラナルドは自分の名が正式に言われるのを耳にし、驚いた。「陛下は支配地オークニーからはるばる来られた若い客人、ハムナヴォーのラナルド・シグムンドソン様を、今宵、王の食卓に喜んでお招きする」

「前へ、おバカさん」最初の従僕はいって、ラナルドを二〇台の枝付き燭台《しょくだい》の明かりの中へ押し出した。

「頭が床につくくらいにお辞儀をしなさい、田舎者」二番目の従僕がいった。

「海の中の魚のように黙っていなさい」三番目の従僕は小声で言った。「一言でいえば、お前の無知をさらけ出すのだから」

オーラフ王はラナルドに、高座の王のそばに座るように手振りで示された。

突然奔流のような音がした。宮廷の紳士淑女が拍手をしているのだった。

オーラフ王は長い食事の間、ラナルドにのみ話をするのだった。

ふたりの周りには、その会話が広い浜沿いの海のように波打っていた。

上の桟敷には六人の音楽家がいて、フルートを吹き、ハープを演奏していた。時折姿の隠れたスカルドが長い詩の挿話を朗唱し、複雑なことば模様が語られるときは、音楽は鳴りやんだ。

会食者はまずロブスターのはさみ、貝殻からカキを、そのあとにオートケーキとともにシカ肉やハムの薄いスライスを口にした。取り皿がなかった。客たちは磨かれたむき出しのオークテーブルのここかしこに置かれた、料理が盛られた大皿に両手を伸ばし、指で食べた。オートケーキの上に親指でバターを塗った。やがて拳や下顎から脂がしたたり落ちた。何人かはげっぷをし、そのうちのひとりが特に大きなげっぷをしたら、周囲では笑いと感謝のことばがあった。上流階級の人びとが自分のきれいな亜麻布の袖で、時には隣の人の袖で脂のついた指をこすっているのを見て、ラナルドは驚いた。客の誰もがそれに怒っていないように思えた。

オーラフ王だけには、大きなナプキンを持ってそばに立つ召使がいて、王は指や口をその布で時折拭いた。

「海の連中のほうが、この紳士淑女よりきれいに食べる」とラナルドは内心思った。

彼は脂を自分の指や口の端から、長いよく動く舌でなめとるように注意した。

その間、三、四人の召使がテーブルを行ったり来たりして、銀の瓶から客のそれぞれの前にある杯に、ワインやハチミツ酒を注いだ。ラナルドの杯にもハチミツの入ったエールが注がれた。食事が進むにつれて、ますますそれを飲んだ。長い航海の後では、そのハチミツ酒は彼には美味なる味わいだった。

「今宵、フンド・シグルドソンが余の高座の反対側に座ることを、余は約束した」とオーラフ王は彼に話していた。「不幸なことに、フンドは今朝から気分がすぐれず、ベッドに寝た切りで、余の侍医たちが見ておる……フンドのことがとても心配じゃ。この冬、具合が悪くなってから、これで三度目じゃ……今回は熱が高い。今日、せきの発作のあと一度——侍医たちはそう言った——口から一筋の血が流れた……明日、あの善良で感じのよい人質フンドの回復を願って、礼拝堂で特別の祈りをささげる予定だ」

王がフンドの病をほんとうに悲しまれているのを見て、ラナルドはハチミツ酒をぐいと飲みほすと、テーブルで話されている会話が、ほとんどすぐに夢からの声のように思われた。

ハープとフルートの音楽は上の桟敷から、複雑に絡み合って奏でられ、ラナルドはこんな美しい楽の音を聞いたことがないと思った。スカルドが詩を口にすると、ヴァルハラの小塔からの、雄々しく不滅の声のように思われた。しかし、その詩のことばはとても古風で装飾的なので、ラナルドにはほとんど理解できなかった。

ラナルドの杯は空になった。すぐに給仕が瓶を持って来て、ハチミツ酒をなみなみとついだ。ラナルドはふたたび杯を傾け、甘美な酒は口端からこぼれ、顎からしたたり落ちた。

肉の大皿がテーブルから下げられ、次に召使たちはチーズの大皿を持ってきた。できたばかりの柔らかいのもあれば、アオカビが十分仕込まれたもの、板と思えるほど固いもの、ハーブを仕込んだバターのように軽いものなどがあった。それぞれのチーズの大皿のそばに、ハチミツの匂いのする、出来立てのホカホカのパンがあった。

ラナルドはいつの間にか片手に青筋の入ったチーズの塊を、もう片方の手にパンの塊を持っていた。しかし、チーズの大皿に手を伸ばしたことは覚えてなかった。

王の厳かな声は質問で延々と続いた。王の口はラナルドの耳のすぐ近くにあったが、ラナルドには遠くから聞こえてくるようで、この上ない甘美と重々しさを持った質問・コメントでいっぱいのように思えた。そしてラナルドが王に答えるときは、彼の頭の中の舌は、四月のツグミのように緩んで屈託のないものだった。

そう、ラクソニー号、それは彼が乗ってきた船の名前で、船長はホーコン・トリーマン……ああ、王は、毎年税金を払い、海賊行為に手を染めたことのない正直な海の人、ホーコン・トリーマンのよい評判を聞いているのだった。それはよかった。特に王の口から、こんな好ましい意見を聞いて、ラナルドはうれしいといった……「そして」と、ハチミツ酒の匂いが彼の脳をウキウキとさせ、ラナルドは続けた。「船長のホーコン・トリーマンはとても感動的に自分の考えを述べます、詩を聞いているような気がします。でも陛下、本当のことを申し上げると、わたしたちラクソニー号の乗組員はホーコン・トリーマンのことを少々心配しております。と申しますのは、ラクソニー号がベルゲンに着くや、船長は商人や金貸しと取引をするために上陸し、それ以来、わたしたちは船長と会っていないのです……そうです、陛下、グリーンランドからオオカミの毛皮とセイウチの牙の積荷を運んできました。次の新月に、主に木材の荷を積んで南西のオークニーへ出帆する予定です。オークニーでは風が強いため木が育たないので、家や船を造る木材がとても不足しています……本当にそうです、陛下、はじめは船が大変怖かったのですが、今では海が大好きです……陛下、陛下の言われることは本当で、ノルウェーは楽しくよいところで、山やフィヨルド、ベルゲンの人びとや町はわたしには魅力的です……ここにずっと留まれということですか、陛下？　王宮に若い廷臣として、それにタカ狩りやイノシシ狩り、詩作、ラトヴィア・オランダ・スコットランド・アイスランドへ使者としていくようなことを学べ、ということですか？　大変名誉なことです、陛下、陛下の示された将来に目のくらむ思いがします……でも、今、それはできません。できるだけ早くオークニーへ帰りたいのです。母は今、未亡人です、父がグリーンランド海で溺死して、母がどうしているのか分かりません。それに、祖父はまだ生きていても大分年寄りで、遠い祖先が二百年前に最初の礎石を置き、土地を囲い込んだストラムネス教区のブレックネス農場を、わたしが耕作することを当てにしています……陛下、本当なんです、その肥沃で広大な農地は、わたしがいなくて盗賊やネズミやアザミからその土地を守らずに荒廃するなら、祖先の魂は休まることはないでしょう……陛下、このハチミツ酒は魅力的な飲み物です。わたしの想いは、日の昇るころの鳥のいる果樹園のように歌っています。これ以上飲むべきではないと思いますが、給仕がもう一度つごうとそばにおりますので、杯に半分ほどついでください……陛下、この長いテーブルで開いたり閉じたりしている口が、その大部分がとりとめのないたわごとをしゃべっているのを見ると、夜ごとにこのおしゃべりを辛抱されている陛下の我慢強さには驚きです！　わたしにとってそれは耐え難いことです。会食者の中でわたしが楽しく思う方は、おふたりだけおられます。それは年を取られた侍従の方とその奥さまです。今朝、謁見室では、あの方は愚かで無能な老人だと思っていましたが、ここではあの方と銀髪のご婦人は真向かいに座り、何も言わずに、死が自分たちを解放するのを待っている祝福された心のように、お互いを見つめ合っておられます……陛下、お許しください、今までこんなにしゃべったことはありません、陛下のご歓待、友情とご推挙、なかんずくあの素晴らしいハチミツ酒の瓶によるものです……」

ラナルドは一息ついた。彼の顔は赤く、脈が手首で陽気に打っているのを感じた。だが彼の想いは発話されようと、押し合いへし合いしていた。

ろうそくの明かりの金色の霧を通して、客の多くが彼のほうに、怒った不快な表情を向けていたことは知っていた。南西の島国からやってきた、このような成り上がりの若者が、このように王の耳を独占するとは——耐え難いことであった！　そうだね、まさしくこの朝、彼は貨物船の甲板をバケツの水で洗い流し、ロープを結んでいたのではないか。それなのに今、陛下でさえほとんど口をはさむことができないほどに、彼はしゃべりまくっていた。

老いた執事とその妻はラナルドに顔を向け、ラナルドがこの上なくかわいい孫であるかのように、目に優しさをたたえ、口をすぼめていた。

オーラフ王は重々しく言った。「このノルウェーで、お前は傑出した人物になると思うに至った、ラナルド・シグムンドソン」

ラナルドは、ハチミツ酒をもう一口飲んだ。「陛下」と彼はいった。「西のオークニーの家族の状況が落ち着けば、ノルウェーに戻ってきて、陛下のために働き、この美しい国の果実を味わうかもしれません」

「お前のことばを大変うれしく思う」とオーラフ王はいった。

ギャラリーのフルート・角笛・ハープは、今や切々たる想いの楽の音を奏でていた。その雰囲気は平和と世界的広さの友愛のヴィジョンといった、人間の業を超えたある状態をかもし出していた（あるいは、ハチミツ酒のとりことなったラナルドの心には、そのように思えた。目に涙があふれていることを知っていた）。

「しかし、陛下」と彼はいった。「わたしが一番望んでいますことは、はるか西の地、ヴィンランドに戻ることです。死ぬ前に、あのスクレーリングの少年と仲良くなりたいです。少年とわたしの間には最後にはトラブルがありましたが、はじめのうちは水面越しにお互い挨拶を交わしたのです」

「天意にかなえば、そうなるかもしれない」とオーラフ王はいった。「そしてまず、オークニーへ行くために、お前にかなりの休暇を与えよう」

ディナーのテーブルが静まり返り、聞こえるのは、王と船の少年の声だけだった。

王が差し迫ったラクソニー号の出航に祝福を与えるや、客たちは拍手をして、王とその客に笑顔を向けた。そしてラナルドは酔いが始まる前にハチミツ酒が与える明快さで、廷臣たちの笑いはこびた偽りのものであると見たが、年老いた侍従とその妻の顔は善意と祝福に満ちていた。

「そして最後に」とオーラフ王はいった。「新月の時にオークニーへ旅立つなら、お前は船上に戻り、準備の手伝いをしなければなるまい。欠けていく月は今や空の燃え殻に過ぎない。ここから波止場周辺までは、暗い道を長く歩かねばならない、ラナルド、その間の街角は危険がひそんでいる。そのうえお前は、少年としてはあのハチミツ酒をかなり飲み過ぎておる。それで、お前は担いかごに乗るのがよかろう。四人の兵士に担がせよう、前に松明を持った兵士を、後ろに松明と剣を持った兵士をつけよう」

それから、ラナルドはひざまずいて、オーラフ王の金の指輪にキスをして、これを最後に「ありがとうございます、陛下」といった。

そしてそのあと、翌朝、船上で目が覚めるまでほとんど記憶がなく、頭に灰が詰め込まれたような感じだった……

「王の出頭命令で夕食にありつき、少々酔いすぎたように思える」とフィヨルドはいった。「さらに立派な洋服一着に、金貨一枚入った財布がポケットに」

ラナルドは一言もいわなかった。口を開いたとしても、出てくるのはうめき声だけだったろう。

「船の出航準備はできた」とフィヨルドはいった。「木材とクジラの骨はロープでしっかり縛って船倉にある。だが、船長からは何の連絡もない。船長がいなければ、出航できない。ホーコン・トリーマンは何で来られないのか。船長は商人との取引を終え、積荷は終わり、いつも新月とともに出航したいと願っており、これから二日たてば、月を目にするだろう。わたしが思うに、ホーコン・トリーマンはこんなに長く上陸したことはない」

月は灰のつぼと消えたろうそくの燃えさしを持って、洞穴に入ってしまった。

その夜、乗組員たちが船の中央部のこぎ座でサイコロを転がしていると、ショールをまとった老婆が、ラクソニー号が係留されている波止場に立っていた。

船乗りたちはサイコロから目を離し、老婆を見た。

「ホーコン・トリーマンは死んだ」と、燃え殻のぱちぱちという音のような声で老婆はいった。「お前さんたちは船長を新たに決めなければならない」

それから老婆は向きを変えて丸石の道をよろよろと歩き、積まれた船具や松明と火を持った夜警や積まれるの待っている積荷の間に消えた。

二

ラクソニー号の船乗りたちは、彼らの中でフィヨルドが一番海の知識を持っているので、彼が船長になるべきだと考えた。

「でも、わたしは取引や商品や市場について何も知らない」とフィヨルドはいった。「積荷のない船なんてどんな利益があるのか。港から港へ空の船を動かすことができるのか。それに、ホーコン・トリーマンが死んだ現在、あの船の持ち主はだれかね。この材木の積荷をオークニーに運んで、そのあとでは、われわれとラクソニー号を運命の手にゆだねよう」

これからヴァイキングに出かけるべきだ、という意見を持つ船乗りが何人かいた。

「公海上にはたくさんの富がある」と強く主張した。「目いっぱいに荷を積んだイングランドの船、デンマークの船、フランスの船。海は夏ごとに豊かになる」

「そうだ」ともうひとりがいった。「数年たてば、おれたちは金持になり、オークニーやアイスランドに立派な家を建て、多くの美女たちを侍らせ、安楽と名誉のうちに生涯を終えることになる」

「そうだ」と船のコックはいった。「そうすりゃ、おれは牧場に、六、七頭の馬を飼うことになるだろう」

一行は南に下って、フェア島の沖合にいて、波はしぶきとなってラクソニー号に入ってきて、誰もがぬれ、寒かった。

「そうだ」と船の大工はいった。「おれたちのヴァイキング時代が終われば、勢いのいい火のところに座って、ビールを飲みながらウサギや去勢雄鶏のシチューを食べ、それから暖かいベッドに眠るのだ」

「ヴァイキングを始めるようになれば、お前たちの命は長くないだろう」とフィヨルドはいった。

「わたしが思い浮かべたことを言おう――無法者は干潮時に岩礁に連れていかれ、岩に縛り付けられ、潮が差してくるや、その口を覆われることになる。人殺しはそういうことになる」

さらに大きな波が船になだれ込んできた。船乗りたちは色を失い、ぬれて震えていた。

「さらに」とフィヨルドはいった。「ヴァイキング船はオオカミウオのように細長く敏捷《びんしょう》で、追うにせよ逃げるにせよ船足がとても速い。しかし、われわれの船を見よ。積荷をのせるように作られており、船底が深くやっかいで、はりの幅が広い。オオカミウオではない、ラクソニー号は、カイギュウだ、荷を運ぶように作られている……」

それからは、船乗りたちは海賊行為や大海での気ままな無法生活について言わなくなった。

そのときたまたま天候が悪くなり、船から水をかい出すことにかかりきりとなり、オークニーの最北端の島リナンシーの沖合で、一つの大きな波に襲われ、残された食料が駄目になった。「今夜シチュー鍋に塩は必要ないだろう」とコックはいった。「喉の渇きをいやすエールもないだろう……」あの大きな波が、エールのたる板を一枚ねじりとってしまったからだ。

フィヨルドは帆の具合を見ようと前にいったとき、帆げたが動いて肩にあたり、しばらく腕に力が入らず、舵取りオールを取ることができなかった。船は今、波に対して横向きとなり、危険なほど揺れ始めた。

それで、ラナルド・シグムンドソンが舵を取り、帆をどのように張るかについての指図を風に向かって叫んだ。「早く！」するとラクソニー号は暴風雨と真正面となり、強い雄牛のように波の攻撃に立ち向かった。まもなく風の向きが変わり、北からさらに強く吹き、ラナルドはオークニー諸島北部の島の間を通るように舵を切った。海沿いの小さな村カークヴォー（その後カークウォールと呼ばれた）に着き、そこに錨《いかり》を下ろした。

フィヨルドはラナルドの船の扱いをほめた。「わたしがやっても、これ以上のことはできなかったろう」と彼はいった。「お前は優秀な商船の船長になるだろう。お前の父親のファイアマウスはお前を誇りに思うだろう」

でも、ラナルドはしばらく海にはうんざりしていた、といった。「今は力を陸に向けたい」と彼はいった。

「だがまず、お前は積荷の売り込みをしなければならない」とフィヨルドはいった。「私は商人と取引するコツを知らない」

フィヨルドとラナルドは、浜にかなりの人がすでに立っているのを見た。商船の到来はいつも海港の人びとの興味をかき立てる。大部分はたわいのない好奇心だ。しかし、フィヨルドとラナルドが水の中を浜へ歩いていくや、三人の偉そうにしている人たちが前に進み出て、ふたりを迎えた。出迎えた人びとはそれぞれ名乗り、自分たちは商人であると付け加えた。三人はライバル同士であることが間もなくラナルドに分かった。お互いを横目で見張っていたからだ。

「これはおれたちにとって悪いことではない」とラナルドはフィヨルドに小声で言った。

三人の商人が問いかける質問に、ラナルドは簡単明瞭に答えた。船名はラクソニー号、新月の朝にベルゲンをたった。最良の木材の積荷、ノルウェーのセイウチが繁殖している島々から取り寄せたセイウチの数束の牙、その牙は重くきめが細かく、一本一本きれいに反っている。「それに、腕のいい職人ならその牙から珍しく美しいものを作ることができます」とラナルドはいった。「皆さんの短刀に牙の柄《つか》を、上着に牙のボタンをつけることができますし、また、オークニーの女性方は牙からくしを作って、長くて輝く髪をすくことができます」

商人たちはお互いをひそかに見た。ひとりは以前そんな話を聞いたことがある、何度も、といった……もうひとりは、最後に入ったノルウェーの木材は腐り果てて、たきぎにしか用をなさなかった、といった。三人目の商人は、いわゆるセイウチの荷——一〇年前に陸揚げされた——はクジラの骨であることが分かり、冬の終わる前には黄色くなっていた、といった。

カークヴォーの商人たちは小舟でラクソニー号にやってきた。商人たちは材木を転がして調べたり、セイウチの牙の山をよく調べ、最良品は外見だけでないことを確かめた。

い、といった。

それから、キツネのような顔をしたひとりの商人は、まずまずの品だが、それ以上のものではな

二番目の商人は、取引や商品が考えられる最大の喜びであるかのように、いつも陽気なように思えた。この男は、他の競争相手が材木や牙のあいだを調べまわっている間に、ラナルドをわきに呼んで、金額を彼の耳にささやいた。

ラナルドは真面目な顔をして、口をすぼめた。「考えておきましょう」と彼はいった。

三番目の商人はときおり鼻を鳴らす老人で、口を開けば、無駄なことばをいわなかった。調べていた丸太を投げ出した——他のふたりの商人を鋭い目で見た。ふたりはセイウチの牙を調べ、その値打ちについては意見が分かれていた。老人はラナルドの袖を引いて、船尾のほうへ引いていき、機嫌の悪い豚のように鼻を鳴らして、数字を大声で言った。「一〇マルク、これで駄目なら無かったことに。」ラクソニー号のみんなはびっくりしたよう表情だった。老商人は、他のふたりが自分の指値に太刀打ちできないかのように、勝ち誇ったように競争相手を見た。本当にふたりはうろたえた——ひとりは顔をしかめて浜のほうを見、もうひとりは陽気さのかけた笑い声をあげた。

「一〇マルク！」老人は叫んだ。

ラナルドは父親の事務所にいることが多かったので、一マルクが相当な金額であることを知っていた。一マルクあれば、かなりの家族のまるまるひと冬の食糧、燃料、ランプの費用を賄えるだろう。

「考えてみましょう」とラナルドはいった。「他の人たちと相談しなければなりません」

「今だ、それでなければ中止だ」老商人は大声で言った。彼は財布を開き、空いた手に金貨を少し出した。「待てない。今返事を。金貨で一〇マルク。売るのか売らないのか」

ラクソニー号の乗組員たちは口をぽかんとあけた。今までそんな大金を見たことがなかったからだ。

ラナルドはフィヨルドを見た。フィヨルドはうなずいた。

「その申し出を受けよう」ラナルドは怒りっぽい老人にいった。

ちょうどその時、海岸伝いに馬のひづめの音が聞こえた。馬に乗った四人のひとりが角笛を吹いた。浜でぶらぶらしていた人たちは、クモの子を散らすように散った。馬に乗った四人の男は馬から降り、その頭《かしら》は水の中を歩いて船のほうにやってきた。水に身を乗り出して、最後は水を何回かかいて泳いだ。船に上がり、ずぶぬれのままそこに立った。

ラナルドは三人の商人ができるだけ目立たないように素早く小舟に降りるのを見た。船頭は小さな栈橋のほうにこぎ寄せた。商人たちは一度も顔を見あわせなかった。年老いた商人は雄の七面鳥のように顔を赤くし、金貨の入った財布を弱々しい指でしっかり握っていた。

その見知らぬ男はいった。「わたしはシグルド伯の財務担当官だ。シグルド伯は今朝バーシーで、ノルウェーの貨物船がカークヴォーに錨を下ろしたとお聞きになった。その積荷は何か。おお、木材とセイウチの牙か。まさに良質のものだ。これはお前らのたきぎでも、お前らが身につける漁師用の上着のボタンでもあるまい。おお、シグルド伯はこのことをお喜びになるだろう。船長はどこだ。ホーコン・トリーマンの姿が見えないが。あいつはどこだ。あいつは商船の船長というよりは詩人ということだが、わたしはいつでもホーコン・トリーマンと取引をしたい」

それでフィヨルドは、ホーコンは二週間前ベルゲンで亡くなったことを告げた。

シグルドの家来はその知らせを聞いてお悔やみを述べた。

「それでは」と彼はいった。「ホーコンが長期間地中の冷たい住人であるのなら、誰と取引をすればよいのか」

ラナルドは積荷の販売は自分に任されている、といった。

伯の財務担当官はいった。「こんな若い商人と取引をしたことがない。お前は商い所や商人の執務室にどのくらいいたのかね、えっ」

父親のシグムンドはかなりせっかちなので「ファイアマウス」と言われたが、商いや帳面付けを父のもとで学んだ、とラナルドはいった。

「それなら」と宮殿からの男はいった。「この積荷の価値は二マルクと思う。すぐに陸揚げするよう取り計りたい」

「この積荷は二マルクをはるかに超えています」とラナルドはいった。「一八マルクの値をつけても、アバディーンかグリムズビーかロンドンへ行って、売りますよ」

シグルド伯の財務担当官はラナルドをじっと見つめて、笑った。「お前を試してみたのだ」と彼はいった。「確かにお前はあのシグムンド・ファイアマウスの息子だ。それじゃ、冗談はやめて、交換のための筋の通った話をしよう。七マルク——妥当な値段と思うが」

ラクソニー号の乗組員はみんなうなずいた。七ゴールドマルクをみんなで分ければ、ベルゲンの酒場でひと冬酔うことができよう。あるいはダブリンの酒場のほうがよいかもしれない、そこのエールは真夜中のように黒く、泡に富み、その底に明かるさを秘めていた。

「七マルクは妥当な額ではありません」とラナルドはいった。「寒さのため、あの木を切り倒すのに死んだ男たちがいます。牙を求めてセイウチと戦い、浮氷の間に沈んだものもいます。ノルウェーとオークニーの間の航海は大変でした。一五マルクを下回る価格は受け入れられません」

伯の部下はしばらく、自分の指先を見た。

再びラナルドを見た時、彼の声は冷静だった。

「お前は抜け目のない若造だが、傲慢だ」と彼はいった。「お前の抜け目のなさが、お前の命取りにならないように注意することだ。考え直してくれ、ラナルド・シグムンドソン。わたしが一声かければ、この積荷全部も船も没収されるだろう。オークニーのシグルド伯は実はノルウェーのオーラフ王を重んじていない。シグルド伯にはオーラフ伯に仕返しをしたいうらみがある。この船やその積荷は、その恨みを晴らす手段となろう。

だが、お前たちは男で仕事をしなければならず、生活のために働く船が四隻ある。シグルド伯さまは単にノルウェー王の鼻を明かすためだけに、正直な船乗りたちを痛めるつもりはない。いくらといったかな。七マルクだったか。上乗せしよう。シグルド伯さまはわたしが浪費をすることを喜ばないでしょう。一〇マルクでは」

ラクソニー号の乗組員たちは喜びで口を開けた。

フィヨルドは、帆げたから受けた痛烈な一撃の痛みにもかかわらず、大きくうなずいた。

しかし、ラナルドはいった。「あなたの申し出はまだ低いように思えます。一五と一〇の間が妥当な額かと思います。シグルド伯さまがこういった質の牙から、自分の盾にどんな装飾突起をつけなさるか、考えてごらんなさい。ハープのフレームを思い浮かべてください。ご領主さまが出陣するときの、ホタテガイで縁取りされた斧《おの》の柄《え》を念頭においてください……一二マルク。一二マルクが妥当な額と思います」

しばらく、伯の財政担当官は何も言わなかった。

フィヨルドと船乗りたちは、この若者（誰もが彼のことを好きだったけれど）がとんでもないトラブルに巻き込まれてしまったかのように、心配そうな表情を浮かべた。

財政担当官はラナルドの顔をじっとにらみつけた。それから頭をそらし、大笑いをした。

「おお、お前は出世するだろう」と彼はついにいった。「おれは仕事に気をつけたほうがよい。お前はおれより取引に長けていると思う。シグルド伯さまがこれを聞きつけないことを願う。聞きつけたらお前を財務担当に雇い、おれは生活のために道で歌わなければならないだろう……一二マルクにしよう。領主さまがわたしに何というかわからない。こんな高い積荷を買ったことはないからな。だが、良質の木材だ、シグルド伯さまがバーシーの新しい館に求めているものだ。セイウチの牙については――この梱《こり》を見れば、領主さまの目は喜びで見開かれるでしょう」

それから、財務担当官は一二枚の金貨を、一つ一つ音を響かせながらラナルドの手に落とした。

そして彼は浜の供の者のほうを向いて、すぐに積荷をおろすように合図をした。

すぐにカークヴォーの村から一二人の仕事人が、船から岸へ積荷をおろすために連れてこられた。

カークヴォーの人たちは、このことのためにロープを取りつけたはしけを用意していた。ラクソニー号のそばに喉まで浸かって立ち、それから船に上がり、木材や牙をはしけにおろし、はしけがひっくり返らないように均等にならし、ロープを強く引いて岸へはしけを引きつけた。九回その操作が繰り返され、積荷は最高水位線より上に積まれた。その間、仕事をしている者たちは伯の家来たちから急かされ、ののしられた。「怠け者め！　愚か者め！」といわれた。

一度、材木が多く海の中へくずれ落ち、家来たちは怒った。「お前たちはこれで縛り首だぞ、間抜け！」しかし、彼らの怒りは粗野な陽気さにやわらげられ、働いている者たちは自分の首は無事だと承知していた。転げ落ちた丸太は素早く岸に引き上げられた。午前が終わるころには、積荷は陸の運搬人から借りた木製の荷馬車のそばに積まれた。

「ここととバーシーとの間の道は悪い」とフィヨルドはいった。「船でバーシーへ回り、そこで荷をおろした方がもっと容易《たやす》かったように思える」

船乗りたちはこれには答えなかった。にんまりしながら一二マルクを手から手へと回していた。おれたちは一生金持だ！　おれたちは欲張りだ！　おれたちは使い放題だ！　コックのプレムはコインを両手に入れて頭上にその宝物をかかげ、鐘のよう三、四度鳴らした。

船乗りたちは欲で思わずにんまりした。目は輝いた。

フィヨルドはいった。「金貨のためにいろいろ苦労する。すぐに貧乏になり、つぎはぎを着て、冬にはあごひげを潮風に吹かれているだろう」

一方、伯の財務担当官はラナルドをわきへ呼んだ。

「ノルウェーにいるとき、シグルド伯さまの王子について何か聞かなかったか、オーラフ王の宮廷に人質になっているフンド様だ」と彼はいった。「フンド様はお父上のお気に入りで、お父上はとても悲しんでおられる、特に小さいころから健康がすぐれないので。船乗りたちはノルウェー王や王の事情、宮廷の人びとについて何も知っていそうにもない。ベルゲンの海岸通りで、お前さんはあれこれうわさを聞いたかもしれない」

ラナルドは実際ベルゲンで、王や廷臣たちとディナーを共にし、聞き耳を立てていたといった。

財務担当官はいった。「年若いものは印象を強くするためにうそをつくことをよく知っているので、普通ならお前の話は信じるつもりはない。だが、お前は積荷を巧みに処理したので、お前に不可能なことは何もない、生意気な若造め。お前なら王の宮廷に潜り込むくらいのことは多分やったかもしれないと思う」

「オーラフ王や宮廷の人びと食事をしました」とラナルドは真面目くさっていった。「王子のフンド様についていろいろと耳にしました」

「深刻そうな顔つきからすると、よくない話だな」と財務担当官はいった。

「シグルド伯さまにお伝えください」とラナルドはいった。「ご子息はオーラフ王にとても気に入られておられますし、ノルウェーの宮廷の方々にも大変好かれておいでです。良いお声をお持ちで、礼拝堂の聖歌隊で歌っておられます。女性方に甘やかされています。雪が積もると、女性方はご子息にボンネットや手袋やスカーフを編まれます。フンド様はチェスや他の炉辺の遊びごとがお得意です。せきをすると熱い飲み物を、熱があると氷を入れた飲み物を、女性方はご子息に持ってこられます。フンド様はよくお世話されており、とても幸せです」

「これを知って、シグルド伯さまはお喜びになるだろう」と財務担当官はいった。

「また、司祭たちは教義要覧を教えられています」とラナルドはいった。「ご子息は利発な生徒です」

財務担当官は、シグルド伯がその特別な問題について何と言われるか、分からないといった。

「フンド様は拳にハヤブサをとめて、馬に乗って出かけることはしません」とラナルドはいった。「他の若者たちと渓流を上って、サケを取ったりもしません。森のはずれに雄ジカが目撃された時、猟犬と出かけることもしません。実は、フンド・シグルドソン様は疲れやすく、精を出しすぎると、熱が出て、医者に鼓動が正常に戻ったといわれるまで、数日間ベッドに寝ていなければならないのです。それで、ご子息は――王や宮廷の人びとみんなにかわいがられておいでです――ほとんど室内で過ごし、チェス盤に向かったり、ある古いノルウェーの詩の草稿を写し取ったり、女性に髪をくしけずってもらったり、切りそろえてもらったりしています。ある晴れた朝、女性方は風雨の当たらない庭の隅の、リンゴの木の下に彼を座らせ、彼の周囲では、枝の鳥が鳴きます。それから女性方がやってきます、ひとりはお皿にミツバチの巣をのせ、別の女性は彼のために歌を作るため小さな象牙のフルートを持って、さらに別の女性は彼の足元をほえながら走り回る小さなペット犬を持ってこられます。少年は犬が大好きなのです――かれがフンド様と呼ばれるのにははっきりした理由があるのです……フンド様は愛と慰めの織り成す中で、日々を過ごしておられます」

「シグルド伯さまはこれをお聞きになって喜ばれるでしょう」と財務担当官はいった。「でも、熱とかせき込みのことを聞かれると心配なさるかもしれません。若いころ病弱でも、成長して名の知られた戦士となる人がおります――もし幸運なら、あごひげに白いものが少し交じった頃、戦闘や包囲攻撃や海戦で戦死なさる」

「フンド様はそのようになるかもしれません」とラナルドはいった。「耳にしたことだけをお話ししているのです」

「でも、あなたは宮殿で会食をしたときに、オーラフ王のテーブルでフンド様に会われましたか」と財務担当官はいった。「フンド様とお話しされましたね」

「いいえ」とラナルドは答えた。「王のそばにフンド様の席はありました。しかし、ぎりぎりになって、フンド様が突然熱を出して、ベッドにふせっていなければとのお医者さまのお見立てでした。それで、その夜、オークニーの若いお方とお会いできるのをとても楽しみにしていたのですが、宮殿の自分の部屋にこもりきりとなり、ひとりの女性が彼の口に氷のかけらを入れてやり、別の女性は血を冷ます薬草や根をつぶしていました。私はフンド様にお会いしませんでした。遠くのほうで苦しそうにせきをしているのを、ときどき聞いたと思いました」

「このごく最近の熱については、シグルド伯さまにお伝えするつもりはありません」と財務担当官はいった。「フンド様が皆からお世話され、愛されているということだけです」

「バーシーではそのように言われるのがベストでしょう。それ以上はいけません」とラナルドはいった。

それから、伯の財務担当官は船を去り、岸まで移動した。荷を積んだ荷馬車は一時間前にバーシーに向かった。労務者たちはそれぞれ手当てをもらい、すでに帰っていた。

船乗りたちは船の中央で火を囲み、夕食を取った。金貨の夢がまだかすかに目の中に残っていた。

「ホーコン・トリーマンが後継者を決めず亡くなった今、どうなるんだね」と彼らはいった。

「ラクソニー号は、今はおれたちの物だ、この船は」と彼らはいった。「この船で長い間、安い賃金で懸命に働いてきた。今はおれたちの物だ」

船乗りたちはふたたび、略奪、海賊行為のこと、公海での略奪の問題を切り出した。

しかし、フィヨルドは厳しく彼らを叱責した。

「しばらく前、ヴィンランドでレイヴ・エリクソンさんが思い描いていたことをわたしは覚えている」とフィヨルドはいった。「金貨は人の心をむしばむ毒だということだ。この船を共有したら、どうなるか話そう。あれやこれやで議論は紛糾し、言い合いが始まり、とめどもなく怒りが心頭に発し、喉をかき切ったり、海へほうり込んだりするだろう。この航海の利益、一二マルクは等分にわけよう、だが、利益が出るのがどこであろうと、各地で船荷の積み込みを命令するのも、ひとりの船長でなければならない」

　船乗りたちはフィヨルドの言ったことを、しばらく各自考えた。それから額を集めてうなずきながら、しばしその問題について話し合い、最後に船大工のトリッグが立ち上がり、いった。「みんなを代表して申し上げます。フィヨルドの言ったことはもっともなことです。おれたちの間で海路や風・潮・天候の動きに熟知しているのは、まさにフィヨルドです。ノルウェーでは無法者ですが、誠実で裏表のない人であることを知っています。それゆえ、フィヨルド・エルクソンに、このラクソニー号の船長で、唯一の主人になることをお願いします！」

船乗りたちは立ち上がり、声援を送った。

しかし、フィヨルドはいった。「わたしは船乗りとして出来はいいほうで、北の海の島々周辺の海路は心得ている。だが、商人ではない。市場で取引をしたり、あれこれと一シリング値切る術を知らない。今朝、伯の家来と若きラナルド・シグムンドソンがやりあっている様子を――巧みに相手を出し抜いているさまを君たちは見ている、それで二マルクでなくわれわれの間に一二マルクももたらした。これも申し上げよう、この同じラナルドは極めて有能な航海者であり、力をつけてくれれば、ヴィンランドとヴォルガ川の間でよく知られた船長になるだろう。わたしの提案は、ラナルドにこの船の全権を託することだ。わたし自身喜んで彼に仕えるだろう」

しかし、ラナルドはできないといった。自分にはオークニーでやることが多くある、例えば、母が未亡人となったのだから父の問題の解決、また祖父《じい》さまやブレックネスにある祖父さまの農場も気がかりだった。「祖父さまに最後に会ったときは、一日中火のそばにいて、野ネズミ程度しか見ることはなく、農夫が口元にカップを持って行ってやらなければならなかった」

少なくとも一冬こういったことにかかりきりになる、と彼は続けていった。「でも、わたしの母やブレックネスの農場の状況が悪くなってわたしが土地持ちではなく、皆さんがビジネスでオークニーに戻って来られたとき、市場の知識を持った船長をまだ必要とされるならば、喜んでもう一度皆さんのお仲間になりましょう。それまで、フィヨルドさんを皆さんのボスであり指導者としてください」

フィヨルドはベストを尽くすといったが、ラクソニー号とその乗組員にどんな運命が降りかかるか、ひどく心配した。

その同じ日、あの三人のカークヴォーの商人たちがまたラクソニー号にやってきた——抜け目のない奴、笑っている奴、気の短い老人が。前のようにお互いをひそかに見るようなことはなかった。ある種の取り決めに入っているように思えた。

船乗りたちは三人がラクソニー号に乗るのに手を貸した。

「お前さんたちの船倉はもう空かい。そりゃあ、よかった」と抜け目のない男はいった。

和やかに取引を始めていた時に、商人たちが早々と去ってしまったので、伯の家来に木材とセイウチの牙を売らなければならなかった、とフィヨルドはいった。ある意味、ラクソニー号にとっては幸運なビジネスで——品物はかなりよい値で売れた。

陽気な商人は笑って、おめでとうと言った。それからフィヨルドとラナルドに、次の寄港地はどこかたずねた。「それがまた幸運な航海でありますことを」と彼はいった。「でも、ノルウェーでわたしどもが商いをできると考えて、万が一にもノルウェーにまた戻っていただければありがたいことで」

フィヨルドは次にどんな運命が待っているかわからない、といった。「わたしとしては、ノルウェーを見なければ見ないほど、それだけ結構なことです。トロンヘイムやベルゲンに足を踏み入れれば、若気の至りでしでかしたことで、逮捕される危険性がありますので。岩や岩の小島に縛り付けられ、潮が差して口をふさがれることなく、静かに一生を終えたいのです。それでわたしとしては、ノルウェーよりもアイスランドかグリーンランドかヴィンランドかアイルランドかスペインかシシリーに行きたいのです」

年取った商人は我慢がならず鼻を鳴らした。「それは他ではなくノルウェーでなければならん」と彼はいった。「わたしどもはノルウェーのある石工たちからこの注文を受けているのだ。あの人たちはエディー島の石切り場からとれる上質の赤色砂岩を耳にしている。教会を建てたいと考えている、文書に司教の印も押されているのだから。それでこのエディーの砂岩を大量に欲しがっているのだ、急いで。同様にストラムネスの花崗岩《かこうがん》についても言っている、それは法執行官の心のように固く、星のように輝くと。それで、一〇〇〇ブロックの赤色砂岩に加えて、五〇〇ブロックの花崗岩を必要としているのだ。建築用石材の積荷がトロンヘイムで陸揚げされれば、相当な報酬が見込まれる。わたしどもは以前に石工の親方たちと取引をしたことがある。あの人たちは誠実な人たちだ」

フィヨルドは、ラクソニー号はそんな積荷を運ぶほど頑丈で喫水線が深いかどうか疑わしい、といった。

そっけない老人の商人はいった。「積荷を申し出よう、どうしますか」

フィヨルドはラナルドを見た。フィヨルドがこの船の総責任者だから、この問題は彼にすっかりお任せする、とラナルドはいった。

「積荷なしで出航するよりは、満載して出た方がいいと思う」

それで、フィヨルドは三人の商人にトロンヘイムに建築用石材を運ぶといった。

「結構、結構」と目尻にしわを寄せた商人はいった。「荷馬車は明日、ティングヴォーとストラムネスから出る。」そして、面白いジョークをみんなが分かち合っているかのように彼は笑った。

キツネの顔つきをした商人がいった。「シグルド伯の人たちから先の積荷に結構な支払いを受けられたのを考えれば、ときおり船長が要求するような手付金を必要としないでしょう。積荷の代金はすべてトロンヘイムで決済します」

フィヨルドはそれでよい、と答えた。

ラナルドはいった。「船長はわずかでも内金を――例えば、一マルクでももらっておくべきだ。それで関係者に公平になると思う」

陽気な取引者は大声で笑った。話をする合間ごとに話をやめて、彼は目からうれし涙をぬぐわなければならなかった。「お前さん方がほかの港、例えばグリムズビーかレイキャビクかイェーテボリに砂岩や花崗岩を運んで、そこで高価な建築用石材を売り払うことはないと、われわれはどうやって知るか。えっ？ 教えてくれないか……」そして、よく考えてみればその悪事はこの上ないジョークであるかのように、また笑った……。

薄い白ひげを生やした商人はいった。「いいや、そんなことはあり得ない。不可能なことだ。特に注文したのでなければ、イングランドやスウェーデンやアイルランドの誰が、山ほどの石材を河岸にあげてもらいたいと思うかね」

フィヨルドはひどく腹を立てた。「われわれはみな、名誉ある船乗りだ」と彼はいった。「積荷の運搬を引き受ければ、風や時間や天候にもよるが、遅かれ早かれ指定された場所に運びます。まだ頼まれた仕事をしくじったことはありません――これを心から申し上げます――わたしは四〇年間、北の海で仕事をしてきました」

ほおにいつもえくぼを浮かべている商人はまた笑った。「よくぞ申された、無法者よ」と彼はいって、キツネのような顔をした商人に合図をした。その商人は財布を開いて一マルクの金貨を出して、自分の心臓が根こそぎ引きちぎられるかのように手放した。

第三章　オークニー

一

翌朝、ラナルド・シグムンドソンはフィヨルド・エルクソンとラクソニー号の乗組員たちに別れを告げた。

彼はカークヴォーの業者から馬を一頭買い求めた。それに乗って、ワイドフォードの丘の中腹を行き、スコラデールというオーファー教区の山あいを抜け、海が湖水と交わるウエイズの浅瀬を渡り、ケアストンの丘の中腹を越えて、彼の生まれ育ったハムナヴォーの家に着いた。

思った通り、彼の母親はそこに住んでいなかった。ひとりの男が扉を開け、ラナルドにはその男はシグルド伯の税取立人のひとりであることが分かった。彼は年に二度、この教区や北にあるサンドウィック教区、南にあるホイやグレイムシーの島々に、税を集めに来るのだった。この男の名はアムンドといった。

ラナルドが家を出てから背も伸び、横幅も広くなっていたので、アムンドにはラナルドが分からなかった。

「いいや」とアムンドはいった。「シグムンド・ファイアマウスの妻、ソーラはもうここには住んでいない。シグムンドは、彼の船スノーグース号がアイスランドとグリーンランドの間で大波に襲われ大破したとき、溺死した。息子のラナルドも行方不明だ。シグムンドの死の知らせがオークニーに着いたとき、シグムンドは未払いの税を含め多くの借財を残していたので、伯に家と土地を没収されたのだ。それで未亡人となったソーラは、身の回り品を持って、家を閉め出されたのだ」

ラナルドはたずねた。「その女性はどこへ行ったか、教えてくれませんか」

税取立人は肩をすくめた。「どうしてわたしが知っている？」と彼はいった。「金のない人の動向など記録していない。西のブレックネスにある、父親の農場へ行ったかもしれない。だが、運命はブレックネスの戸口でも微笑んでいないと思う。あの老農夫はこの前の冬亡くなり、そこには多くの問題が残っている」

ラナルドは税取立人が与えた情報に礼をいわなかった。

ラナルドは馬に乗り、漁師の港ハムナヴォーを守るように囲んでいる丘のはずれの道沿いをいき、ルーンズという湿った沼地を馬でバシャバシャと進み、ついに肥えた農場と小作地の上の尾根で止まった。海沿いに祖父の大きなブレックネス農場があった。その農場は二百年前にはじめて定着してから、ずっとラナルドの先祖の持ち物だった。

ラナルドは馬に拍車をかけ、この夏の盛りに青々と大麦やオート麦が育っている畑へとおりて行った。四〇頭の牛が高いところにある牧場のあちこちで動き、毛で厚くおおわれた百頭以上の羊がブラック・クラッグという丘のあたりに散在していた。丘はヘザーの生えた頂から海に険しく傾斜して、いきなり切り立った崖になっていた。

三人の男がブレックネスの鍛冶屋《かじや》の鳴り響く音と熱の中で仕事をして、フレームという馬に蹄鉄《ていてつ》を取り付けていた。馬に乗った見かけない男が通り過ぎたとき、三人は仕事の手をやめ、戸口のところまでやってきた。ラナルドは振り返って彼らを見た。三人ともよく知っていたが、今では三人ともラナルドが分からなかった。

「気をつけな」と馬に蹄鉄をつけていたスヴェルはいった。「お前さんが誰であれ、農場には近づきなさんな。そこには三匹の犬がいて、見かけないやつの喉を食いちぎる」

ラナルドは尾根からおりて来る間ずっと、犬のほえ声やうなり声を耳にしていた。今では犬たちを農家の壁につないであるロープが、ぴんと張られていた。口をゆがめ、ほえたてた。よだれを垂らしていた。

「ここに住む農夫の方を訪ねてきたのです」とラナルドはいった。

「ソルケルドさんのことか」スヴェルはいった。

「そうです」とラナルドは答えた。

「お前さん、オークニーは初めてじゃろ?」とスヴェルはいった。「ソルケルドさんやその農場がどうなったのか知らんとは」

ラナルドは一、二年オークニーを留守にしていました、といった。戻ってきた今、ブレックネスの善良で賢明な農夫のソルケルドさんにご挨拶をしたいのです。

鍛冶屋のスヴェルは泣き始めた。「悲しいことよ」と彼はいった。「ご主人は亡くなられた。ソルケルドさんは亡くなられた。農場は他人の手に渡ってしまったよ」

他のふたりの農夫も悲しげに頭を振った。

ひとりの男が農家の戸口に出てきて、三匹の犬にほえるのをやめるようにいった。その男はラナルドをにらみつけ、また中に入った。

「つらい話だ」とスヴェルはいった。「本当にソルケルドさんとそのご家族は、悪い時に倒れなすった。まず婿さんの商人のシグムンドさんはスノーグース号に乗っていて、アイスランドとグリーンランドの間で溺死なすった、その息子さんのラナルドさんも。ラナルドさんはソルケルドさんのただひとりのお孫さんで、この農場はソルケルドさんがご先祖さんのお墓に入られれば、お孫さんのものになるのだった。だから、その知らせはソルケルドさんにとっては耐え難いものだった。それで、ソルケルドさんの娘さんで、シグムンド・ファイアマウスさんの未亡人ソーラさんは、自分の紡ぎ車とランプとチーズの型だけを持ってケアストンから尾根に来られた。ハムナヴォーのソーラさんの家の戸口は、伯の税取立人によって閉ざされました。『シグムンドは莫大な借財を残している』とソーラさんはいわれた。『スノーグース号建造のため、相当な借金をした。家と備え付けの家具はお前さんのものではない。好きなところへ行きなさい。』それでソーラさんは、ここ父親のところに来られました。父親は娘を大いに歓迎して、娘がこの家の女主人で、農場や家畜、農具、漁船は、自分の死後は娘のものだ、と言われました。『たまたまある善良な男がお前との結婚を望んでいるが、反対はしないよ。お前はこのブレックネスの農場を、邪《よこし》までろくでなしの夫でだめにすることはないことを知っているからね……』ソーラさんは夫シグムンドさんをあまり好きではありませんでしたが、他の男たちはもっと悪いかもしれないといわれて、未亡人のままでいることにしました。『だがな、わしたちの亡き後、わしたちの血を受け継いだものがこの農場を耕すとは理にかなったことだ』と老人はいいなすった。『農場の塵《ちり》は、耕作時や収穫を見守ってきた人の塵で、より肥沃なものとなる……』ソーラさんはそれについて考えます、といわれた。一週間後、ソルケルドさんは牛小屋の患っている子牛の様子を見に雪の中を出て行かれ、牛小屋に長くとどまり、ランタンをかざして、子牛の介抱に努めた――祖父《じい》さまはいつも動物たちにも思いやりがあったからだ――その同じ夜、火の前にすわって震え、汗をかいていた。影が次から次へと彼の中に入っていったように思えた。だが、彼は寝ようとはしなかった。『なぜなら』とソルケルドさんはいわれた、『ベッドで死ぬなんて、無様な死に方だと思うよ。わしは手や頭がよく働いているときに死にたいね……』明け方近く老人はいいなすった、『ランタンをもう一度つけておくれ、子牛のバターカップの具合を見に牛小屋に行きたいからね……』みんなは祖父《じい》さまに、火のそばにいて、ホットエールを用意して一杯飲むようにすすめた。しかし、ソルケルドさんはランタンを取り、戸口を出て牛小屋のほうへゆっくりと歩いて行きなすった。その後まもなく、ソーラさんと家の女たちは叫び声を聞き、みんな外へ走っていくと、祖父《じい》さまは小屋のバターカップのそばに倒れていました。事切れていました。ソーラさんは牛小屋や建物が火事を起こさないように、ランタンを吹き消しました……」

ここで鍛冶屋のスヴェルさんは気持ちを抑えきれず、突然また泣き出した。

三匹の獰猛《どうもう》な犬を持つ男が、今ラナルドに近づいた。納屋・馬小屋の周辺のあちこちに、作男たちがいた。スヴェルはまだ泣きながら、鍛冶屋に入った。

その男はラナルドにいった。「誰がここに入ってくるのを許した？　ここは私有の農場だ。用事があるなら、言え」

その上、三匹の犬は狂ったようにほえたて始めた。

「ここに以前住んでいた農夫、ソルケルドさんと親しくお話ができればと」とラナルドはいった。

「ソルケルドは年を取り亡くなった。向こうの牛小屋で死んだ。家畜の間で倒れ、死んだ。年老いて弱いものは、強いものに道を譲る。そういうことなんだ、ソルケルドは」

「でも、ソルケルドさんにはソーラさんという娘さんがおられました」とラナルドはいった。「ソーラさんはブレックネスを相続したろうと思います」

「お前さんの用件が何なのか分からないね、見知らぬお方」とその男はいった。「ソルケルドの娘ソーラは農場を所有しているが、大農場を管理するのに不慣れな、か弱い女だ。それでお互いもっと理解するまで、わしが代わりに管理しているのだ。未亡人が間もなくおれと結婚することを願っているよ。そうすれば、農場はソルケルドの終わりのころより一〇倍も豊かになるだろう。ソルケルドは年老いた上に、怠け者で愚かだった」

すると、三匹の犬は喉をそらし、またほえ始めた。

「でもソーラさんには息子さんがひとりいて、本来ならば母親の代わりにこの農場を相続するはずです」とラナルドはいった。

「死んだ」とその男はいった。「グリーンランドの沖合の流氷の間で溺死した、彼も彼のごろつきのおやじ、スノーグース号の所有者シグムンドも。それでその坊やは問題外なのさ。たとえ生きていたとしても、こんな大農場をまだ管理できないだろう」

「状況はよく予想とは違ったものになるものです」とラナルドはいった。

「お前さんにこんなことを話さなきゃならないわけが分からない、見知らぬ人」とその男はいった。「知っていることは話した。もう仕事をしなくてはならない。容易なことではないんだ、ブレックネスの作男たちを働かせるには。わしがお前さんなら、このあたりでぐずぐずしてないよ。わしの三匹の犬は詮索好きのやつやさすらい者がちょっとばかり好みでね」

犬は喉で低くうなった。熱いよだれが顎からしたたり落ちた。

「もうひとつだけ教えてください」とラナルドはいった。「この農場の正当な所有者のソーラさんは、今どこにいるのですか」

「ブラック・クラッグの中腹のあの小屋に住んでいる」とその男はいった。「数匹のヤギと一匹の豚を飼っている。かなり貧しい生活だ、もっと優雅な生活に慣れ親しんでいるのに。二度結婚してくれるように言ったが、二度とも断られた。冬の風が戸口を吹き抜ければ、気持を変えて『はい』と言ってくれるだろう。そうすりゃ、ブレックネスにおさまり、わしの妻であるとともに、炉を守り、パンを焼き、六人の召使女の女主人となるだろう。結婚すりゃ、ブレックネスの状況は好転する」

ラナルドがブラック・クラッグの小屋のほうを見ると、小屋のはずれにある泥炭の山からわらかごに泥炭を入れている、黒っぽいショールをまとった女がいた。祖父の犬だったグレンが、ヘザーのあちこちを走り回っていた。羊はグレンに慣れていて、怖がらなかった。

「そういう状況だ」とその男はいった。「ブレックネスを耕作するのには、頑強な男が必要だ。ソルケルドが死んだと聞くとすぐに、ホイ島から犬を連れてやってきて、長時間浜でソーラと話し、農場の管理人として受け入れてくれるように言ったのだ。彼女はとても横柄だった。ホイ島に戻るのには遅かったので、家まで歩いていき、火のところに座り、六人の女たちに魚とエールを持ってくるようにいった。以来ここにずっといるのだ。ソーラが結婚に承諾したら、後はここにいるつもりだ」

「幾分不愉快ですが、よいお話で」とラナルドはいった。「あなたのお名前をまだうかがっておりませんが」

「たまたまこの農場の通りすがりのさすらい者に、名を名乗るいわれはないが」とその男はいった。「だが、教えてやろう。言ったら、立ち去ってくれ。おれの名はハラルド・ソルン――北の海では知られた名だ」

ラナルドはハラルド・ソルンという男の評判はよく知っていた。オークニーやシェトランド、ケイスネスの農場や漁師小屋で、ひそひそ声でいわれていた名だ。ハラルド・ソルンはヴァイキング船シーウルフ号の船首楼の船乗りだった。七年間イングランドやアイルランドやブルターニュの沿岸をうろつき、一見合法的な海の取引の微妙な黄金の網目の中で、多くの被害を与えていたのだった。こういった船乗りたちは、ヨーロッパのどの王国においても海の無法者であった。しかし、何ものも彼らの夏の略奪行為をとめることはできないように思えた――光に満ちあふれた時は常に彼らは活動し、夏の静かな海のここかしこで合法的な荷が積み出されていたのだから。冬には、ヴァイキングたちはスコットランドの入り組んだ西海岸の、見つけにくい湾や入江にひそみ、上陸してシーウルフ号をとある洞窟に引き上げて、整備のため船を傾けて、晩春の海賊行為に備えるのだった。

うわさによれば、シーウルフ号の船長ベルグというスウェーデン人は、船首楼の船乗りハラルド・ソルンと略奪品の分け前のことでいさかいをし、ハラルドをホイ島へ強制上陸させた。そこで、数か月間、ハラルドは農夫たちにとっては迷惑な存在だった。ある朝、小舟を一隻奪って三頭の犬を連れて瀬戸にこぎ出し、グレイムシーという小さな島を回って姿を消した時、農民たちは喜んだ——永久に姿を見せないことを、ホイ島の人たちは望んだ。

今ここに、ハラルドは海賊から陸賊に変わって、ラナルドの前に立っていた。そのとき、たまたま犬のグレンが急な丘を下りてきて、石壁を飛び越え、ラナルドのほうへ走ってきた。犬はうれしそうにほえ、ラナルドの周りをぐるぐる走り回った。それから止まって、ラナルドの指をなめた。かつてはお互いによく知っていたのだった、若者と犬は。ハラルドの猟犬は農場の犬グレンを見て怒り、泡を吹いた。ロープをぴんと張った。

ラナルドの母ソーラは泥炭のかごを背負って立ったまま、下に起こっていることを見ていた。口に金色の口ひげを生やしている見知らぬ若者が誰だか、彼女にも分からなかった。

「名乗ってくれたのだから、自分が誰だか申し上げるのが礼儀というもの」とラナルドはいった。「私の名はラナルド・シグムンドソン、母はソルケルドの娘ソーラ、ここで母は山羊《やぎ》飼いと変わりませんが、この農場の所有者です」

ハラルド・ソルンはいった。「亡霊のことは耳にするが、今、亡霊と話しているとは思わない」

ラナルドは自分が一握の塵になることも、さらに五〇年亡霊となることも望みません、といった。

ハラルドはいった。「ブレックネスには、おれたちのような男がふたり入る余地はなさそうだ。勝負でけりをつけよう——斧《おの》か短刀か? きわめて公平なことだ。お前は力みなぎる若者で、おれは二〇年間海で鍛えられてきた。おれの力の最盛期は過ぎた。いい勝負になるだろう。日取りを決めよう。七教区の人たちが勝負を見に集まるだろう」

ラナルドは自分の農場のために勝負をしなければならない理由が分からない、といった。「忠告する」と彼はハラルドにいった。「ホイ島の漁師から盗んだ小舟にお前の三頭のけしからぬ猟犬をのせて、どこか他のところへ行ってくれ。いいや、考えてみると、お前はどこへ行っても、迷惑になるだろうし、平和を乱すだろう。ハラルド、大きな音を立てて潮と大海が交わる西へこいでいくことが、一番望むことだ。そこでは波はお前のマストより高く、お前はカニとサバのえさとなろう」

ハラルドは笑い、それはとても残念なことだ、といった。彼はここブレックネスの成功した農夫として生涯を終えることを、今まで思い描いていた。「それはないように思える」と彼はいった。「おれの経験では、注意深く配慮して立てた計画は、砂上の楼閣となるものだ。人の付きというものは、だめになり始めると最後の一粒まで尽きてしまうものだ。だからラナルド・シグムンドソン、もはやお前やお前の母親やブレックネスのこの農場の迷惑になるまい。日没前にこの場所を去る」

「それじゃ、幸運を祈る」とラナルドはいった。

「だがな」とハラルド・ソルンはいった。「お前の忠告にしたがってこいでいき、溺死するつもりはない。波はおれを溺死させようとしたが、二〇年間うまくいったためしがない。海はおれを欲しないし、陸も欲しないようだ。一つの案が浮かんだ、それをやろうと思う。ここから近いところに洞窟がある。おれのようなものが洞窟で暮らして、浜あさりになることはつらいことではない。それで、海と浜にかかわりを持ち、陸と海のふちにある流木やムラサキイガイや海藻で、何とか生活していくよ」

この時までには、小作人や召使女たちがみんな近くにいくつかに固まって立ち、強奪者と見知らぬ男との間の話によく耳を傾けていた。誰もまだラナルドのことが分からず、それほど彼は変わっていた。

みんなは、ハラルドとラナルドがお互い手を握り合い、いっしょに笑っているのを見た。

それから、ハラルドは壁から三頭の犬を解き放ち、小舟が引き上げられている浜に連れて行き、崖を回って、洞窟のあるほうへ行った。

そのとき、農場の人びとはソーラが大麦畑の間を走ってくるのを見た――大麦がのびて緑から黄金色になろうとしているのに、そんなことをするのは軽率なふるまいだが――ソーラはラナルドのほうへ走ってきて、両腕を巻きつけた。

今では、彼女には自分の息子が分かっていた。

これからは、ブレックネスは真の後継者に耕され、先祖の塵も乱されることはないだろう、ということを彼女は分かっていた。

二

ブレックネスのラナルド・シグムンドソンは、間もなく、オークニーでもっとも有能な農夫のひとりとして知られるようになった。

彼が戻ってから間もなく、彼と彼の作男たちがオークニーの西部で、今までになく豊作で良質の収穫を上げたことはよい兆しと考えられた。

彼はすぐに、祖父のソルケルドや自身のおかげで、西の教区で大きな農場を持ち、商船を共有する他の人びとから受け入れられた。彼は取引において、率直で正直であると考えられ、女性たちから大変ハンサムだと思われた。

バーシーの宮殿のシグルド伯は、ラナルドやラクソニー号の積荷に関連して、商いのその抜け目のなさ、伯の財務担当官から二マルクでなく一二マルクをせしめたいきさつ——今までどの商人も示さなかった見事さ——を知っていた。

シグルド伯はラナルドに、クリスマスにバーシーを訪問するように勧めた。「もっとお互いを知るようになりたい」とラナルドに手紙で書いた。

そして伯はラナルドに、オークニーの農夫や商人の集会に参加するようにいった。そこでは多くのやっかいな訴訟事件が解決され、判決が出された。この「ティング」、つまり議会は、毎年オークニー諸島で一番大きな島フロッシー、つまり「馬の島」の北東端にあるティングヴォー（かつてティングのあったティングヴォールを念頭においた架空の場所）という場所で開かれた。

ラナルドはその教区の農夫の何人かと、オッター号という商船を共有するよう頼まれた。彼は喜んで承諾した。どんな商品を積み込んだらよいか、最良のルート、外国の商人と最良の交渉方法についてアドバイスした。

ラナルドはいくつかの航海でオッター号の指揮をとるように言われたが、辞退した。今はブレックネス農場をいい方向に持っていき、いくつか改良したいといった。「それに」と彼はいった。「航海は嫌というほど味わいました。また、金貨や銀貨を扱うことは、わたしに後味の悪さを残しました。多分、年老いたら、船を建造して進水させ、西に向かうでしょう。また戻ってみたい国がまだあるのです、グリーンランドではありません」

彼はその冬、ブレックネスの炉火の周りで、ヴィンランドについてよく聞かれた。でも、ヴィンランドが話題に持ち出されると、もっとエールを注ぐようにいって、タラ釣り、あるいはブレックネスの上の斜面につきでた石だらけの土地を耕したほうがいいかどうか、を話題にするのだった。

母のソーラは、もう一家の女主人となっていた。彼女の親切なもてなしは、この地方ではよく知られていた。年老いた浜あさりが、冬に鉢を持って下の洞窟からやってくると、ソーラは炉のそばに席をすすめ、鉢をスープで満たし、そのあと魚とパンをやり、最後にエールを出してやるのだった。「ねえ、ハラルド」と彼女はいうのだった。「北西の強い風の中、海藻の中を探しに行かないで、さもないと死んでしまいますよ」

ハラルドは彼の三頭のウルフハウンドが、次から次へと死んでいった様子を話すのだった。魚や紅藻類の食べ物でやせ細り、真冬前に最後にほえ、息を引き取ったのだった。

三

ちょうどクリスマス前、ラナルド・シグムンドソンはオークニーのシグルド伯の招きで、馬に乗って北のバーシーを目指した。

シグルド伯はバーシーの岸に美しい館を持ち、ラナルドを心から迎えた。

「熱意ある前向きの若者たちが土地を耕し、土地の価値を高め、商いで船を送り出すのは、伯領にとって常によいことだ」と彼はいった。「それでオークニー中が繁栄し、東のノルウェーの王にそれ程借りがない」

シグルド伯は小柄で太っているが、力が強くエネルギッシュだった。いったん彼が事の方向を定めると、誰も反対する者はいなかった。ふたりの若者とひとりの子どもが彼の食卓にすわっていた。シグルドはラナルドに、息子のスマルリッド、ブルース、ソルフィンだと紹介した。

「もうひとり、エイナルという息子がいるが、ここにはいない――彼なりの荒っぽい仕事で海の向こうにいる」とシグルド伯はいった。「エイナルはいないほうがよい。さらにもうひとり、ノルウェー王の人質となっている息子がいる」

スマルリッドとブルースは温和で礼儀正しい若者で、ラナルドはすぐに好きになった。スマルリッドは上等な服と靴を好み、あごひげはよい匂いがし、くしがよく入っていた。ブルースは、彼が欲するものはすべての男性に向いているかのように、顔に眠たそうな物静かな表情を浮かべていた。

一番下のソルフィンは、色黒のしかめっ面の子どもだった。ラナルドは思った。「もしこの暗い顔つきの小せがれが島の高い席に着いたら、オークニーにとってよくない日となろう……」しかしラナルドは間もなく、そのみにくい子どもソルフィンは、ノルウェーやオークニーやスコットランドについて、それからその国々の間で絶えず調整していかなければならない緊張や条約や妥協について、言われていることすべてに熱心に耳を傾けているのに気がついた。そして時々その少年は（たとえば）アイルランドにいろいろある小国、フランスの肥沃な北沿岸にヴァイキングが定住するかもしれないいきさつについて、軽く口をはさむのであった。それで、その少年ソルフィンは子どもの割には驚くべき賢さを示しているようにラナルドには思えた。

伯のシグルドはこの末息子の言うことに、話すたびにまじめに耳を傾けるのであった。上のふたりの兄スマルリッドとブルースは、ソルフィンを優しくからかうのだった。「ひな鳥は飛び方を学ぶまで巣にじっとしていたほうがよい」とスマルリッドはいった。

するとソルフィンは自分のボウルの中をにらみつけて、しばらく何も言わなかった。

伯とふたりの若者とラナルドは、馬や詩作やウサギ狩りについてしばらく話した。

食事の途中で一度召使が入ってきて、伯の耳元に小声でいった。伯はすぐに立ち上がり、出て行った。

「年老いたアイルランド人の母親のことです」とブルースはいった。「針をなくしたか、枕が固すぎるのです。それで父は元に戻してやらなければならないのです。召使ではだめなのです。シグルドでなければ。シグルドは彼女のペット犬です」

「それかあるいは」とスマルリッドはいった。「祖母のエイスネがカップに卵の白身を落として、その形で占いをしているのです。警告、凶、吉」

「わたしたちの祖母は魔女です」とソルフィンはいって、パンをちぎり、ハチミツのはいったボウルにパンを浸した。

黒いコートを着たやせた男が廊下沿いにやってきて、テーブルの遠い端に座り、巻物を解いて、読み始めた。

「お早うございます、ジャイルズ神父様」スマルリッドとブルースはいった。

ソルフィンはラナルドにそっとささやいた。「神父様は父がいないときだけ来るのです。父は修道士に我慢できないのです」

スマルリッドはパンとチーズとハチミツをその修道士に回した。修道士は十字を切り、二言三言つぶやいて、食卓の他の人たちと話すこともなく、また見ることもせず、急いで食べ始めた。パンとチーズを口に詰め込んで、むしゃむしゃ食べた。

シグルド伯が入ってきて、食卓についた。彼は憂鬱そうに言った。「祖母は眉間のこのあたりが痛むのだ。いつもの悪い知らせの兆しだ」

「お祖母さまは外に出られて、もっと日や風にあたりなさいという兆しですよ」とスマルリッドはいった。「あの暗い部屋に居すぎますよ」

シグルド伯は顔を上げ、テーブルの端の修道士を見た。顔をしかめたが、何も言わなかった。

三人の若者はお互いによく話した。スマルリッドとブルースは、ブレックネスにラナルドを訪ねると約束した。

「ぼくも行くよ」ソルフィン少年はいった。

「カワウソや飛んでいるタカを狩るのだ」とスマルリッドはいった。「子どもは家にいて、貝遊びをしたほうがいい」

ソルフィンがエールの瓶を押したので、瓶はテーブルに倒れ、エールが滝のように床に流れ落ちた。

「部屋から出ていきなさい」シグルド伯は叫んだ。「お前はこの家ではもめ事を起こす。出て行きなさい！」

ソルフィン少年は腰掛から立ち上がり、テーブルを蹴ったので、ボウルや大皿ががたがたいった。彼はラナルドのほうを向いて、意地悪い笑みを浮かべた。それからドアを走り抜けた、走るというより踊っているようだった。

兄たちはかぶりを振った。

「さて、どんな息子たちだか見たでしょう――クジャク、ハトに、猛々しい若いタカだ」とシグルド伯はいった。「もうひとりエイナル、愚かでどん欲なカラス――エイナルが家に居なくて、わしはいつもうれしい。わしが死んだら、オークニーはどうなるか。失政、無秩序、暴政。選んでくれ。幸いなことに、もう一人息子がいて、現在ノルウェーのオーラフ王の宮廷に客分としている。名はフロドヴェルだが、忠実で誠実なので、ウサギ狩りの犬のようでフンドと呼んでいる。息子フンドにすべてを託している。フンドはわたしの後、ここオークニーを治めることになろう。ある意味、彼がノルウェーの宮廷に閉じ込められていることは、ここ荒涼たるオークニー諸島で身につけることのできない騎士道精神や成果を学ぶだろうから、彼にとってはよいことだろう。ただわしが危ぶんでいるのは、彼――わしの親愛なるフンドはそもそも初めから、われわれに情け深く気前のよい昔からの神々から切り離されていやしないかということだ」

ここでシグルド伯は、テーブル越しに司祭を苦々しく見るのだった。神父はハチミツとオートケーキに取りかかり、できるだけ早く食べているのだった。

スマルリッドとブルースは、父親が自分たちに投げかける侮辱に少しも気分を害していないように思えた。

「失くしたコインは常に純金が含まれている」とスマルリッドはいった。

「がみがみ女だったかもしれない人は、実際にそうであった女性とくらべて美しい乙女である」とブルースはいった。

兄たちは笑った。

「ノルウェーでわしのフンドと会わなかったのはたいへん残念なことだ」とシグルド伯はラナルドにいった。「お前がノルウェーにいたときは、彼は少々気分がすぐれなかった、と聞いている。

才能にきわめて恵まれたものは体が繊細な場合が多い。だが、結局そういう者は海や浜を越えて知れ渡るのだ。サガや詩には、フンド・シグルドソンのような名が星のようにちりばめられるのだ。あの息子がすぐに戻ってくることを願う……」

司祭はエールのつぼを回してくれるように、小声でブルースにいった。「パンが歯にこびりついて」と彼はいった。

伯は司祭をにらみつけた。

それから食事の終わりころ、シグルド伯はアイルランドの複雑な政治情勢を話し始めた。アイルランドには、小さなノルウェーの王国やケルトの王国があちこちにあり、同盟を組み替えたり、戦があちこちで始まったりしているように思えた。「さて、アイルランドはある種の合意に達したように思える。大王を選んだのだ、ブライアン・ボルーという大変有能で公正な王だ。小君主の大部分はブライアン王に忠誠を誓った。だが、当然のことながら、全部というわけではなかった。アイルランド人は派閥争いや兄弟殺しの確執で有名だ。それで、ブライアン・ボルーに反対する君主や首長の緩やかな同盟がある。アイルランドでの戦争勃発の時が急速に近づいている。すでに反対派は説得や買収で、できるだけ多くの同盟者を集めている。わしも打診されている、もちろんその件でだが――オークニーはそのバランスの大きな重石となっている。はるか北のアイスランドまでライバルの使者がやってきて、有能な若者の手に銀貨が滝のように注ぎ込まれている。使者たちはこの宮殿にも個別にやってきて、このテーブルに地図を広げ、オークニー伯にアイルランドのあちこちの土地を約束するのだった。わしはここオークニーに大いに課税したい気持ちにさせられた。名声と富の増加がある。正直にいおう、ラナルド・シグムンドソン、結局戦というものは、結果として善よりも悪をもたらす。それでわしは動かず、平和に伯領を治めようと半ば決めている。この三人の息子にオークニーをどのように残すか――クジャク、ハトと若い獰猛なタカに。ワタリガラスのエイナルとなれば、さらに悪いだろう。だが、とどまってアイルランドの戦争の圏外にいれば、アイスランドとシリー諸島の間の名のあるヴァイキングから蔑まれる。どの小首長や小君主からも冷たくあしらわれるだろう……」

伯は困った表情を見せた。

スマルリッドとブルースは皿と杯を押しのけて、テーブルに象牙のチェスの駒を出して並べていた。テーブルには漆を塗ったチェス盤が大工によって組み込まれていた。

司祭は思い切って、燻製《くんせい》の羊の肉を一切れ切り取り、細長いパンからひと塊切り離した。

司祭は、伯がひとたび政治の話をすれば、安心して食べることができることを知っていた。

「司祭はやせている割には、食欲が旺盛だ」とラナルドは思った。

「何かより強いものが、わたしをアイルランドに駆り立てるのだ」シグルド伯はいった。彼は声を落とした。「それは母の嘲りだ」と彼はいった。「それをドラゴンよりも恐れる」と彼はいった。

「母エイスネのひどい軽蔑を」

伯の赤らんだ丸顔から、突然力が失せたように見えた。

海の匂いを漂わせる男が入ってきて、シグルド伯の耳元にささやいた。

伯は立ち上がった。「いいや、そんなことはあり得ない」と彼は叫んだ。「なにかの間違いに違いない」

テーブルを拳でドンとたたいた。

ふたりの息子はチェスの手をとめた。

司祭は口からハチミツ酒の杯を離した。

その船乗りは上着から巻物を取り出して、シグルド伯に手渡した。ラナルドはノルウェー王の印章を認めた。

「読めない」とシグルド伯はいった。「いつもわしは忙しすぎるからな」

彼はテーブルの端にいる司祭に大声でいった。「今度ばかりは手を貸してくれ。ノルウェー王の文書を読んでくれ。自分の言うことに気をつけて」

司祭は袖で口の端からパンくずをふき取り、身を前に乗り出して、伯からその巻物を受け取った。司祭はすわって、声を立てずに口を動かしながら、文面を始めから終わりまで入念に読んだ。

「よい知らせか、悪い知らせか」とシグルド伯はたずねた。

「ある意味、よい知らせです」と司祭はいった。「とてもよい知らせといえます、ノルウェー王がここに書かれていることは」

「息子のフンドについてだね」と伯はいった。

「その通りです、陛下、フンド様についてです」

「このノルウェーの船長は、フンドは病が重くなっていると言っておる。それでよい知らせとは何だね。あのフンドはもう回復しているのか」

「陛下、宗教的な意味において、魂が悲しくてつらいこの世を去ることはよい知らせです」

「はっきり言ってくれ。息子のフンドは生きているのか、死んだのか」

「王の秘書はここに書いております、フンドというオークニーの若者フロドヴェル・シグルドソンは、新月から三日目の晩に亡くなられたと。ベルゲンの新しい教会に埋葬されています。心から追悼の意が表せられ、鎮魂ミサが捧げられました。宮廷は一週間喪に服しました」

ふたりの若者は兄弟が死んだと聞いたが、続けて駒をどう動かすか考えた。

「ご冥福をお祈り申し上げます」と司祭は重々しくいった。

シグルド伯はテーブルの端に無言のまま立っていた。彼の顔はまず真っ青になり、今では鍛冶炉のごとく燃え始めた。

彼は司祭を指さした。「お前!」と彼は叫んだ。「出てゆけ。お前の礼拝堂は閉じろ。この宮殿から立ち去らないならば、お前はまずいことになるぞ。そのようにせよ。お前がどこへ行こうとかまわない。この使者とノルウェーの暴君オーラフのところへ戻ってもよい。我が民の神々を排して――肩に知恵のフクロウをのせた片目の雷神に、愚かなことをしたと今は思う。間違ったことをしたから、罰を受けたのだ。私のかわいい息子、わたしのフンドは奪われた。永遠に」

シグルド伯は目を潤ませ、あごひげを涙でぬらし、大広間から外の暗い廊下によたよたしながら出て行った。

「新たな死者の名前には、常にそこに織り込まれた暗い音楽がある」とスマルリッドはいった。

「生者の名前はたいていい悪意をもって意地悪く発せられる」

「ご冥福をお祈り申し上げます」と司祭はいった。「父君はこれにめげないでしょう。わたし奴《め》は、ここでは歓迎されませんでした。今日、後ほどスコットランドへ運んでくれるよう、バーシーの漁師に頼もうと思います。持ち物はほとんどありませんので、すぐに準備はできます。礼拝堂のキーをここに置いておきます、スマルリッド様。少なくともマリーの修道院長は、喜んでわたしに会ってくださることを願う次第です」

司祭はスマルリッドとブルースに軽くお辞儀をして出て行った。兄弟たちは司祭に見向きもしなかった。

フンドの死を知らせる巻物は、テーブルに置かれたままだった。ラナルドはそれをちらっと見た。

「オークニー伯シグルド殿、ご子息のフンド殿、つまりフロドヴェル殿が亡くなられたことを余はお伝えしなければならない。ひとりひとり棺台《ひつぎ》への階段を上り、十字を切って悲しみで清らかな面持ちでまた下りる人びとを、ご覧になっていただけたらと思う次第である。また、棺台のまわりには、神々しい光を放つ七本のろうそくが灯された。煙る香炉を持つ少年たちが、三日間往来した。尖塔で、日の出から日の入りまで弔鐘は鳴りやむことはなかった。フンド殿の御霊《みたま》への祈りは、余の新たな教会で途切れることなくつぶやかれた。三日目に、埋葬が教会のなかできらびやかに行われた。次いで、故人のご尊顔は大理石によって光から永遠に閉ざされた。故人はノルウェーの偉い方々とともに眠っておられる。もしご存命であれば、戦いや議会において名を成したであろう。ここに余は押印する……」

ラナルドは立ち上がった。

スマルリッドとブルースの兄弟は、何も言わずに彼のほうを向いた。

「わたしはブレックネスに戻る時だと思います」とラナルドはいった。

「間もなく農耕よりは戦の時となるでしょう」とスマルリッドはいった。「父は戦船《いくさぶね》に乗ってアイルランドに集まるノルウェーの船隊に加わります。リフィー川の河口には、黒くなるほど船が集まることでしょう」

「父は戦好きではありません」とブルースはいった。「むしろ川でマスを釣ったり、グリーネイ・ヒルでライチョウ狩りをしたいでしょう。でも、自分の母親を恐れています。母親は彼を一目見るだけでよいのです、父ははいつくばる犬で、すすんであちこち行ったり、あれこれします。彼の母の考えでは、人が経験する最悪の死は無駄死です。いいや、父は勝どきの叫びをあげて、英雄たちの中に飛び込むはずです。そうすれば、ヴァルハラの扉は父を受け入れるためにさっと開かれるでしょう」

ふたりの兄弟は笑った。

「むかし、祖母のエイスネはワタリガラスの刺繍《ししゅう》を施した、魔法の旗を彼のため織りました」とスマルリッドはいった。「ワタリガラスの旗はそれを持った軍隊に必ず勝利をもたらしました。しかし、戦いが始まると、旗手は必ず切り倒されました」

「だから、ラナルド・シグムンドソンさん」とブルースはいった。「リフィー川に行き、そこからブライアン・ボルーとの戦に行かれた時、父が最後に旗手を命じたら断ることをお勧めします」

「もしあなたが特にヴァルハラへ行きたいと思わないのなら」とスマルリッドはいった。

「わたしどもはアイルランドへ行くつもりはありません」とブルースはいった。「わたしどもはオークニーを治めなければなりません。祖母といっしょにいなければなりません。弟のひとり、あの猛々しいタカの若いソルフィンに、頭巾と鐘をつけてやらなければなりません」

スマルリッドとブルースはチェス盤に向かって、また指し始めた。

ラナルドが中庭で馬にくらをつけているとき、ひとりの少年が宮殿からやってきて、シグルド伯の母エイスネ様が彼と話をしたいことを告げた。

ラナルドはその少年に従って、宮殿の女性の住まいへ廊下伝いに行った。広い風通しのよい部屋で、女性たちは織機や刺繍の縁取りに取り組んでいた。だが、女のひとりが漁師の上着に青い継ぎをあてていた。伯はバーシーに十数隻の漁船を持っていた――が、これは確かに宮廷の若い娘がするのには似つかわしくない仕事だった……

彼を見る娘たちもいたし、慎み深く仕事に向かっている者もいた。ラナルドはちょっと立ち止まり、継ぎをあてている娘を見た。彼には美人とは思えなかった。長い指が継ぎに針を通したとき、手首のところで手が垂れて、針が落ちて石の床に小さな音を立てた。

娘は顔を上げたが、彼を見なかった。ラナルドは窓を背景に娘の横顔を見た。つまらぬ継ぎあての仕事をしている娘に、驚きで彼の息を詰まらせる何があったのか。娘とたわいのないことばを交わしたいと強く思った――たとえば「他の女たちのように笑みを見せたり、挨拶をなぜしようとしないのですか」と。でも、一言も話せないのに気がついた。

ラナルドを案内していた少年はいった。「急いでください。エイスネ様をお待たせしてはよくないのです。私を困らせたいのですか」

少年はカーテンを開き、小声で言った。「ラナルド・シグムンドソン様がお見えです、奥様」

少年はカーテンをさらに広く開け、エイスネ様の部屋に案内した。

伯の母親は年を取っていたが、口や目の周りにきれいに刻まれたしわから判断して、笑みと善良さのにじみ出た、整った顔立ちをしていた。声も若々しく、よく響いた。

「ラナルド・シグムンドソンさん」と彼女はいった。「こちらに来て、わたしのそばのこの椅子に座りなさい。そう、あなたは自分の人生にとても多くの経験を詰め込んでいらっしゃる方ですね！アイスランド、グリーンランド、ヴィンランド、ノルウェーにも行かれたことがおありですね。ご立派です。明日亡くなることがあっても、問題はないでしょう、鼻をクンクン言わせている多くの貪欲な老人よりも沢山のことをなさったのですから」

ラナルドはまだかなりの時間生きたいです、といった。

「そうなさるでしょう、分かってますわ」とエイスネはいった。「前途洋々たるものです。この土地では皆からあがめられ、働き者の女性と結婚されて、五人の子どもをもうけ、四〇回の収穫をし、その多くは豊作でしょう（根を虫に食われたり、まだ青いうちに東風にやられたりする年がありますけれども）。男たちはティングヴォーの集会に馬に乗ってやってきて、あなたに喜んで会い、多くの演説者のことばよりも慎重にあなたのことばを検討するでしょう。（こういった会議には無駄口ばかりたたく人間が多いですから）」

ラナルドは彼女が自分の幸運を祈ってくれたことに感謝した。

「あなたの幸運を祈るという問題では決してありません」とエイスネはいった。「あなたにこれから起こることを、あなたがそのように欲しようとそうでないにせよ、事実としてお話ししているのです」

ラナルドはエイスネ様がどのようにして運命を読み取るのか、たずねようと思った。しかし、そのような質問は無礼と思い、何も言わなかった。

「人間に起こる最悪のことは」とその老女はいった。「愚かにも自己満足して老いることです。あごひげに白いものが交じってきます。関節が痛み、息切れがし、子どもたちは自分の忠告に耳を貸さず、自分のことだけを考えて右往左往します。人の心臓は時折鳥のようドキドキします。他人が背後で自分をあざ笑っていると考えます――たいてい、そんなもの、当たり前のこと。『おやまあ』ある朝、にわか雨でちょっとした鏡になった石を見て、人はいいます、『突然、しわが増え、年取った。死はそれほど遠くない。しなければならないこの仕事があるし、取り決めをしなければならないあの土地の取引があるし、買わねばならないあのタカがいる……』それで、わが英雄は石で封印した、宝物の銀貨をしまってあるくぼみに行きます。心配そうにそれを数えます、銀貨を一枚一枚手のひらに音を立てて落とし、とても重いので、か細くなった手は手首のところで折れそうになります。そして目は満足して眺め、顔は実際に輝き、おのれは立派な成功者と考えます――この終わりとなった老いぼれは翌々日には亡霊となります！……しかし、貪欲な恩知らずの息子のひとりが盗み見をしてないか時々肩越しに振り返りながら、おのれの宝をくぼみに戻します。それで宝は安全、炉端によろよろといき、寒いね、もっと泥炭をなぜくべないのか、だれか肩にショールをかけてくれないか、という——なんと底冷えのする寒い日か！　だが実際は真夏の晴れた、日の照っている日です。それから老いぼれが一、二回せきをし、うめくと、ふたりの召使が彼をベッドに入れ、毛布を掛けます。そして日没前には、彼の両目にそれぞれ一ペニー硬貨を置くのです……ラナルド・シグムンドソンさん、それは今日、男たちが望むように思える死です。でも、あなたには起こらない、と言えてうれしいです」

エイスネ様は笑った。

ラナルドも笑った。エイスネ様はすばらしい絵のような言い回しをなさる——それは本当に聖歌、詩に近いものです、と彼はいった。

伯夫人の部屋は暗くなった。彼女は小さな青銅のどらを鳴らした。少年が二本の明かりのついたろうそくをすぐに持ってきて、小さな丸いテーブルの上に置いた。そして再び出ていった。

ハープのメロディーがエイスネ様の部屋に流れてきた。それがただよい、やがて静かになった。

「ノルウェーで死んだ孫、フンドのために喜んでいます。フンドにとっていいことです。フンドは老齢の苦々しさや醜さの中で死ぬことが、どんなものか知ることはないでしょう。こういったよい死の後、次によいものは何でしょうか。人間が力の美しさに十分包まれて、暗闇を行くことです。冗談を言い、歌をうたいます。自分が門から忍び込む許可を死に求めません。そんなことをせず、大胆に扉をたたきます。『まいりました、ずーっと以前に、実際わたしが生まれたその日に、あなたはわたしに訪れるように勧めました。厳しい道のりでした——疲れました——座って休みたいと強く望んでいます。』死は彼に扉を開きます——ショールに包まれたしゃれこうべではありません

——今まで見たことのない、ひとりの美しい女性。『ようこそ、旅のお方』と彼女はいいます。『今夜わたしの館に場所をご用意しております。あなた様は永遠にお若いのです』」

しばらく部屋には沈黙があった。ろうそくの炎が揺らめいた。

それから、ラナルドはエイスネ様の言われたことは、スカルドの高い調べのようだといった。

「息子のシグルドをアイルランドの戦に送り出すつもりです。息子が太りすぎ、老いすぎて、愚かにならないうちに」とその老女はいった。「息子はアイルランドの戦場ですべての償いをすると思います。今ここオークニーで、すべてを台無しにし始めています。五人の孫のうち、島の偉大な領主になるのがひとりおります。クジャクやハトではありません。西にいる半ば飢えたワタリガラスでもありません。若い猛々しいタカ。彼を注目しなさい」

伯夫人の知恵に耳を傾けながら、二本のろうそくの光の中に座って、それは自分に思想の大きな糧をあたえてくれる、とラナルドはいった。

「さあ、アイルランドの戦にシグルドとともに出陣する用意をなさい」とその老女はいった。「あなたは立派に振舞うでしょう——わたしには分かります——でも、暗い扉で『死』と面と向かうことはないでしょう。四〇回の黄金色の収穫に戻ることになります」

ラナルドはエイスネの有望な約束に礼を述べた。彼は立ち上がり、カーテンを開いた。すき間風が入り、ろうそくの炎が揺らめき、一本が消えた。湖に映った新月の影が揺れた。

「針と青い継ぎを持った娘の名はラグナですよ」とエイスネはいった。「また会うでしょう」

第四章　アイルランド

一

アイルランドの戦に志願してシグルド伯とともにいくオークニーの人びとは、スキャパ湾で伯の船に合流した。

ラナルド・シグムンドソンは農場ブレックネスを信頼している農業管理人ステッドにゆだね、スキャパ湾へ馬でいった。

若者たちが武器を持って集まっているので、そこの浜は大いにざわめいており、伯の船に食糧が積み込まれた。

その浜の上の出店で、ラナルドはアイスランドの若者の一団と親しくなった。農場にいた善人で賢者のニャールと彼の家族を焼死させたことで、最近アイスランドを追われたのだった。

ニャールの焼き討ちは苦々しく残酷なことであったが、やむを得ないことだった。そこで、アイスランドの若者たちは戦で償いをしたいと思ったのだ。

上の道に、とどろくひづめの音がした。シグルド伯と彼の部下たちが着いたのだった。ラナルドはスマルリッドとブルースが、伯とともに来なかったことに気がついた。

伯はオークニーやシェトランド、アイスランドの若者たちの中では、少々尊大でちびの太っちょであるように思えた。あちこち回って命令をしたり、その命令を変更したり、彼の顔は怒りといら立ちで真っ赤になることが多かった。

シグルド伯が現場についてからは、乗船の準備がすべてはかどらず、遅くなったように思えた。ひとつの荷物が浜から船に積み込まれる間、伯は心配そうにそのあたりをうろうろしていた。その積荷は細長い木製の箱にしまわれ、青銅の留め金で止められ、鉄の錠が掛けられていた。

「ワタリガラスの旗だ」とアイスランド人のソルステインがいった。「母親が持たせた、勝利と死の印だ」

シグルドの母親の織ったワタリガラスの旗がオーディン号に船で運ばれたとき、騒がしい一団は静まりかえった。

二日後には、すべての用具、食糧、武器はオーディン号の船倉に積み込まれた。兵士として志願するためにディアネスから最後にやってきた男は、馬でやってきた。

オーディン号は大きな船だった。デンマークの船大工たちが一年以上かけて作り上げたものだった。カシのへさきには金の象眼細工さえあった。木彫り師はヴァルキューレ（オーディンの命令で空中に馬を走らせ、戦死した英雄たちの霊をヴァルハラに導き、そこに侍する乙女たちのひとり）の美しい船首像を彫っていた。それは笑いと怒りと残酷さを交えた恐ろしい顔だった。

「オークニーの農民たちはこの船のために、一、二年重税を課せられるだろう」とラナルドは思った。

船長は海図を前にしてすわり、スコットランド西部の迷路のような島々や潮の流れを通るルートに印をつけた。

もうオーディン号はいつでも航行できる、と船長はシグルド伯にいった。新月だった。潮が差してくれれば、船はホイ島とロナルドシー島の間を南下してペントランド海峡に入り、そこから西を目指して広々した大西洋に達し、ラス岬を回って南に下り、ヘブリディーズ諸島に入ることができた。

シグルド伯は興奮で顔を紅色に染めていた。錨《いかり》を上げるよう命じた。

船上の百人の若者は歓呼の声を上げた。

ミンチ海峡で、シグルド伯はこの戦で極めて重要と思われる人びととの会合を招集した。ラナルドも伯の船室に呼ばれた。

「さて」とシグルド伯はいった。「アイルランド大王を自称するブライアンとの争いにおいて、ダブリン王シグトリッグへの支持を誓った。このブライアン・ボルーはキリスト教徒で、善良で公正な男だと誰もがいう。だが、シグトリッグ王への支持はそれとは無関係である。二年前、バーシーのわしの館で話したとき、わしに大いに敬意を表してくれ、その敬意はわし自身ばかりでなくオークニー全体に対してでもあった。出兵と引き換えに、シグトリッグは彼の母親コルムラダとわしの結婚を申し出てくれた。まあ、風雪に耐えた男はそのような申し出にあまり重きを置かない、特にその女子《おなご》は冬、わしのために喜んでストッキングを編んでくれないような最悪のがみがみ女なのだから。わしの老齢は平和でありたい。だが、シグトリッグに恥をかかせないために、怒りん坊ばあさんの母親と結婚する、とわしはいった。だが、内緒にしてあることがある。ここだけの話だが、ブライアン・ボルーをやっつけた後、オークニーのシグルド伯がアイルランド大王の王座に就くことになっている。アルスターからケリーに至る（アルスターはアイルランドの北部、ケリーは南西部、「アルスターからケリーに至る」は「アイルランド中の」の意）すべての小国の王や君主たちは、黄金の王座のわしの前にひざまずくことになる！　ちょっと考えてもみたまえ」

小柄で太っちょの伯は、そのことばを吐きながら得意然とした。それはとても奇妙に見えたので、船室の入口に立っているアイスランド人が笑うと、間もなくみんな大笑いしていた。

ラナルドはシグルドのことで恥ずかしく思った。

伯は自分のまわりに嘲笑の波が立つと、顔を赤くした。

彼は手を挙げた。

「わしは認めなければならない」と彼はいった。「シグトリッグの申し出をまじめにとっていないことを。恐ろしい母親との結婚にしても、アイルランド大王になるということにしても。わしが今なぜアイルランドに向かっているのか、まじめに話そう。一、二年わしがなおざりにした神オーディンに対する態度を改めるためじゃ。その先祖の神は、この船をその神の名によって呼ぶことを誤りと思わないと信ずる。もっと特別な問題がある。わしがとても愛した息子がいた、名はフンドだ。フンドはキリスト教に改宗したノルウェーのオーラフ王によって奪われた。フンドはフィヨルドと山に囲まれて、悲しみのうちに亡くなった、とわしは思う。フンドは優しい子だった。オークニーの低い肥沃な緑の丘が、息子にとっては喜びであった。わしはこれからフンドの復讐のために、いわゆる大王であり、キリスト教徒であるブライアン・ボルーに剣を突き立てるために行くのだ」

このちびの太っちょが稲妻のように剣をきらめかせ、強力な戦士ブライアン・ボルー王を守る盾の壁を雷のように破るのを想像して、船室に再び嘲笑のさざ波が立った。ひとりのシェトランドの若者が頭をそらし、大声で笑った。

シグルド伯は怒りと困惑で口ごもった。

もう一度彼は気を取り直した。

「わし自身、存分に戦うとは言わない」と彼はいった。「わしの戦いの時代は終わった。だが、お前たちのような戦士は指揮官を必要とする。大きな戦いが始まれば計略や全体の戦術はわしが考える。いいか、戦闘隊形の配列となれば、わしは新米ではない」

ラナルドはうなずいた。シグルドは若いころ優れた戦士であった。

「お前たちが倒れた敵に馬乗りになるような時まで、わしは笑い続けるだろう……わしが今言いたいことは、南下するにつれ強力な同盟軍が集まってわれわれに加わる、ということだ。ヴァイキングの兄弟、ブロディルとオスパークのことを考えている。連中は三〇隻の船を率いてマン島でわれわれに加わる。ダブリンの沖合に停泊する強力な無敵艦隊となる、確かに。いかなる軍隊もわれわれに対抗できないだろう」

ひとりのアイスランドの若者がいった。「ブライアン・ボルーは優れた軍人です。王の養子ケルスや王の兄弟のウルフ、名は忘れましたが、他の王の息子たちに率いられた大変強力な軍隊もいます。こういった軍隊を破るのは容易なことではありません」

「容易なことではないだろう」とシグルド伯もいった。「定期市の広場を訪れたり、仮面劇役者に小銭を投げるために、アイルランドに行くのではない。これは競馬やタカ狩りのための集まりではない。間違いなく、恐ろしい残酷な戦いになるだろう。われわれは勝利する――わしは確実な印、昔、母がわしのために織ったワタリガラスの旗を持っている。戦場にその旗を持っていく軍隊は常に勝つ。その旗はこの船にある――錠をかけてちゃんとしまってある」

「その旗を持つのは誰ですか」ケイスネスから来た男が聞いた。「その旗は死者から死者へと渡るとか。何人に渡るのですか。よく知られています、その魔法の旗を持つものは頭上で旗がはためくと必ず倒されると。矢がのどに食い込む、あるいはおのが頭蓋骨に食い込む。その軍旗を持つのは誰ですか、シグルド伯」

これに対して、シグルド伯はふたたび顔を赤くした。彼は立ち上がり、手をたたいた。「会議は終わりだ」と彼はいった。「バラ島（アウターヘブリディーズ諸島の南の島）に一日二日とどまる。そこで兵を募ろうと思う」

スコットランド西部に長くとぎれとぎれに続く島々で、一部兵が加わった。大部分は不平分子、無法者、口やかましい女房や漁船や石だらけの畑にやたら追い立てる父親から逃げ出したいと思っている輩《やから》である。

オーディン号は進み続けた。商船は毛を逆立てるように武装したオーディン号からそれて西へ進んだ。ラナルドはスコットランドの海岸や山腹で、人々が家のよろい戸を閉めたり、牧夫が牛や羊を内陸へと追い立てているのを見ることができた。

オーディン号のような船は、以前その海には見られなかった。

マン島の沖合には、約束の三〇隻の船隊でなく、ブロディルの一五隻の船しか彼らを待ち受けていなかった。

ブロディルは兄弟のオスパークとけんかをしたといった。

ブロディルはシグルド伯にいった。「伯よ、オスパークは君のようにオーディン信奉者だ。だが、神聖さや善政の点で、ブライアン・ボルーについて聞いたことに感銘を受けていた。一週間前、この反乱には参加できないとおれにいった。ブライアンに組するために一五隻の船を連れて去った」

シグルドはそれを聞いて残念だといった。戦闘が始まれば、予想以上に厳しいものになるだろう。

「だが、賭けるだけの価値はある」とブロディルはいった。「ダブリンのシグトリッグは勝利後の気前のよい申し出をしてくれた。おれはアイルランド全土の大王となり、また母親のコルムラダを妻として王妃としてくださるとのこと」

シグルドは笑った。「信頼できないやつだ、このシグトリッグは。この前の冬バーシーで、わしにも同じ報酬を約束した――アイルランドの王座とコルムラダを」

ブロディルはいった。「その件については解消しよう。シグルド、これは奇妙な取引とは思わないか。おれは教会の叙任された助祭であるし、おまえも洗礼を受けている。そしてここに、おれたちは偉大なキリスト教徒の王ブライアン・ボルーに立ち向かおうとしている。だが、異教徒の兄弟のオスパーク――彼はキリスト教徒のブライアンに味方して戦おうと、一五隻の船と数百人の部下を連れて集まっている」

この戦いは大変厳しいものになろう、とシグルドはいった。

彼はその後、アイルランドとイングランドの間を南下するとき、自分はブロディルの部下たちの顔つきが気に入らなかった、とラナルドや他の北部の者たちにいった。「連中はわしを最悪のヴァイキングのように見る、相手が弱いときわめて勇敢で向こう見ずだと」と彼はいった。「だが、連中だって犬がほえ始めると、すぐに安全な場所に逃げ出す」

それからシグルドは夕食の食卓で、ほとんど声高に独り言をいうかのようにいった、アイルランドに上陸するや、われわれは反撃に備えなければならないだろうと。

北部の若者たちは杯を置いて彼のほうを向いた。その夜、シグルドは青ざめた顔で、多くの者はふたたびオークニー、アイスランド、ケイスネスあるいはヘブリディーズを見ることはないだろう、といった。

アイスランド人のソルステインは、ひとたび勝利を手にし、シグルドが大王になれば、アイルランドでよい妻とよい農場を手に入れるつもりだといった。

若者たちは笑い、杯をかかげた。

「わしの言いたいことは」とシグルドはいった。「われわれの一部の者は——おそらく多くの者は——アイルランドの浜におのれの亡骸《なきがら》を残すことになるだろうということだ」

ラナルド・シグムンドソンはブレックネスの農場を思い浮かべた。この農場ほど彼にとって貴重で楽しく思えるものはなかった。

戦闘前に、指揮官が敗北を考えるのは悪いことだ。

その時、ラナルドは仕事着にちょっとした継ぎあてをしていた若い娘を思い浮かべた。想像もつかない何かに対する憧憬が彼をとらえた――それはいつまでも消えず、ひとつの憧れであり、優しさであり、（激しくヒョウが降るなか、土に鋤《すき》を入れるような）実りゆく穀物のイメージだった。それ以上の何かですらあった。すべての自然――植物と魚と動物と星――と完全に調和した飢餓だ。ヴィンランドのスクレーリング人たちは、数ある人間の中で「偉大な精神」がそのすべての創造物のために作られた、この上なく入り組んだ繊細な網の目の一部であるように思えた。

「しかし」とラナルドは考えた。「若い時には、アイルランドの山腹で、戦の角笛が響きわたり、剣げきの響、勝利の雄たけび、死にゆく者のうめき声の中で、自然と一体となることができる……」と。再び、オークニーのブレックネスの鋤と穀物の茎のイメージや、ホームスパンの上着に継ぎをあてていた娘の姿が、彼に思い浮かんだ。

そのイメージは精神に触れる剣の切っ先のようだった。

ラナルドは船上のテーブルには自分だけなのに気がついた。すべての若者は船内を出て、オーディン号の片側に集まっていた。

ダブリンの近くの浜辺には、松明《たいまつ》が幾列にも並んでいた。海によって、か細く純にされた叫び声が浜から流れてきた。

ダブリン王シグトリッグの軍勢が、船を迎えにやってきた。

夜だった。

浜の教会から、ろうそくにかすかに照らされ、二つの叫び声――陸の兵士と船上の戦士――をぬってグレゴリオ聖歌の断片が聞こえてきた。

結局、ラナルドは夕食のテーブルでひとりというわけではなかった。

テーブルの主賓席に、シグルド伯がワインで顔を赤くして座っていた。

「われわれが敗北するなんてありえない」とシグルド伯は内心思っていた。「ワタリガラスの旗を持っている。不運の男は勝利の敷居まで旗を持っていき、そこで倒れるだろう。しかし、門を破って凱歌《がいか》と勝利へと進むだろう」

二

ダブリンには活気あふれる馬市があった。

ラナルドは若い栗毛一頭を買おうと思った。子馬がすぐに彼のところに連れてこられ、彼はその子馬がすぐに気に入った。

ラナルドはその馬をリフィアと呼び、丘を駆け回りたいと思った。(リフィアはブレックネスの丘にある小作地の名前である。)しかし、町からホースという向こうの岬のほうへ移動し始めたばかりの馬と馬に乗る人の大きな波に、彼は遭遇した。

そこで、ブライアン・ボルーは彼の軍隊とともに防戦した、と言われていたからだった。

再び馬のいななき、鼻息、足踏みの合間に、あちこちの教会からグレゴリオ聖歌が、切れ切れにラナルドの耳に入った。その調べは美しいけれど、彼には暗くわびしく思えた。

「聖週（復活祭前の一週間）だ」とバラ島から来た兵士のひとりがいった。「教会暦年で一番悲しい時だ」

馬に乗る人のうねりは大きな波となり、リフィー川とホース岬の間の平原で砕け、分散した。

軍勢が叫び声や角笛の音とともに隊列を整えるまで、大きな混乱があった。

その時、ラナルドはブライアン・ボルー王のアイルランド軍を初めて見た。

曲線を描いた盾の大きな壁が、王を守っていた。王は武装していないばかりでなく、自分を守るヘルメットや盾を身に着けていなかった。「二〇人の射手がいるならば、瞬く間にこの王をハリネズミにすることができよう」とアイスランド人のソルステインはいった。「でも、この王の顔つきは好きだ。兵士たちはこのような王のためには、喜んで命を捨てるだろう」

ラナルドの反対側に立っていたケイスネスのダッグは、聖金曜日だ、キリスト教暦では大変聖なる日だ、といった。ブライアン・ボルー王はその日、戦闘に参加しないことを誓っていたのだ。

「なぜなら、キリストは敵の前では無防備だったからだ」

今、ラナルドは二つの軍隊の配置を見ることができた。

オークニー伯には大きな敬意が払われていた。シグルドと彼の軍勢は「異教徒」軍の中心を占め、その片側にブロディルとそのヴァイキングたち、その反対側に二枚舌のダブリン王シグトリッグがいた。

シグルドの真向かいに陣取るのは、ブライアン王の養子ケルスとその軍隊であった。彼らは統制が取れており、いつ攻めて来てもいいように備えていた。

ブロディルのヴァイキングの縦隊はあまり規律が取れていなかった。陸では落ち着かず、荷をどっさり積み込んだ商船をむしろ攻撃したがって、海嵐が吹き抜けているかのようにお互い押し合い叫んだ。

　ブロディルの真向かいに、凶暴なオオカミさながらの指揮官が陣取り、その兵士たちは押さえの利かないオオカミの群れのように指揮官の背後でいきり立っていた。「君はそうは思わないだろう」とアイスランド人のフラヴンがラナルドにいった。「あの獰猛《どうもう》な隊長がブライアン・ボルーの兄弟で、その名が《けんか好きのオオカミ》だということを」

　今や戦場のいたるところで、角笛が鳴り響いていた。

　シグルド伯は部下の前を馬で走り回り、興奮で丸い顔は燃え立っていた。片手で斧《おの》を振り回した。その刃が日差しを受けきらめいた。

　もつれあって林立する槍《やり》と波打つエールの角杯の中――隊列を整えるつもりで黒ビールの大だるをたたいているのだから――シグトリッグとダブリンの連中は、前後左右に渦巻いていた。その向かいには、たもとを分かったヴァイキングのオスパークとブライアン王の息子たちの、隙を見せない音無しの構えの縦隊がいた。戦場のはずれで、料理人たちがつぼや肉の塊や火の扱いで忙しかった、鍛冶屋《かじや》のハンマーの音がとぎれとぎれに響いた。何人かの行商人が魚やチーズ、宗教関係の小物を売るために屋台を出しさえした。ブライアン王の料理人たちは、その日、聖金曜日には魚を焼くだけだった。

　群衆は戦いを見に町や田舎からやってきて、一番星のもと、退却の最後の角笛が鳴り渡り、血の匂いを嗅ぎつけたオオカミが森で動き始める前に、ここかしこに残っている戦利品を拾おうとしていた。

観衆の間を縫って、ひとりのハープ弾きがあちこち回って歌った。

その朝、クロンターフは騒がしい場所だった。ラナルドはこんなざわめき、抗議、騒音を聞いたことがなかった、ベルゲンの海岸通りでも、グリーンランドの競馬場でも聞いたことがなかった。

ブロディルのヴァイキングは向かいにいる《オオカミ》隊に、激しい侮蔑と嘲笑の集中砲火を浴びせていた。「がまんしろ」と《オオカミ》は部下たちにいった。「じっとがまんしろ。あの海の連中にいうことばをすぐに思いつく」

ブライアン・ボルーは息子たちと酒の給仕係のタクトとともに、ミサに出るためにテントに入っていた。

クロンターフの騒がしさは、遅れてきた者たちがあちこちの軍隊に加わり、その光景を見に村人たちや田舎の者たちが内陸から来るにつれて、次第に大きくなった。

その時、驚くべきことが起こった。錯綜《さくそう》としたさまざまな騒音――角笛、ハンマー、嘲りと侮蔑、弓の弦を鳴らす音とひづめを踏み鳴らす音、行商人の売り口上やバラッド語りのハープをかき鳴らす音、隊長たちの叫び声や山腹の女たちの甲高い声――すべての音がやみ、一つの音だけが聞こえた。司祭たちのテントでかすかに聞こえる祭鈴（ミサでサンクトゥスを歌うときなどにならす）の音だけが聞こえた……それからまた、あの騒がしい音の広がりがその朝をおおった。

ブライアン王は礼拝から戻り、盾の壁の後ろの席についた。少年タクトがそばに立った。

王の息子たちは「裏切り者」のヴァイキング、オスパークのそばに場所を取った。彼はマン島の沖合でそのことが話された時、ブライアン・ボルーの善良さと威厳に魅せられたのだった。あるアイルランドの桂冠詩人が、船上でオスパークの耳を引きつけたというのか。あるいは、善良の雲が世界中のあちこちに移動するので、どの心の上にも優しく雨を降らせたのか。そのいきさつは誰にも分からない。

先触れたちは戦闘開始を正式に告げるラッパをまだ口につけていなかった。それなのに、ブロディルの兵士たちは自分たちの船から離れていて落ち着かず、反抗的で、ブライアン王の兄弟《オオカミ》（つまりウルフ）の盾に向かって進んだ。そしてそこで敗れた。その半数は《オオカミ》の部下の剣と斧によって、冷たくリズミカルに切り倒された。

海の略奪者たちは、こういった取り扱いに慣れていなかった。彼らは浮足立った。半分は向きを変えた。剣がきらめき、振り下ろされた。ブロディルのヴァイキングたちは向きを変え、混乱した状態で走り、戦場の片端にある小さな緑の森に迷い込んだ。ブロディルはそのあとをあたふたと、怒り叫びながら追いかけた。

その時、《オオカミ》とその一隊はブロディルを追って、森に突入しようと考えた。しかし、長くは考えなかった。冷酷な顔と血塗られた刃の向きを変え、隊列の中央にいるシグルド伯と彼のオークニーやアイスランドの一隊に向かった。

その間、先触れたちはラッパを吹いていた。準備がすべて整った今、その問題を戦いの裁定によって決めればよい。

山腹に陣取った見物人たちは声援を送った。

下の浜で網を干していた漁師たちは、その騒ぎは何事かと見にやってきた。ダブリン湾の魚の群れのことは忘れ、彼らはそこにとどまり見守った。少しずつ近寄り、ブライアン王の料理人にニシンを何かごか売る者もいた。

ブロディルの敗北と敗走で、今やシグルド伯の軍隊の側面がさらされた。オークニーの兵士たちは、ウルフ・フレダ（《けんか好きのオオカミ》）が攻撃してくるのを、またケルスが前面から攻撃してくるのを待った。シグルド伯の分が悪かった。

だが、《オオカミ》とブライアン王の養子ケルスは、急いでいないように思えた。ラナルドは彼らがお互いに相談し、あちこちを指さし、太陽を見上げたり、指先をなめて風向きを見たり、ブライアン王がいる盾の壁に騎馬の使者をたびたび送ったりするのを見た。

戦いの中心は今や他に移った。ダブリン王シグトリッグはオスパークとブライアン・ボルーのふたりの息子たちと向かい合った。

この戦線における戦いは、始まりの戦いよりもはるかに難しかった。隊列はまじりあい、絡み合ってあちこちに揺れ、悲鳴や叫び声やよろいのぶつかりあう音が聞こえた。

戦況はアイルランド王軍に不利に展開された。ブライアン王の息子はふたり、共に闘って切り倒されたという知らせがひとりの騎士によってもたらされた。騎士は回り道をしてブライアン王にも知らせた。王は両手で顔をおおった。タクトという少年はナプキンを王に渡した。

しかし、戦いの中央にいたシグルド伯と北部の者たちは、立ったまま動かなかった。彼らがシグトリッグを助けに動いていたら、まわりを取り囲まれ、《オオカミ》とケルスは彼らを襲い、彼らは火と鋼鉄の波の下に沈められていたろう。

ダブリンのシグトリッグはブライアン・ボルーのふたりの息子を殺したにもかかわらず、ますます困難な状況に陥っていた。彼の部下たちは一歩一歩海のほうへ押し返されていた。オスパークは最後の一押しとばかり部下を率いて前へ進んだ。オスパークのヴァイキングの戦士たちはブロディルの連中と同じ海のさすらい者だが、より決然とした意志で団結していた。さらに、彼らは焦げたものや血の臭いのいたるところに、今や海のにおいを感ずることができたし、それで一層駆り立てられたように思えた。大西洋のぶつかり合う波のように、大声をあげてオスパークにつづいてどっと押し寄せ、シグトリッグの兵士たちは突然散り散りになり——斧の嵐を潜り抜けたものは——浜や堤防のあたりを右往左往した。

ダブリン王シグトリッグ自身、次々と深いブーツに踏みつけられ、その下に消えた。

そしてオスパークはいずこか。進撃を指揮しているとき、誰かの剣で片腕を半ば切られていた。彼は腕から血を滴らせながら、勝利に酔いしれ笑った。ブライアン王の医師たちは火と焼灼《しょうしゃく》用のこてを持って、彼を戦いの場からテントへ連れて行った。医師たちが熱いこてで傷口を治療しようとするときも、オスパークはまだ笑っていた。

オスパークの部下たちは立て直して、ブライアン王のふたりの息子たち——今は亡くなっているが——に従っていたアイルランドの兵士たちと手を組んだ、この一隊はオークニー伯シグルドのまだ戦っていない兵士たちに冷然とした顔を向け、またもや勝利を収めた。

彼らはブライアン王に騎士を送り、戦場のはずれのこの大勝利を伝えた。

また、彼らはブライアン王の兄弟の《オオカミ》に別の騎士を送り、自分たちはオークニーのシグルドに強く立ち向かう兵士と剣を持っているといった。

《けんか好きのオオカミ》はその騎士を送り返し、太陽がもっとも高く昇った正午になるや、シグルド伯を前面の三方面から共同して攻撃しようと伝えた。

治療の火で顔を真っ青にし、片腕に大きく包帯を巻いたオスパークは、その戦術に同意した。

オスパークは休戦の白旗を掲げた騎士をシグルド伯に送って降伏をうながし、降伏しなければ三方面からの猛攻撃で多くの死者を出すだろうと伝えた。

シグルド伯は使者にいった。「《オオカミ》とオスパークとケルスに伝えよ、オークニーの連中にはミイラ野郎や海の腐肉あさりから逃げ出すような奴はいないとな。」連中は「退却」というような言葉は知らない、と伯はいった。連中の母親は連中を羊毛のかごで育てなかった。勝利を勝ち取るために、ここクロンターフにいるのだ。虐殺があるとするなら、ブライアン・ボルー王は自分の隊にまもなく起こる修羅場に注意してもらいたい。オークニーの連中はここでオーディンや北部の神々のために戦っているのだ。オーディンは彼らを確実に勝利に導くだろう。

それから使者は白旗をたたみ、馬に拍車をかけてオスパークのところに戻った。

その日シグルドの兵士たちのようにまだ戦っていない兵を持つケルスは、角笛の音とともに三歩前へ出た。前の三列の兵士は弓に矢をつがえた。

すると、興奮の息吹がオークニーやアイスランドの兵士の間を吹き抜けた。この隊は今や三方を囲まれていた。

「おれたちは網にかかった魚だ」とアイスランドの兵士ソルステインがラナルドにいった。そして、笑った。

シグルド伯は自分のラッパ手に角笛を吹くように命じた。

彼は自分のところに、鉄の錠のついた細長い箱を持ってこさせた。執事にそれの錠を外すように命じた。それからシグルドは箱からワタリガラスの旗を取り出し、旗手にいった。「この旗のもとに進む隊は、負けることを知らない」

旗手のストールはそのワタリガラスを高く掲げた。旗は広がり、太陽をおおい、亜麻布はワタリガラスが黒い羽を広げているかのように、風の中ではためいた。

直ちに矢の雨がシグルド軍に降りかかり、旗手のストールの胸に矢が突き刺さり倒れ、旗も音を立てて地面に倒れた。

伯は若いルイス島の兵士のほうを向いていった。「コルム、お前にこの名誉を与える、ワタリガラスの旗を持て」

ルイス島の兵士コルムはその旗を地面から拾い上げ、全軍に見えるように高々と掲げた。

そのときケルスの前衛軍が北部軍に立ち向かい、第一線を突破した。しかし、北部軍の兵士たちはやられたと同じくらいやり返し、素早く列を詰めた。でも、ワタリガラスの勝利の旗を探したが、どこにも見当たらなかった。

そのとき、コルムが頭に傷を受け、地面に横たわり息絶えているのを見た。ワタリガラスの旗は彼のそばにあった。

「よくやった」とシグルド伯はいった。「お前は一歩たりとも後退しなかった。けれど、ワタリガラスは倒れたままだ。ヴェイグ――われわれのワタリガラスを、風と太陽に戻してもらいたい」

ヴェイグはコルムの冷たくなった拳から何とかワタリガラスの旗を抜き取り、すぐに旗を風と太陽に戻した。

今ラナルドは、両側にそれぞれいる《オオカミ》の隊とオスパークの隊が、彼らを攻撃しようとしているのを見ることができた。真向かいにいるケルスの隊は再結集していた。

「これはハンマーと鉄床《かなとこ》の間にいるようなものだ」とアイスランドの兵士アスムンドはラナルドにいった。「また、鍛冶炉《かじろ》も燃えさかっている」

ケルスのところに小規模ながら騎馬隊がいた。馬はそれまでつながれていたが、ついに敗れた敵を追跡する時がきた。

アイルランドの騎兵が一騎いきなり飛び出して、シグルド軍の先陣を攻撃した。彼は槍や斧でやられたが、その前に斧でヴェイグを殺していた。

そこで《オオカミ》とその一隊は北部軍の脇を猛撃し、中深く突入したが、《オオカミ》は敵をやっつけるごとに命を縮めた。

「よく戦った」とシグルド伯はいった。「お前たちをとても誇りに思う。先月は農夫であり、漁師であったが、今日は優れた戦士であることを証明した。けれど、ワタリガラスがはためいて倒れることが度々ないことを願う。いるか、シェトランドのオーラフ。お前についていろいろよいことを知らされている。オーラフ、わが友よ、ワタリガラスの旗のもとに、わが軍を勝利へ導け」

オーラフは旗から塵を払った。「次の羊の出産時期にシェトランドに戻っていないと思う」と彼はいった。「この有名なワタリガラスに比べれば、羊の一匹や二匹何ということもない」

今、オスパークの弓隊はオークニー軍に雨あられと矢を放ち、多くの兵士が死傷した。

ケルスの剣士隊が前面の兵士たちに切りかかり、《オオカミ》の斧隊が片側から切りかかり、反対側から次から次へと矢が降りかかってくると、隊列はたちまち散り始めていった。

だが、オークニーの兵士たちやアイスランドの兵士たちは、三つの岩に砕けて輝く引き潮の波のように、ラナルドには規則正しい一定のリズムと思える調子で剣をふるった。ラナルドには自分が冷静に儀式を見ている観客であるように思えた。その時、自分の剣がアイスランド兵のフラヴンやアスムンドの剣の間で上下し――そして時折、敵兵が自分の前で倒れていくのに気づいた。

ラナルドのまわりの顔は、すべていまわしい仮面のようにゆがんでいた。自分自身の顔も、怒りや血への渇望や一種の残忍な喜びでゆがんでいた。

ワタリガラスは兵士たちの上にはためいた。でもすぐに、押し合う兵士たちの間に旗は急に倒れた。

シェトランドの若者オーラフはいった。「ワタリガラスと羊はうまが合わない……」つづいて、その羊飼は地面に膝をついた。ラナルドは彼の口から血が滴るのを見た。オーラフは死んだ。

ワタリガラスは混戦の中に見えなくなった。

シグルドの隊は今では始まった時の半数となっていた。

「今度はアイスランド兵がワタリガラスを持つときと思う」とシグルド伯はいった。

ソルステインが旗を掲げようと身をかがめたが、友人のアスムンドは彼の腕を取った。「まだお前の番ではない」と彼はいった。「それを持つな」

「アイスランド兵は命令に従うことに慣れていない」とシグルド伯はいった。「あの寒冷な場所には、平等性と民主性がありすぎる。しかし、アイスランド兵にもう一度チャンスをやる。フラヴン、ワタリガラスを頭上に掲げよ。今日ここに勝利の兆しは見えないが、ワタリガラスがひるがえる限り勝利はある」

「お前がその嫌なことをやれ」とフラヴンはいった。「あの旗には悪魔がひそんでいる」

「付いていないときは——伯でさえごろつきどもに馬鹿にされる」とシグルドはいった。

ラナルドは身をかがめ、指でワタリガラスの旗に触れた。すぐに一本の矢が飛んできて、手首をかすると、ひとしずくの血が揺れて滴り落ちた。そして数滴の血が傷口から前より早く落ち、小さな塵のようなシミを作ると、戦闘の混沌《こんとん》とした舞踏がそのシミを地中へと打ち込んだ。

ラナルドは自分の剣がまだ振り回されていることを知っていた。醜悪な顔が彼のまわりを厚く取り囲んだ。

「たしかにどの物乞いもじぶんの袋を持つべきだ」とシグルド伯はいった。

彼は旗を竿からはぎ取って、マントのように自分の体に巻き付けた。

ラナルドはその瞬間、シグルド伯に舌を巻いた。彼を大体もったいぶった、気弱い優柔不断の人間と考えていたからだ。今ここで、恐ろしい危険に取り囲まれながら、シグルドは運命の命令のままに黙って従うかのように、気楽で満足しているように思えた。伯は脈打つ戦場の中心へ歩み出た。

戦闘はオークニー伯のまわりで閉じ、彼の姿は二度と見られなかった。

「われわれは去る時だと思う」とアスムンドはいった。「饗宴《きょうえん》は終わった。長居し過ぎて嫌がられるのは、無作法な客だ」

少数の兵士たちが隊から離れて突き進んだ。

一行が後退していくとき、ラナルドは戦場に多くの若い兵士の死体やけが人を見た。彼らはオーディン号で南下してきた者たちだった。

今、みんなは戦場のはずれにおり、およそ十数人が小さな丘の後ろに避難した。そこから平野を見下ろした。クロンターフの戦いは終わりかけていた。

あちこちでの小競り合い、殺し合い、捕虜の粛清の血があるだけであった。

戦場にあった多くの煙や塵が薄れてきて、午後後半になると、太陽は空に赤い痛風のように輝いた。

シグルド伯やシグトリッグの軍隊は散り散りになって、まっしぐらに逃走した。

丘からラナルドは、アイスランド兵士ソルステインが、ケルスやその兵士たちの前を若い鹿のように走っていくのを目にした。それからソルステインは止まった。身をかがめ、ブーツのひもを結んだ。その時、ケルスとその兵士たちは血を求める剣を引っ提げて彼を取り囲んだ。ソルステインは彼らを見て笑った。

「なぜ船に走り続けていかなかったのか」とケルスはいった。「お前はおれたちよりはるかに速く走っていた」

「おれはアイスランドに住んでいる」とソルステインはいった。「今夜、帰ることはできないだろう」

それにケルスは笑い、他の追跡者たちもみんな頭をそらして笑った。

ケルスはソルステインに手を差し出した。ソルステインが船まで無事行ける権利を与えるといった。

今、ラナルドとその仲間たちは、軍隊に随行する民間人が戦場を占有したのを丘から見て取った。民間人たちは兵士の死体から上着をはぎ取ったり、指から指輪をはずしたりしていた。

一二人の女たちのグループがいて、お互いに連絡を取り合っているように思えた。その女たちは死体の間をあちこちと回っていたが、何も取るようなことはなかった。女たちは死体のそばにひざまずき、眠っている恋人の顔にするように、その冷たい顔にキスするだけだった。

そしてその一二人の女たちは、殺されたものの間をあちこちとゆっくりと進み、通り過ぎながらキスをして笑いかけた。

ついに、その一二人の女たちは戦場を離れた。川の近くで、一二頭の馬が草を食んでいた。ヴァルキューレたちはその馬に乗り、たてがみを風になびかせながら、北に向かった。

その後、ラナルドはきっと自分は眠りにおちいり、その一二人の魔女たちの夢を見たのだと思えた。子ども時代、死んだ戦士の内臓を戦争という織機に織り込むヴァルキューレについて、よく聞かされた。

その時ラナルドは、戦いが始まったころブロディルとその兵隊たちが逃げ込んだ小さな森の中で、何か動きがあるのに気づいた。

ブロディルは木の下に立って、斧の刃を指でなぞっていた。

ブロディルは、部下たちが野生の豚のようにウルフ・フレダに追われていた時、枝の中に隠れていた。

ブライアン・ボルー王は盾の壁の背後にひとり座っていた。少年タクトがいるだけだった。王は勝利を喜んでいないように思えた。クロンターフの戦場に散らばる数百の兵士の死体を、王は悲しそうに見おろした。

王はブロディルがゆっくりと遠回りしながら近づくのに気がつかなかった。ブロディルは盾の壁の後ろに回り、ブライアン王が座っているところに来て、斧を高く振り上げた。少年タクトは王を守ろうと片腕を高く上げた。ブロディルの斧を振り下ろす力は相当なものだったので、タクトの手とブライアン・ボルーの頭を同時に切り裂いた。

ブロディルは叫んだ。「みんな知るがよい、ブロディルがブライアンを打ち取った」

それからブロディルは、ワインをしこたま飲んだ者のように、ゆっくりとおぼつかない足取りで緑の森へ戻った。

恐怖の大釜のようであった一日の中で、この冷酷な国王殺しの行為はこの上なく暗い恐怖であるように思えた。

「われわれはダブリンとわれわれの船に戻るべきだと思う」とアスムンドはいった。

すぐ近くに礼拝堂があるのが目に入った。中では男性と子どもの声で、悲しみに満ちた哀悼歌が歌われていた。

北部の若い兵士たちは背後にひづめの音を聞いた。追跡がまだ続いているのだ。ケルスと二〇人の部下が斜面を上ってきた。

「神父さんを訪ねる時だと思う」とアスムンドはいった。それからラナルドと逃亡者たちは暗い教会の中に入り、片隅にかたまって立った。

わが民よ、わたしはお前に一体何をしたというのか？
ではどの点であなたを悲しませたというのか？
わたしに答えよ……

光が薄れていく間、グレゴリオ聖歌が延々と続き、これほど悲しみに満ちた、暗い、光を欠いた音を、ラナルドは今まで聞いたことがなかった。しかし、死の歌は無垢で穏やかな声で発せられていた。

外で叫び声があった……「敵兵ども——探しているぞ！」「そこに何人かいるだろう……」「オークニーの兵士たちが入っていくのを見た」

追跡者たちはこぶしで戸口をたたいた。

聖歌隊の哀悼歌は繰り返し続いた。外の叫びは虫の声、鉛枠の付いた窓にあたる雨音であるかのようだった。

「すぐに入って根絶やしにしてやるぞ！」

ラナルドは礼拝堂の薄暗がりを通して、扉のところに剣のきらめきを見た。

悲痛に満ちた死の聖歌は、暗く静かにさらに続いた。

ひとりの老人が聖歌隊席を離れ、静かに戸口へ行った。

「ここは教会です」と彼は小声でいった。「聖なる場所、聖域です。ここはどなたでも入れますが、剣やラッパは禁止されています」

追跡者たちは剣の音をたてながら、年老いた司祭に声をひそめて厳しく答えた。

聖歌隊の静かな歌声は、聖金曜日の暗闇の中へ深くさらに深く沈んでいった——暗い中、墓所へつづく冷たいらせん階段を、最初にして最後の死へと下りていった。

「司祭様の言う通りだ」とケルスの声はいった。「ブライアン王は聖域を侵せば、おれたちを許さないだろう」

それから、ラナルドはアイルランドの兵士たちが遠のき、ひづめの音が小さくなっていくのを聞いた。

「よかった、兵隊さん方」戸口の年老いた司祭は彼らにいった。

「本当によかった、北からの兵隊さんたち」その司祭は聖歌隊の自分の場所に戻りながら、小声でいった。彼の手はハトのように顔のあたりでひらひらした。

グレゴリオ聖歌はこの上ない暗闇の中、もう墓所に達していた。声はやんだ。教会の静寂は石のように重かった。

男たちと少年たちは、ひとりひとり聖歌隊を離れた。年老いた司祭は、みんなが去るまで待った。それからアイスランドの兵士とオークニーの兵士の立っている暗い隅にやってきた。

「農民と漁師ですよ、聖歌隊員は」と彼はいった。「みんな眠らなければなりません。早起きしなければなりませんので。みんなの声は明日の真夜中、喜びに満たされるでしょう——みなさんは私どもの貧しい教会で別の音楽、復活をお聞きになるでしょう」

そんなに長く待つことができないと思う、とラナルドはいった。近くの宿屋の庭に馬を待機させていた。リフィー川の河口に船を待たせていた。長い航海を控えていた……しかしながら、自分たちを教会にかくまってくれたこと、またグレゴリオ聖歌を聞かせてくれたことに対して、ラナルドは司祭に礼を述べた。その聖歌はとても悲しみに満ちたものであり、きわめて静かなものであり、非常に美しいものであった。

年老いた司祭はもう一度彼らを祝福した。「今夜、老骨をひざまずかせて、クロンターフに横たわる多数の若い死者たちのために祈ることで、わたしにささやかな平和がもたらされるでしょう」と彼はいった。「そしてもちろん、わたしはわが王ブライアン・ボルーのために、オークニーのシグルド伯のために、ウルフ・フレダによって木の下でゆっくりと死に至ったヴァイキングのブロディルのために、祈らなければなりません。そうだからといって、死者の国では王や伯や有名なヴァイキングたちでも豚飼たちや乳しぼり女たちと同じです……」

明け方、ラナルドとその仲間たちは教会を去った。彼らが警戒しながら五マイル離れた宿屋の中庭へ歩いていくと、風が大量殺人の腐敗の入り混じった悪臭を彼らに吹きつけた。中庭に馬を置いてきたのだった。「結局、馬はおれたちにそれほど役に立たなかった」とアスムンドはいった。

宿屋に着くと、そこは焼失した瓦礫《がれき》の山だった。

彼らが浜に行こうとするのをとめる者はいなかった。町の人びとのこよなく愛するクロンターフのブライアン・ボルー王の死のためというよりは、ゴルゴタの王キリストの死のために、ダブリンの町のすべての弔鐘は布で包まれ、音は小さかった（ブライアン王はキリストの影に過ぎない）。人びとは顔をおおって、通りを歩いていた。商人たちの店は閉められていた。子どもたちだけが、老人たちが積年の重みでほとんど忘れてしまった大きな喜びを知っているかのように、笑いながらあちこち走り回った。

オーディン号はまだ錨を下ろして停泊していた。

しかし、ブロディルの一五隻の船は、大きな黒焦げの鳥のように浜沿いに横たわっていた。そのうちの何隻かは煙がまだ立ち上り、ブロディルのヴァイキング船からはまだ火がもれ出ていた。渡し守はひとり一ペニーで、彼らをオーディン号に運ぶことを受けあってくれた。

船乗りと兵士の名簿から、多くの名が消されていた。今までのところ、本来の定員の約一〇分の一のみが船に戻っていると報告された。一、二名は朝のうちにはぐれてしまった。

彼らはさらに一二時間待った。それから船長は錨を上げ、帆を揚げた。南東から順風が吹いた。鼻孔から戦場の悪臭が消えるまでには、大分時間がかかった。

三

彼らが北に進むと、どの岬や入江においても、騒がしい鐘の音に迎えられた。アイルランドのすべての小さな教会の尖塔は、復活祭の喜びで踊り狂っていた。

アルスターの人びとはオーディン号が通り過ぎていくと、色とりどりの上着を振った。

シグルド伯と南へやってきた人々は、自分たちの乗船場所で降りたいと思った――ソルウェー川やクライド川か、バラ島やルイス島で。

しかし、船長はギャロウェー（スコットランド南西部の地方）の沖合で一度錨を下ろすといった。「そこからそれぞれ家路をたどってもらいたい」と彼はいった。

二〇人くらいの人びとはギャロウェーの沖合で降りた。

帆はちょうどよくスキャパへ向かう南西の風をはらんでいた。

ラナルド・シグムンドソンはカークヴォーで馬を一頭借り入れ、途中で休むことなくブレックネス農場に着いた。

彼がその遠征で持ち帰ったものは、拳の銀色の傷跡だった。それはクロンターフの戦場で、ワタリガラスの旗に触れようとちょうど身をかがめたとき受けたものだった。

母親のソーラやブレックネスの作男たちや召使女たちはみんな、喜んでラナルドを迎えた。ただひとり、アイルランドで戦死したタカ使いのスヴェンの恋人ヘルガだけが、納屋のはずれに立って泣いていた。

しかし、間もなくヘルガは、農民戦士たちが火のそばに立って焼き立てのパンを食べているところへやってきて言った。「お帰りなさい、ラナルド・シグムンドソンさん」

ラナルドは身をかがめ、恋人に先立たれた娘の顔にキスをした。

「次の冬に語られる、素晴らしいお話を仕入れられたでしょう」と年老いた鍛冶屋はいった。

そういった話をサガの語り手やスカルドに残したい、とラナルドはいった。

その時、浜あさりのハラルド・ソルンが歓迎の印に、ムラサキイガイを一握り浜から持ってきた。

第五章　ブレックネス

一

ブレックネスで数年がたった。オークニーの西部では、どの農場も豊かで豊作に恵まれ、冬は炉の火は絶えず、音楽と物語にあふれていた。

近隣の小作農民たちとその家族は、その冬の祭に、特に真冬のクリスマスの楽しい祭によくやってきた。

小作農民の中には、ラナルド・シグムンドソンとの縁談をかすかに願って、若い娘を連れてくるものがいた。多くの若い未婚の娘たちは、ラナルドのようなハンサムで裕福な農民と結婚するのは悪くないと思った。

ラナルドは娘たちをだれかれとなく歓迎したが、その中からひとり選ぶ様子は見えなかった。さらに彼の母親のソーラは、貧しい農場の娘が長時間うっとうしくなるほどラナルドのまわりにいる、と考えるだけでも不快感を示した。

クレヤのヴェイラは大変美しい娘で、クリスマスの祭の夕方、炉端の長椅子のラナルドのそばにそれとなく座って、アイルランドやクロンターフについていろいろと質問をした。

ラナルドはその戦いについて話したくないように思えた。彼が拳の傷跡をヴェイラに見せると、ヴェイラは傷跡のあるその手を自分の両手にとって、長い間その拳を見た。それからそれを自分の口に持っていき、銀色の傷跡にキスをした。

ちょうどその時、ソーラは席から立って、ヴェイラにきつくいった。「女たちは夕食の準備をしているのです。わからないのですか。若い娘たちがみんな優しい目で息子の指を一晩中見ていたら、クリスマスのご馳走《ちそう》はつまらぬものになるでしょう」

それでヴェイラはラナルドの手を離した。彼女の眼はソーラをにらみつけた。ヴェイラは焼いたタラといぶしたラムを大きな食卓に並べる手伝いに戻った。

ソーラはラナルドにひそかにいった。「あなたはなぜ金持の農夫の娘から選ばないの。ここにはケアストンやスケイルから娘たちが来てるわ。結婚する時よ」

ラナルドはまだ数年間は結婚するつもりはない、といった。結婚に踏み切る前にしておかなければならないことがまだあるとも。

「でも、結婚しなければなりません」とソーラはいった。「あなたの三代前のお祖父《じい》さまが南ノルウェーから下の浜に上陸して、ここブレックネスに境界の石を置き、排水し耕してから二百年になります。農業の家系を先細りにしてはなりません」

「ところで、クレヤのロルフ・イヴァルソンさんと、彼の娘のヴェイラについて話したい。美しく気立てのよい、働き者だ」

「あの娘と関わらないで」とソーラはいった。「クレヤのヴェイラは少しもお前に関心などないわ。あの娘の望んでいることは、あの貧しい小作農地クレヤから逃げ出して、ここブレックネスの実権を握ることだけよ。あの娘はわたしを早々に追い出すでしょう。わたしはブラック・クラッグの中腹で、豚を飼う生活をまた始めなければならないわ」

それに対してラナルドはいった、結局嫁を迎えることになるでしょう――「運命の文字にそう書かれていれば」

ソーラはいった。「それはお前にいいたい別の問題よ。運命やここ北部の昔からの神々について、いまだに多く語られている。そのために人びとは無情になり、憤慨し、残酷となっています。アイルランドで、人間同士の関わり合いの中に、新しい美しさや調和を見なかったのかい? ラナルド、お前は戦のあとでお前やアイスランドの兵士たちが避難した小さな教会について話したね。白い継ぎ目のない衣を織るために織機が据えつけられるのは、そういった教会だよ。ここオークニーでは、アイルランドの修道士たちが長い間小さな修道院を持っている。修道士たちはお前にウォーベスでラテン語を教えなかったかい、算術や作曲、賛美歌、聖書のたとえ話を教えなかったかい。彼らのしていることはみな、新しい輝く糸で永遠のタペストリーを織ることです。ラナルド、織る仕事をしているのは修道士ばかりでなく――すべての男女がこの仕事に召されているのです。わたしどもが善意と思いやりをもって行うすべてのことは――炉の石を掃除することや垣根を修繕することや物乞いにパン一切れをやることとすら――それは織機に織り込まれる一筋の光となり、わたしどもの意志と神の意志を結びつけるのです。運命の容赦のない働きについて話されるのを、これ以上聞くことは望みません。残酷や怒りや醜さのみが、こういった信条から生まれるのです」

ラナルドは母がこれほど熱心に、またこれほど雄弁に語るのを聞いたことがなかった。

彼は自分もそれについて考える、といった。シグルド伯の死以来、司祭たちは再び公に礼拝をおこない始めている、と彼はいった。いつか日曜日に間もなく、ウォーベスの礼拝堂のミサに行くかもしれないと彼はいった。

「妻に関しては、お前の選択は愚かで、ここの農場にとってとても不幸になるようにわたしには思える」とソーラはいった。「若い者はきれいな顔や甘いことばに魅かれやすい。うんといってくれないかい、わたしがお前のために妻を選ぶことを。素直で行いがよく、感じのよい娘を選んでやるよ——できるなら、魅力的な女性を選ぶけれど、農家の運営となると、顔立ちは多産、手際の良さ、遺伝ほど重要ではないわ」

ラナルドは母親が自分の嫁を選んでくれることに不満はないといった。「でも、急がないでください」と彼はいった。「わたしには飛ばせるタカがいるし、走らせる新しい栗毛の良馬がいるし、ウェストリーやロナルドシーのようなところには、立ち寄る居酒屋があります。アイルランドの遠征であちこちに友だちができ、猟犬を使うウサギ狩りやマス釣りに出かける約束をしています。シグルド様のふたりのご息子は夏、バーシーの館に滞在させてくれます。結婚後、若い妻はこんなことはよく思わないでしょう」

まもなく、女たちが大きな木皿にのせた食べ物と泡立つ大きなエールのピッチャーを運んできた。五〇人のお客さんたちが入ってきて、広いテーブルの周りに座った。ラナルドは上座に座り、母のソーラは反対の向かいの席に座った。

クレヤのヴェイラはエールの瓶を持ち回った。ヴェイラはラナルドの席に長くいて、エールを彼のジョッキに注いだ。その時、ソーラは大きな声で言った。「ヴェイラ、そのエールのピッチャーを持ってこちら側にいなさい。たるのそばにいて、ピッチャーを満たしてくれればなおいいわ」

食事の半ば、外側の扉にノックがあり、小さなハープを持った男が炉のそばの席に案内された。

その男のあごひげには雪がついており、とてもお腹を空かして寒そうにみえた。ホットエールの入った杯を彼の両手に持たせたが、食物も飲物もいりません、と彼はいった。「この火もわたしを暖めてくれません」と彼はいった。

ラナルドはその男にていねいに名をたずねた。

その詩人は名乗るほどのものではございませんといい、どこから来たかも答えなかった。「わたしの住まいは定まっておりません」と彼はいった。「あちこち回りますが、食物や飲物、宿はどなたの恩恵もこうむっておりません。詩がすべてです。詩がなければ、わたしは影であり、抜け殻で、枯れた草に吹くひと風にすぎません。詩で私は王より偉くなります。オーラフ王の墓石が朽ちて塵《ちり》と化した時に、詩が歌われます」

あたかもその男が本当の幽霊であるかのように、こわごわと彼を見る者もいた。

ラナルドはその詩のテーマは何かたずねた。

アイルランドのクロンターフの戦いについてです、とその詩人は答えた。しかし、栄光とか英雄とは無関係です、と彼はいった。

ラナルドはいった。「その戦いの出来事がその詩で本当に称えられるかどうか、はっきり申し上げられます。わたしはその戦で戦ったのですから」

「あなた様がクロンターフにおられたのは承知しております」と詩人はいった。「でも、あなた様がそれについて、その出来事の真の本質的な意味について知っておられたとしても、ドゥンビーの馬の市にいたほうがよかったかもしれません。あなた様は家の鍛冶場《かじば》と鉄床《かなとこ》のそばにいた鍛冶屋のスヴェルじい様と同様に、戦の意味を知らないのです」

炎がその男の顔のくぼみのあたりに揺らめいていたので、彼が顔を向けると、顔の陰りの部分が変わった。

ひとりの娘が食料品室から悲鳴を上げた。「あの人の頭は頭蓋骨だわ」

その男は娘を見て、冷たい笑みを見せた。すると、ブルンナというその召使女はいった。「ごめんなさい。若いころはきっとハンサムだったと思うわ」

「わたしが吟ずるのは、川と岬の間で戦われた、アイルランドのこの戦いばかりではありません」と詩人はいった。「今まで戦われた、そしてこれからも戦われるすべての戦いです。栄光と英雄主義と無関係です、わたしの詩は。それは大変暗いバラッドです」

ガースの農夫は、真冬の饗宴にみんなが望むのはもっと明るい催し物だ、といった。そのような詩では、ベーコンやビールがまずくなるだろう。おそらくさすらいの詩人はもう体が暖まり、牛小屋にいって寝たいのでは。

「聞いてください」とその男がいうと、ふたたび彼のほおのくぼみに影が差した。

死の姉妹たちをわたしは見た、
　戦の乙女たちを、姉妹たちが
　　戦の織物を織るのを

丘のふもとで杼《ひ》を往復させて。
　アイルランドからそこへ
　乙女たちは急いで馬を走らせた、

馬上の血まみれの英雄を案内して、
　多くの死体、数多《あまた》なる。
　ヴァルキューレたちは兵士を

下ろし、織機にのせた
　血のりで熱くなったはらわたを、
　死の銀《しろがね》でぬめりを取って。

魔女たちは賛歌を大声で歌った。

その歴史の墓の下は、
頭蓋骨の宝庫、期待するな
根の動きを、泉を。

スヴェルじい様はいった、「こんな戦の詩を聞いたことがない――全然。クロンタープは大きな戦だった。おれたちはそこで戦った英雄たちをみな知っていた。ブライアン・ボルーやシグルド伯やシグトリッグやオスパーク。教えてくれ、ラナルド、このさすらい者がわめいていることには、少しは真実があるのか。それともたわごとか」

ラナルドは答えなかった。

それから、ラナルドはさすらいの詩人に、テーブルに座って、ともに食事をするように勧めた。「結構です」と詩人はいった。「わたしのぼろや旅と雑な生活からくるさまざまなにおいは、ご婦人方を不快にさせるでしょう。でも、一塊のパンをこの隅のわたしに投げてくだされ、一杯のエールをいただけるなら、いただきましょう」

「肉やハチミツ酒とともに、ろうそくをもっと持ってきてくれ」ラナルドはいった。「詩人が見て食べられるように」

きら星のように沢山のろうそくが瞬く小さなろうそく立てを、詩人の座っている隅に女たちは置いた。すると、彼のぼろのコートの上にあるのは死の頭ではなく、クリスマスの明かりに照らされた詩人は、陽気な若者であるのがみんなに分かった。彼は食べ物をおいしく味わい、エールの作り手——それが誰であれ——をほめたたえ、ブルンナが彼の皿にもっとベーコンとパンを持ってくると、赤い優しそうな口元から彼女に投げキスさえした。それに対しブルンナはエールの瓶を持って戻るとき、身をかがめて彼の口をキスでふさいだ。

　詩人は微笑み、農家のみんなも笑って手をたたいた。

　詩人が夕食を終え、指の脂をなめ取り、ほおひげにかかるエールの最後のしずくを舌でなめ取ると、ラナルドと家のみんなにお礼を述べた。

　それから、詩人はいった。「さて、この夏、西部のウーイグ島（この島は実在しない。だが、ルイス島の西側にウーイグ湾、ウーイグというところがある。一九世紀ウーイグでセイウチの牙でつくられた古いチェスの駒が発見された）で聞いた詩を朗唱しましょう。先程無理に聞いていていただいた、冬のようなあの詩のあとでは、ある意味、春——永遠の春と夏——のようでしょう」

　ブルンナと娘たちは、炉のところにさらに泥炭や薪を持ってきた。新たな炎の中で、冬も病気もなく、飢えも衰えもなく、戦も陰口もない、西方の大洋のあの島について、詩人は吟じた。その不滅の人びとの島には、この世で生活に立派に耐えた人びと、（運命がいかに過酷であったとしても）不平を言わない人びと、物惜しみしない人びと、それに思いやりのある人びとが住んでいる。地平線のはるか西方のそこには、弱々しく泣く幼児や老人の震えはなく、すべての人が盛んな頃のうるわしいまま——とこしえの若い男女である。仕事はする必要がない、果樹園の木々には実がたわわになり、畑は——鋤《すき》やまぐわや案山子《かかし》を知らず——常に実って収穫を待っている。その祝福されたところにいる永遠の若者たちは、小グループに分かれてともに行動し、知恵と美が口からもれ、礼儀正しく、この上なく活発なことばのやり取り、それゆえ、彼らのことばはしゃべるというより歌っているようだ。それからひとりの若者が、山腹から一そうの船が浜に近づいてくるのを見ることがあるかもしれない。若者は仲間に知らせ、旅の者を出迎えにともにおりていくだろう。見よ、その船は老人や病人であふれ、彼らは死のため息や死の悲しみに揺り動かされている。しかし、赤ら顔の船頭が浜にロープを投げ、死に揺るがされている者をひとりひとり肩に担いで浜に上がると、彼らの老いと多くの悲しみが取り除かれて、だれもが——男も女も——それぞれの地球時間の花の中にいるようにしなやかで美しい。みな大変驚き喜んで、まわりを見回すと、やがて島の人びとが彼らに挨拶をし、腕を組み、キスをして、みんなそれぞれに不滅の果物、アダムが味わったことのないリンゴを与えた……

詩人がまだふるえているハープを壁に立てかけたあとも、長い沈黙があった。詩人が立ち上がると、彼は二〇歳くらいの若者で、彼の両手と首の肌は張りがあり、滑らかだった(幾分汚れていたけれど)。「手をたたき、アンコールをさけぶほどには感動させなかったようですね。でも、この詩は前の詩よりも楽しかったようだ。二つの詩は一枚のコインの裏表にすぎず、人の犠牲と人の受け取る賞、長い悲しみと永続する喜び……外は風と吹雪で、荒れた夜です。牛小屋に寝るためのわらがあればよいのですが。一番の早起きの人より前に、私はまた出かけます。ふたつの歌をもって、世界のあちこちを旅しなければなりません、長い道のりです」

炉のそばでもみ殻の袋に身を包んだほうが、一晩中心地よいでしょう、とソーラはいった。

しかし、ある意味、雄牛の間に眠るほうが大きな名誉と存じます、と詩人はいった。「この世にやって来たもっとも優れたことばの人は、この世の最初の夜を、わらと無垢の動物の息吹の間に眠りました。まさにこのクリスマスの夜でした」

それから、詩人はソーラにもてなしのお礼を言い、みんなに楽しい祝宴を、といった。

すると、ラナルドはランタンに灯をともし、降りしきる雪の中を、牛小屋に案内した。

二

春の種まきは終わった。家畜は耕地と牧草地をへだてる芝土の境の塀の向こうの丘に出された。ラナルドは北東部にあるティングヴォーで開かれる集会に出かけた。そこではオークニーの主たる人びとの議論が行われ、時には決着を見たり、土地税の向こう一年間の徴収額がきめられた。また、ノルウェーとスコットランドと西部の伯領の間の同盟の推移の動きについて、伯の相談にあずかることもあった。

そのときオークニーを統治していたのは、シグルドのふたりの息子、ブルースとスマルリッドのふたりの共同伯で、感じのよい、とりつきやすい領主だった――だが、よい支配者に特有の厳しい決定や施行をしようとしない優柔不断な領主だ、と一部の農夫はいった。

ブルースとスマルリッドはティングヴォーの会議に、いっしょに弟のソルフィンを連れてきた。その醜い黒髪の少年は議論や判決を熱心に聞き、ふたりののんきな兄たちよりも、伯領の事柄についてはるかに熱心であった。

四番目の息子エイナルが、伯領の自分の取り分を主張するために、間もなくオークニーに来るというわさだった。

これは悪い知らせと考えられた。伯領の分割は常にトラブルのもとだった。それゆえ、いつもノルウェー王は東から船を送り、伯領に自分の意志を伝えた。

エイナルの介入がなくとも、オークニーにはトラブルの種はあると考えられた。ちょっとした気まぐれや甘言に揺れ動くふたりの伯と、どんな内輪もめ・状況にも自分の意志を押し通すと人びとが考え、オークニーの主たる人たちが何を考えようとも自分の考え方を示す、成長途上の若い伯がいるのだから。

ティングヴォーの議員や討議者たちは、前の伯のシグルドを好きになり始めた。彼はアイルランドの大きな戦いで亡くなった。大部分のものは彼が自分たちを支配しているとき、その肥った男を陰で笑っていたけれど。

スマルリッドとブルースは取り立ての厳しくない納税者名簿を作り、集会のみんなは笑って手をたたいた。「スマルリッド様やブルース様ほどよい伯に出会ったことがない」と彼らはいった。

それからふたりの伯の書記が、今後、出兵はないという趣旨の声明を読み上げた。この前のアイルランドの戦いのときは、領民たちはすっかり搾り取られた。書記は巻物を開いて叫んだ、これからは、みんなの力は農業や貿易のような平和なことに注ぎ、ご祖先さまよりも豊かになるだろうと。

集会の年配の人たちは、疑わしそうな顔つきをした――いつ平和があったろうか。どんな時でも、戦や戦の脅威や兆しは彼らの心を緊張させ、生きる喜びを高めた……しかし、若い人びとはうなずき、笑みを浮かべ、拍手した。

少年ソルフィンは嘲りで口をゆがめた。彼の軟弱な兄たちは度が過ぎていた。

声明は続いた。「今まで、オークニーの人びとにとって、夏は早くからヴァイキング遠征で過ごされた。略奪品を積んで戻る船もあれば、骸骨を積んで幽霊船のように戻る船もあった。君らは自由人であり、略奪を禁ずる法律はないが、これからは西や南へ行くヴァイキング遠征のための船の建造はやめて、ここやアイスランドやノルウェーの間や、スコットランドやアイルランドやフランスの間の平和的な貿易をおこなう商船のみを建造することをすすめる。若者たちは狩りやタカ狩りや平和的なことにエネルギーを使って夏を過ごすように」

声明の終わりでは、大部分の若者たちは黙っていた。一部の若者はすでに造船台でヴァイキング船を建造中であった。彼らの前には、何もしない、空虚な夏が立ちはだかったのだ。しかし、年配者の一部のものは拍手した。彼らやその祖先の富の多くは、あの残酷な船やあの危険に満ちた航海の計画に費やされたのだったからだ。

ティングヴォーの会議では、すべてが裁判、布告、税の査定というわけではなかった。オークニーのどの農夫も商人も資産家も、気持ちのよいティングヴォー湾の周辺にテントや屋台を用意して、数日間、多くの娯楽やもてなしやニュースの交換があった。

ブレックネスのラナルド・シグムンドソンに、屋台の多くから飲食に来るようにお呼びがかかった。みんなクロンターフの戦いについて熱心に聞いた。あちこちから、ヴィンランドについて、そこの肥沃な土地や富について、森にすんでいるスクレーリングの人びとについて質問された。

「ふたりの伯がヴァイキングの遠征を廃止した今、みんなで協力して大きな船をつくり、ヴィンランドへ行くべきだと思う」ひとりの老人が、笑いながらいった。「ここオークニーはいつも冷たい風が吹いている。強風がなくとも、霧がある。霧がなくとも、いつも雨が降る。今までわしが生きていたのは、不思議なくらいだ。だが向こうのヴィンランドでは気候が温暖で、ずっと生きていける。手をのばしさえすれば、口は果物や身の大きいおいしい川魚で満たされる。親父の農場で豚に餌をやっていたころ、なんでヴィンランドについて話してもらえなかったのか」

屋台の客たちは笑った。もちろん、ヴィンランドに住んでいる人たちも、この世のみんなと同じようにいつも、自分たちの食料や家のために一生懸命働かなければならない、と彼らはいった。そうじゃないのかね、とラナルドにたずねた。

ヴィンランドでもそうだよ、とラナルドは重々しくいった。その時、ラナルドの顔には憧れの表情がよぎり、エールの角杯を置いて、風雨の中をしばらく立っていた。

この島の集会には、丸一年顔を合わさなかった人びとが集まり、あちこちの屋台や、(天気が良ければ)丘や浜沿いで、おびただしいニュースが交換された。ラナルドは自分が島を離れている間に力をつけ、遺産を継いだ何人かの若者と会った。その多くの者と彼はうまくやっていた。

ある夕方、そういった若者たちがスマルリッド伯の屋台に招かれた。ブルース伯もそこにいた。弟の少年ソルフィンは外に遊びに行くように言われた。ソルフィンはみんなに憎しみの目を向け、タカを連れて丘へいった。

「ヴァイキング遠征を禁じた今、わたしどもに夏期をどのように過ごさせるおつもりですか」グレイムシー島の持ち主の愛想のよい若者、サンドサイドのステインはいった。

スマルリッド伯はしばらく考えた。それからいった。「みなさん、もちろん、バーシーに来てください。アイルランド遠征前に、この『若者の夏』についてはっきりしたものではないが、われわれの一部は協定を結んだと思う。バーシーで過ごすのに、いろいろな手がある。そこの館の客になってもよい。バーシーですばらしい夏を過ごすこと、請け合いだ。いい考えではないかね、どうだい？」

この若者たちを客として来てもらうのは楽しみです、とブルースはいった。

「お前さんたちの馬を連れてきなさい」とスマルリッドはいった。「お前さんたちがいなくとも、オート麦と大麦は育つ。お前さんたちの女衆が、農場をしばらく取り仕切るだろう」

「また、ラグナやインギビョルグやソルヴェイグといった美女たちもバーシーにはおる」とブルースはいった。

若者たちはバーシーのふたりの伯のところで、二、三週間過ごすことに同意した。

「よく眠れるように、就寝前にホットエールを飲むとよい」とスマルリッドはいった。

「天気が悪くなったら、チェスをやろう」とブルースはいった。「長いテーブルにはめ込んだ牙製のチェスボードがある。ヘブリディーズ諸島のウーイグ島の男が、われわれのために一組のセイウチの牙製のチェスの駒を新たに彫ってくれた。その駒を見るのも楽しみだし、また駒にお前さんたちの指が触れるのも楽しみだ」

北方諸島のファラ島の所有者ホルドは、冬中チェスをいやになるほど指したことがある、といった。伯たちがタカ狩りや釣りを約束してくれないなら、ファラ島のうわさ話や意地悪ばあさんの間で夏を過ごした方がましだとも。

スマルリッドは笑い、六月に楽しい時をみんなに約束した。

その年、ティングヴォーにひとりのノルウェー人がいた。ノルウェーの宮廷からの親書を携えて、インヴァネスのスコットランド王のところへ行く途中、通りかかったのだ、といった。伯たちはその男を手厚くもてなした。しかし、その男はスパイだ、というオークニーの人たちがティングヴォーに少なからずいた。東の王はこうして情報を得ることが多かった。

集会の人たちがちょうど帰ろうとしていた時に、そのノルウェー人はラナルドのところへ来ていった。「あなたに興味があるニュースがあるのだが」

「何ですか」ラナルドは聞いた。

「無法者フィヨルドが率いていたラクソニー号は、嵐でベルゲンの沖合で沈んだ」とそのノルウェー人はいった。「無事浜にたどり着いた者もいれば、溺れた者もいた。最後に、年配の船乗りの死体が浜に打ち上げられ、それはフィヨルドと考えられた。ご承知のように、彼は王国に足を踏み入れることは禁じられ、上陸すれば、死あるのみだった。最後に彼がノルウェーの浜に来たのは、溺死体としてであった」

その知らせを聞いて残念だ、とラナルドは答えた。「その船は教会建築用の良質の石材を積んでいた」と彼はいった。

「その石は海底に散在している」とそのノルウェー人はいった。「漁師の話では、時々海中で教会の鐘が鳴っているのや、聖歌隊が賛美歌を歌っているのを、聞くそうです」

ラナルドはいった。「彼らはそのように終わる定めだったのです。フィヨルドが気の毒だ――彼が大好きだった」

それから、ラナルドは馬に乗ってブレックネスに戻った。

三

夏至近く、ラナルドはブレックネスの農場を執事のエイヴィンドに任せて、北のバーシーにある伯たちの館に向かった。

ちょうど出発する前に、母親のソーラはいった。「戻ったら、ブレックネスにお前を待っている花嫁がいるかもしれない」

ラナルドはいった。「この夏、結婚なんて考えていないよ……」それから、彼は馬に拍車をかけた。

何人かの若者たち――ホルド、ケルド、ヴァルト、オスムンド、アイスランドのハルヴァルド、それにスケイルのアムンドソン――はラナルドより前にすでに来ていた。他の者たち――ホーコン、アムンド、エルク、フォルス、トゥスク――は、ラナルドが愛馬ベルテインを馬小屋に入れているときやってきた。

若者たちは、ふたりの伯ブルースとスマルリッドが、意気消沈しているのに気がついた。スマルリッドはひと月の間、気分がすぐれなかった。食欲もなく、領土の仕事に気が乗らず、ついに床についてしまった。しかし、若者たちがやってくる夏至の日には、床を離れた。スマルリッドがラナルドに挨拶した時、突然せきの発作に襲われ、挨拶を言い終えることができなかった。スマルリッドはひどくやせ、目に青灰色の影がやどっているのに、ラナルドはすぐに気がついた。しかし、スマルリッドは気を取り直して、若者たちがそれぞれ館に入ってくるのを出迎えた。

客たちは、末の弟ソルフィンは南のスコットランドへ、海を越えて行ったことを知った。スコットランド王マルコムは、孫息子のソルフィンを育てたがっていた。孫息子をすでにケイスネス・サザランド伯に任命していた。

もうひとりの弟エイナル――「口ゆがみのエイナル」と呼ばれた――彼はオークニー伯領の自分の取り分を要求するために、まもなくヘブリディーズ諸島を出ると知らせてきた。

「エイナルが来れば、トラブルしか考えられない」とブルースはいった。「われわれの弟のエイナルは、昔ながらのヴァイキングの要素を多分に持っている。スマルリッドとわたしがここバーシーにいて、館の楣《まぐさ》に麦の茎を彫り、オークニーが平和なところになることをわたしは望んだ。毎年毎年、エイナルはまぐわを引かせてオークニー中の土をならそうとするだろう。オークニーは戦と紛争で引き裂かれる、よく分かっている。いつ終わるかわからない。おやじのシグルドが子を多くなしたことは、とても残念なことだ」

外では太陽が輝いていたが、館の中は一時間ほど陰鬱だった。スマルリッドは時折せきをして、座らざるを得なかった。

やがて、ひとりの若い女性が入ってきた。ブルースの妻ヒルデだった。「なぜあなた方はここで亡霊のようにふらふらしているのですか」と彼女はいった。「みなさんは真夏のスポーツのためにいらしたのだと思いました。船が下の浜で待ちかまえていますし、馬は外に出て、丘を走りたがっていますわ」

それで若者たちは動き出して、休日を過ごす準備をした。

しかし、まずヒルデはみんなを女性たちの住んでいるところへ案内した。ゆりかごに赤ちゃん――ブルースとヒルデの息子――が眠っていた。「ログンヴァルドという名よ」と彼女はいった。「曾《ひい》お祖母《ばあ》さまのエイスネ様が、生まれるとすぐに見に来られました。『この子はとてつもなく大きいことをやるだろう』と曾お祖母さまはいわれました、『そして、火と海の間で早死にするだろう……』と」

若者たちは外に出て、馬にくらをつけた。

馬は小石を踏みならし、海の波のように頭をそらしていた。

続く数日間については、ブレックネスに戻った次の冬にラナルドが家で作った詩で、彼に語ってもらおう。

ラナルドは詩人として優れたほうではなかった。彼はまずその時を、彼が教えられた厳格な詩形式で称えようとした。しかし、その狭い制限の中で自由に動けないことがわかり、結局すべての注意を風に向けると、浜あさりが浜沿いで歌うように、生きる無垢《むく》の喜び、風に吹かれるままの自由な喜びのゆえに、ことばが出てきた。

若者たちの夏

ラナルドよ、われわれを離れ、作り笑いをしている、良い香りのするもののところへ行け
数多《あまた》の幸せの日々のあと
ウサギを追い、相撲をし、
明かりのついた小屋で日光にあふれた角杯を傾けていると、
知らせが来た、ひとりの馬に乗った者が
割いた棒に手紙をはさんで――
娘が見つかった、ラナルド、
娘はブレックネスの女たちの織機に今座っている。
上着の継ぎあて女どころではない、この娘は。

寒い明け方、北東で
アインハローとウェストリーの向こうの
井戸端でバケツから銀色《しろがねいろ》の水がこぼれる、
釣針にかかった

オヒョウの王、
そのよろいから流れ出る水滴の輝き。
ソルケルとわたしは引き上げた
死んだように動かず泰然としたその魚を
浜の石へ、切り開き、火にあぶる。

灰色の風から、
音を立てて流れるボードハウスの小川から
生まれたわが馬ベルテイン。
ベルテインはわたしを運んだ
雷神のごときフレイを抜き去って
トロル、アスガルド、ヒャルトランドの
ひづめの渦巻くレースで――
そしてよろめき、ひざをつき、乗り手を投げだした
アザミの茂みの中へ。
鼻息荒く、
フレイとトロル、風を切った。
私の額にはまだ

ベルテインの愚かさを示す雷印がある。

その年、マーウィックとスキビジオの沖合に、夏の兆し、
無数のきらめく粒子。
族長や君主よりも豊かだ、
おれたち若者はいつも元気だ。
ハルヴァルドは笑いながら帰ってきた、
「人魚の住まい」から元気よく、二匹のロブスターを持って。
まもなく、私の手に落ちた、
館の庭の木から
一枚の色あせた枯葉が。

ブレックネスの農場の門には
アイルランド人の目をした娘はいない。
娘たちはわたしのさすらい人の顔に首を振った。
わたしの母は
わたしのあごひげから草と塩をすいた。
ひとりの娘がわたしの部屋に座っていた、

私の野良着に継ぎをあてていた。
一週間後、彼女は礼拝堂で首から足まで白ずくめであった。
わたしは口をきくことができなかった。
大きな波の叫びの中で舌を動かすと、
理解できない音となる、
表現することのできない歌となる。

四

ウォーベスの小さな教会の礼拝堂で、ラナルドはラグナと結婚式をあげた後、土地の管理に取り組んだ。

ある年、沼地の排水をした。次の年、丘陵地を開き、耕した。ハムナヴォーの腕のよい船大工を雇って、最終的にブレックネスの浜に六隻の船を置いた。

召使たちが出たり入ったりした。ある秋、鍛冶屋のスヴェルじい様が亡くなり、家からそれほど離れていない墓に埋葬された。善良な人びとの精霊が、彼らが生涯愛した土地と家を守る。

浜あさりのハラルド・ソルンがブラック・クラッグの下の洞くつで発見された。海藻で滑ったに違いない。洞窟に流れ込む春の高潮のために、溺れたのだ。彼は海岸線より上に、彼にふさわしい埋葬場を与えられた。

　毎年春に、ラナルドはティングヴォーの集会（つまり「シング」〈「ティング」と同じ〉）に馬で出かけた。何年間はハチの巣をつついたような騒ぎだった。エイナルが戻ってきて、伯領の自分の取り分を主張した。エイナルはしばらく集会を支配した。穏やかな長兄のスマルリッドは「せきの出る肺の病」で亡くなっていた。そこで、エイナルは自分の取り分三分の一と、スマルリッド領地三分の一を自分が統治することを提案した。ブルースは弟の言い分を取り入れないようにまわりから言われ、集会のある時、妥協案を出した。「考えなければならない弟がいる。スマルリッドが亡くなったので、ソルフィンがスマルリッドの領地を受け継ぐべきだ」

「あいつは南のスコットランドに、われわれのだれよりも大きな領地を持っている」とエイナルは叫んだ。「あの生意気な小僧は、どのくらいの土地があれば気がすむのか。ソルフィンは十二分に持っている」

　エイナルは怒ったり、反対にあうと、さびた錠のかぎが引っかかったように口がゆがみ、そのとき、人びとはトラブルが起きると思うのだった。

　ブルースの助言者たち、特にスケイルのソルケルは、ブルースにエイナルに立ち向かうように勧めた。ブレックネスのラナルドや若い地主たちの多くは、ブルースを支持した。だが、最後にはブルースは一歩譲った。「このオークニーの領土を戦で荒廃させたくない」と彼はいった。「私はバーシー、サンドウィック、ハリー、ファース、オーファー、ステンネス、イーヴィーの各教区を含め、オークニーの西部を支配しよう。エイナル、おまえは残りの領土を支配すればよい。散在した島々の、公正でよき支配者となることを望む。春にはいつものように、オークニーの主だった人たちとここで会い、恵まれない家ではあるが、われわれの家を秩序だったものにしよう。ふたりの主を持っている、と考えざるを得ない。いや、三人かもしれない、若いソルフィンがオークニーに名を連ねたいと考えるなら」

エイナルは多くの部下を集会に出席させていた。エイナルがその日勝ったと知ると、彼らは勝ちどきの声を上げた。

エイナルは高座にすわり、笑みを浮かべた。ラナルドは友人のソルケル・アムンドソンに、その日のエイナルの歯は、クロンターフのあと、戦場で見たオオカミの歯のようだったといった。

五

まもなくオークニーの人びとは、エイナルがやって来たことは、いろいろな意味で不幸であったことが分かった。「問題なのは、あの男が愚かだということだ」とスケイルのソルケルはいった。「自分は偉大なヴァイキングだと思い、立派な船をつくり、毎年略奪の遠征に出かける。略奪と強奪と海賊行為のあの時代は、永遠に終わっていることは馬鹿でもわかる。オークニーが海賊の巣であり、温床であるという評判を得るなら、オークニーはヨーロッパの王国の中でどんな立場になるだろうか。法にかなった取引、それが現在の世界ではますます重要なことなのだ。われわれのエイナルはあまりにも愚かで、それがわからない。すばらしいヴァイキング船を持っているだろう。あのオオカミどもの船は、建造し装備するのに費用がかかり過ぎる。それでエイナルは税をとてつもなく上げなければなるまい。すでに、ウェストリーからロナルドシーに至る農民や商人から強い不満が出ている――ティングヴォーでのあの日、ブルースがあの特別な領土の三分の一をあいつに与えたとき、エイナルに大きな拍手を送ったと同じ連中なのだ。しかし、夏ごとに略奪が成功するなら――金塊やイングランドの上等な羊毛を船倉に積んで帰国するなら、エイナルに対して不満は出ないだろう。だが、彼が愚かなのは陸上よりむしろ海上だ。アイルランドやフランスの商船はほとんどトラブルなく彼をうまくあしらっている。彼が取るものは船上の塩漬けのニシン数たるにすぎない、または、アイスランドからの貧しい巡礼者たちだ。あるいは、アルスターでスコットランドのカラマツを売ろうとする。年々、偉大なヴァイキング、エイナルが手にするものはこんなものだ。彼は不作と荒れ果てた農場の建物に戻ることになる。愚かな遠征のために、耕す者や家づくりをするものをみな連れていってしまうのだから。本当だよ、ラナルド、おれたちは恵まれている、領地のこの平和で豊かなところに住んでいるのだから……でも、これは続くまい。エイナルが荒廃と死に面と向かう日は、彼の口は奇妙にゆがむだろう」

だから、スケイルのソルケル・アムンドソンは友人のラナルド・シグムンドソンに次のようにいうのだった。「本当なんだよ、ラナルド、東のノルウェーの王はオークニーにスパイを放っている。スパイたちは目を見開き、どの方向に風が吹いているか、分かっている。そして、若いソルフィンが戸口に一歩踏み入れるのを待っている……信じてくれ、ラナルド、エイナル伯の部下が何人かわたしに会いに来たのだ、ほんとに。彼らに代わってエイナル伯に言ってくれというのだ。狂ったオオカミをどのように説得したらよいか」

自分については、そんないさかい、愚行、野心とは無関係だ、とラナルドはいった。ブレックネスの農場をよく耕し、働いている人たちと分け隔てなく接し、「馬の島」南西部の豊かな片隅に、かなりの遺産を一歳の息子スマルリッドに残すことを望むだけだ。

彼は最初の子を、若く好ましい亡くなった伯にちなんで、スマルリッドと名付けた。

ラナルドは毎年春、ティングヴォーの集会に馬で出かけた。

そこで、エイナルがひとり高座にすわり、どんな反対をも許そうとはしないのを見ることができた。けれど、屋台では灯がともされた後、エイナルがかけた税についてぶつぶつ（あるものは大声で）地主たちはいっていた。

ブルースはたいていその議会には出席しなかった。これは議員たちの権威に対する、特にエイナル自身に対する侮辱であった。しかし、エイナルは兄の集会の欠席を取るに足らぬことだ、といった。「兄にはチェスをやらせておけばよい」と彼はいった。「丘の向こうの館で、彼の小さな息子のログンヴァルドと象眼細工のチェス盤でやらせておけばよい。兄のブルースには、サガ的要素はこれっぽっちもない」

エイナルのボディーガード――ルイス島やオークニー、シェトランドから彼が集めてきた十数人のならず者――はエイナルのことばに大声で笑った。だが、農夫の多くは黙っていた。

それから続いてエイナルは、集会に次のヴァイキング遠征の計画を提出した。全部で六隻の船を建造し、西や南の海で大きな収穫を上げるのだと。もちろん、こんな立派な船の建造には多額の費用がかかるので、地主たちは税の相当な増額に備えなければならない。「しかし、それは賢い投資となろう」とエイナルはいった。「結局それによってもっと富が増えるのだから」

大きなテントの後ろのほうで声がした。「そんな富なんて欲しくない、エイナル——船倉にある数袋のツノメドリの燻製、数たるの塩なんて——傷害や溺死はいうに及ばずだ。それが今までのおまえさんの有名なヴァイキング遠征の内容だ。そんなもの欲しくない」

出席者のあちこちから、賛成の拍手や叫び声が聞こえた。

テントの屋台の中は暗かった。松明《たいまつ》はまだつけられていなかった。

「今言ったのは誰だ」とエイナルはいった。「よく聞き取れなかった。発言者は前に出てきて、もう一度繰り返してみよ」

誰も前に出なかった。

松明が持ってこられた。エイナルの顔は真っ赤だった。両手は木彫りの椅子のひじ掛けに置かれ、こぶしは氷のように白かった。

ボディーガードは左右を見回し、何人かは斧の柄に手をかけた。

その年の集会は激しいにらみ合いで終わるかに見えた。

「臆病者の集会を主催していないと思うが」とエイナルはいった。

冬の浜の石に打ち寄せる波のように、不満が渦巻いた。オークニーの地主たちは短刀を研ぐことを忘れることはなかった。エイナルの前までは、ティングヴォーは常に平和な場所としてみなされ、血を流すことは冒瀆《ぼうとく》であるような、きわめて神聖な場所であったけれど。

スケイルのソルケル・アムンドソンは一歩前へ出た。「そのことばを言ったのはわたしではない」と彼はいった。「でも、暗闇の中で言われた、その非礼に組するものでもない。しかし、言ったものが誰であれ、オークニーの人間の多くの考えを言っている、強奪や戦に多くの金を浪費し、農業や漁業や貿易という平和なことをなおざりにしているという考えを」

ソルケルとエイナル伯は向かい合って立ち、お互いにらみ合ったが、最後に目をそらしたのはエイナルだった。

「よろしい」とエイナル伯はいった。「それについて考えてみたが、六隻の船はわたしが大西洋で乗り回すには多すぎるかもしれない。今年の夏は、ノルウェーの造船所で建造している三隻だけにしよう。時たま、お前のような議員を持ててうれしい、ソルケル。お前は問題の核心をはっきりと見ることができる。物事の中央に座しているわたしのような領主は、うわさ通り全体像が見えない。ソルケル、今回はこの問題について、お前の忠告を受け入れるが、今後ここオークニーでは、わしが唯一の領主であることを理解してもらわなければならない。わたしの考えに従ってもらいたい。お前でさえも、ソルケル、お前でさえもだ。今回だけはお前の忠告を受け入れよう。二度とは受け入れない。今まで、そういった広範な問題において、ある程度わたしが経験不足であったこと、ある程度判断を急ぎすぎたことは認める。すべて過ぎたことだ。領民の統治について知るべきことを、すぐにわきまえるようになるだろう。次の議会では、わたしが口を開けば、それが法となる。ソルケル・アムンドソン、お前ですら、私の目的を少しも止めることはできない」

こんな思いやりのある返事に、ソルケルはエイナルに感謝した。エイナル様が戦や略奪より、国政の進め方に専心することを決意してくれたことはうれしく存じます、といった。そうなれば、麦の穂が一部腐るのではなく、きわめて豊かな収穫があり、船は平和な商品をのせて北や南の地平線を航行するでしょう。「しかし、賢明な領主であるならば、常に人民の間を回り、彼らの思いに喜んで耳を傾けるでしょう」

エイナル伯はテーブルをたたいた。「集会は終了」と彼はいった。「すぐにノルウェーに使いをやって、来年春は、三隻の船を建造・装備するということを伝えよう。オークニーの人びとよ、金袋をよく調べておけ、支払はお前たちなのだから」

伯の顔はまだ真っ赤だった。ボディーガードを左右に従え、高座から音を立てて段をおり、集会の屋台から出て、丘の中腹にある自分の屋台にいった。

ソルケルは率直な発言にみんなから感謝された。

「礼を言うのはまだ早いぞ」と彼はいった。「この先、海はもっと荒れるやもしれぬ」

彼はラナルドをわきへ呼んだ。「あの男は狂っている」と彼はいった。「狂った犬は最後にどうなるか」

その夜、特にソルケルの屋台では、大いに飲まれ、夜中過ぎまで笑いや歌があった。

エイナル伯は「シング」の最後の習慣のように、農夫や商人の屋台を訪れることはなかった。伯のテントでは一本の松明がともされ、ボディーガードの往来の影は見られたが、彼のテントからはハープの歌や笑い声は聞かれなかった。

朝になると、集会の出席者たちは自分の農場や島々に戻った。

エイナル伯は船に戻った。

彼は誰にも別れを告げなかった。その日浜にいた人びとは、彼の口は錠に引っかかったかぎのようによじれていたといった。

六

ブレックネスの農場はうまくいった。

また豊作だった。隅のゆりかごでは新たな泣き声が聞こえた。ラグナは娘を生んだのだ。そのゆりかごは紡ぎ車や牛乳容器よりも女たちの注意を引いた。「こんなかわいい子は今までいなかった」と女たちはいった。

「この子は父親よりも母親似であることは本当だ」とラナルドはいった。「それはいいことだ」

ラグナは自分の小さい子どもたちの世話や家事の切り盛りで幸せだった。テーブル越しや麦畑で義母とことばを交わすとき、時には顔に影がさすことがあった。ソーラは家事についてあれやこれやと口出ししたり、助言が求められないところや必要とされないところで、口をはさんだりした。

「ふたりの女性が家をおさめるのは容易なことではない」と新しい農場管理人のスコルはいった。

ときどきソーラはいたく腹を立てて家をまったく離れ、求婚者ハラルド・ソルンの頃にしばらく住んでいた、ブラック・クラッグの中腹にある半ば壊れかけた小屋に行くのだった。何も持たずに行き、パンや卵、牛乳を求めて頭を下げ、農場に人を寄越すようなことはなかった。

最後には、ラナルドがふたりの女の間を取り持たなければならなかった。

「お前やブレックネスの農場のためにあんな女を選んだと考えると！」とソーラは苦々しげにいった。「あたしが今度はどんな間違いをしたというの。小さなスマルリッドがアヒルのいる池に落ちたのよ。わたしは言ってやったの、『その年の子はひとり遊びをさせてはいけないよ……』そしたらお前の女房は言い返すのよ。『余計なお世話です』というの。『この子が世話や衣服やキスにこと欠いているというのですか。男の子は時にはブーツを泥だらけにしたっていいじゃないですか。あなたの息子さんのラナルドは、今まで転んでひざをすりむき、血を流したことは一度もなかったのですか。その時どこにおられましたか、知りたいですわ。それだからと言って、ラナルドは悪いですか、小さな子に無数の小さな傷があるからといって。』もちろん、それにはわたしは我慢できませんでしたね。ここで大丈夫ですよ、ウサギの肉やカモメの卵で元気にやっていますよ。人は年を取ってくると、それほど食べなくなるから……夜になると寒くなってくることは分かっているわ、この小屋はすき間風だらけだもの。でも、嫁があやまるまで、ここにいるわ」

今では、ゆりかごに三番目の子、インゲルスがいた。

ソーラが家に戻って、子どもたちのためにパンを焼いたり、小さな上着を編んだりしてもらえればうれしい——子どもたちは他の女性の編んだスカーフやストッキングよりも、ソーラが編んだものが好きなように思える――というラグナからの伝言を自分は持ってきた、とラナルドはいった。

そのことをソーラは喜んでいるように思えた。「じゃあ、わたし帰るわ」と彼女はついにいった。「でも、嫁は二度とそんな風にいうべきでないわ。本当に、孫がいないと寂しい、生まれて間もないインゲルスにとても会いたい。日が暮れる前に、荷物をまとめてブレックネスに帰ります」

それから二、三か月、農場は穏やかであろう――また間違ったことばが言われ、あるいはことばや行為に間違った説明がなされると、またソーラは荷物をバッグに詰めて、ブラック・クラッグの中腹の小屋に行くのだった。

すると、ラグナは炉のそばで立ったまま泣き、子どものスマルリッドやソルヴェイグたちは母親のスカートにしがみついているのだった。

そうなると、ラナルドは半ば壊れた小屋に出かけ、母親と妻との間をまた取り持たなければならないだろう。

最後にラナルドは、ハムナヴォーの大工ふたりに家の西側にソーラのため小さな離れを建ててもらい、年配の女性と若い子をつけて住まわせた。自分の火があり、自分の紡ぎ車があり、切妻造の家のはずれにある緑地にはヤギが一頭いた。

それからソーラとラグナは、夕食の食卓でときどき会うだけになり、ふたりはお互いに愛想よく、礼儀正しかった。

ブラック・クラッグの中腹の小屋は、一、二年のうちに壊れてしまった。

ある年、ラナルドはその教区に火のように広がった病のため、ティングヴォーの集会に行けなかった。年配の人が、ひとりふたり亡くなった。ラナルドは熱が下がると関節の具合がしばらく悪くなり、海からの風にあたると、ひどく痛んだが、じきに回復した。

ある日、ひとりの馬に乗った男が峰を越えてやってきた。ラナルドはまだ完治せず働くことができず、火のそばの椅子に座っていた。ケアストンの農夫ジョン・シミソンが、ティングヴォーのニュースをもってやってきたのだ。

エイナル伯のヴァイキング遠征はまた失敗だった。けれど、天候や三隻の船から逃げ出したフランス人船長たちの臆病さ、特に船足を重くして追跡を遅くしたノルウェーの船大工のせいに彼はした。彼がオークニーの人たちの好ましくない助言をあまりにやすやすと受け入れてしまい（ここで、エイナル伯はソルケル・アムンドソンをにらみつけた、とジョンはいった）、運命がまた彼に背を向けてしまったのだった。しかし、ただひとりの真のオークニー伯エイナル・シグルドソンは、これからは自分のひらめきに従うだろう、そうすれば運命は自分に微笑みかける――運命はあえて未知の世界へ入っていく勇敢なる人びとの味方だから。そうとなれば――エイナル伯は高座から集会出席者たちに告げた――次の耕作時のあとは、八隻の海賊船で出かける。デンマークの船大工たちは密猟用に仕込まれた猟犬のような、敏捷《びんしょう》で素早く猛々しいヴァイキング船の作り方を心得ている、という知らせを彼は受けていた。「もちろん」とエイナルはオークニーの人びとにいった。「八隻の船を建造するには費用がかかるであろう、それゆえもっと高い税を払ってもらわなければならない。だが、それだけの価値はある。最終的にわれわれは海の大収穫を得て、お前たちの妻女は金糸織りを身に着けて出かけ、お前たちは北部に最良の馬に乗って行くことになろう。またそれぞれ六人のお供を連れて、ローマやエルサレムへの巡礼に出かけることもできよう。それが今年の集会の忙しさすべてである。わしの財務担当官は次の冬の間、改定した納税者名簿をもって、お前たちをそれぞれ訪れよう。今夜わたしの屋台でみんなわたしと飲んでいってくれ……」

その最後の言葉を残して、伯は集会を出て行き、彼の一二人のボディーガードもいっしょに出て行った。

しばらく大きなテントの中は沈黙があった。それから地主たちはソルケルのほうを向いて、助言を求めた。「伯と話してみよう」とソルケルはいった。「しかし、おそらくこれがわたしの言う最後のことばとなろう」

エイナル伯は農夫や商人、集会の出席者たち全員が自分と食事をすると思っていた。料理人たちは料理で忙しく、角杯が長いテーブルに置かれており、エールのたるの栓は抜かれていた。おいしい匂いがあふれ、そして麦芽の泡立つかすかな低い音。そこにエイナルは座り、五〇人の感謝にあふれた客を待ち構えていた。顔に口のゆがんだ笑みさえ浮かべていた。

ただひとりの客が現れた。スケイルのソルケル・アムンドソンだった。

「入りたまえ、わが友ソルケル」とエイナルはいった。「わたしのそばのこの椅子に座りたまえ。一番のお客だ。まもなく他のものも来る」

他に誰も来ません、とソルケルはいった。みんなを代表して、あなた様にお願いに来ました。

「お願いに?」とエイナル伯はいった。「何についての訴えだ。余のヴァイキング船が船べりまで積んで帰ってくれれば、みんなが一番望むもの、富や幸せをやろうというのだ。デンマークで八隻のすばらしい船を建造中だ。今、運命がわれわれに微笑み始めたところだ。今夜、余のテントで大宴会になること望んでいた。しかし、ひとりしか来ないように思える」

ソルケルはいった。「集会の人びとはもはや耐えられません、海での失敗、田園の無視、みんなを貧しくしている税金。それでみんなはわたしをここへ寄越したのです、領主さま、あなた様にお願いするために」

すると、ゆがんだ錠のできの悪いかぎのように、エイナルの口がゆがんだ。

一二人のボディーガードは彼を取り囲み、探るようにソルケルを見つめながら、命令を待った。

ついにエイナル伯はいった。「昨年、この集会でお前にいった、わしの布告に二度と質問しないように。約束をたがえたことで、今お前を殺すこともできる。しかし、戻ってわしの臣下どもに、わしの力をまだ少しも見ていないと告げる許可を与える。だが、見ることになるのだ、連中は、ソルケル。彼らがぼろを着て物乞いをするようになるなら、身から出たさびだ。反逆者、臆病者、守銭奴となる。連中は強く、先見の明のある領主をいただいたことを感謝するべきだ。くずどもにそう伝えろ。家に戻って、家人の眠っているときに金貨や銀貨を入れたストッキングのしまってある床板をこじあけ、そのへそくりや自分の出すべき金を数えておくように言ってやれ。わしの財務担当官や税取立人が、連中の家を訪れる日時を知らないのだから。お前については、ソルケル、二度と顔を見せるな。顔を合わすことがあるなら、集会から立ち去るのはひとりだけだ」

それから、ソルケルは伯の屋台から集会の人びとが待っている屋台に戻り、自分とエイナルの間に交わされたことばを告げた。

半月の夜だった。船で戻るものはすぐに戻った。テントに残ったら、その夜どうなるか誰もわからなかったからだ。馬に乗って帰るものもいた。

ソルケルはサンドウィックのスケイルに、馬に乗って帰った。しかし、そこですら安全でないと思い、翌朝、船でペントランド海峡を越えて、ケイスネスに渡った。

若いソルフィン伯はソルケルを大いに歓迎した。彼はオークニーの情況を熱心に聞いた。「兄のエイナルがそれほど狂っているとは思わなかった」と彼はいった。「もし分別のある男だったら、わたしがオークニーを二度と見ることができるかわからない。島の三分の一をぜひ欲しい、わたしの取り分だ。兄のような狂犬には、私の主張が通りやすくなる。狂犬は最後には追われて殺される。誰が彼にナイフを突き刺すか。誰かがやる、直ちに」

狂犬は自らの逆上で死ぬことが多いです、とソルケルはいった。「あの狂犬を継ぐ息子がいないことはいいことです。ひとたび死ねばもう話題に上りません」

「だが、わたしの兄ブルースにはバーシーに息子がいる、有能な若者と聞いている、ログンヴァルドだ。このログンヴァルドが第一に話題に上らなかったことを願うのみだ。本当のところ、結局自分がオークニーの唯一の領主になりたいのだから。ひとりの領主、ひとつの領土になるまでは、島に平和は来ないだろう」

若い伯とソルケルは最良の友だちだった。ソルフィンは抜け目のない若者だが、政治的手腕や統治の面ではまだ未熟であった。彼はソルケルの助言に熱心に耳を傾け、ソルケルの計画することにほとんど同意した。「あなたはわたしの養父です」とケイスネス・サザランド伯はいった。それゆえ、それから以後いつも、ソルケルは養父ソルケルという名で通った。

しかし、もちろん、ケアストンのジョンがラナルドにもたらしたのは、ティングヴォーでの恐ろしい集会の様子だけだった。

ラナルドは彼に礼を言い、夕食に招いた。「これから胸をはずませるような時が来る」とラナルドはいった。

その同じ夜、ラグナに四番目の子が生まれた、男の子だ。

七

ある金持の商人で農夫であるものが、しばしばブレックネスへやってきて、ノルウェーやデンマークで船を起工しているが、ラナルド・シグムンドソンが自分と組んでくれればうれしい、といった。若いころのラナルドの航海者としての名声は広くゆき渡っており、ラナルドが率いる船の航海は成功すると考えられた。

若いころは心行くまで航海した、とラナルドはいつも答えた。今は、あちこちの島の友人を訪ねるか、イエスナビーの断崖の下にエビ取りかごを仕掛ける以外、二度と海に出る気はない、といった。

ラナルドはその商人で地主の男を炉辺や食卓に招き、四人の子どもと妻のラグナを自慢げに紹介するのだった。ラグナは決して美人ではないが、大切な農場の、とても優しく、有能な女主人だった。

それで、夕食の後、ふたりきりになると、ラナルドは火にあたりながら客にいうのだった。「実は、また海に出るのが怖いのです。嵐とか危険とか溺死が怖いというのではありません。海がわたしに魔法をかけるのです、時がたてば弱まると思いますが。しかし、事実、その魔法はいつもより強いのです。下の浜に波が砕けるのを聞くと、いつも大きな憧れがわたしをとらえるのです。長い冬のあと、羊のお産時に丘に登って地平線を移動する船を見ると、思わず顔をそらします。狂気にも似た憧憬がわたしの中にうごめくのです。本当ですよ、渇望は悪いです、はるかに悪いです、足を折って、居酒屋に行けない酔っ払いよりも。酔っぱらいの妻や子どもたちは共謀して、エールのジョッキを手の届かないところに置く……たぶんわたしはそう、ハリーの内陸で農場を入手するべきです。そこでは海を目にすることはできません。しかし、内陸の教区ハリーでさえ、海の音はサンドウィックやバーシーの浜から丘の間を縫って絶えず聞こえ、ほとんど気分の休まることはありません。ここの農場や家族、羊、馬を使う者たちに、私の全エネルギーを注ぎます。そうすれば、白髪の老人となり、目がかすみ、リューマチで足がなえ、おそらく聞く力も衰えるでしょう。その結果、もはや海の魔法も聞くことができなくなるでしょう。さらに、航海がわたしに不可能になれば、わたしの心は安らぎます」

こういったことばを、ブレックネスの農夫は船の統率を頼みに来た商人たちによくいった。

時には、ラナルドは彼らにかなりそっけなかった、敷居をまたがせることすらしなかった――前代未聞といってよいほどの侮蔑であった。「帰ってくれ、わたしは忙しいんだ」と彼は大声でいったものだ。「見えないのかい、散らばろうとしている馬が、二頭牧場にいるのが……今日干し草を刈らなければならない、雨模様だ。手をわずらわさずに、帰っておくれ。仕事を探している腕のいい船長は多くいる。連中をたずねなさい」

その時、彼の顔に苦痛と憧れの表情がよぎり、侮辱した人の腕を取っていうのだった。「許しておくれ、今日は、虫の居所が悪いのだ。刈り取った草とクローバーで枯草熱にかかっている。中に入っておくれ、お会いできてうれしい、大いに歓迎だ。夕食を食べていってください。いいや、友人、君がここにわたしを君の船の船長にするつもりで来ているのなら、問題外です。大麦の取入れは三週間かひと月で終わるでしょう。そう、戸を閉めてください。その風は西風で、わたしにこの上なく悪い不安を与える音やにおいで、家を満たします」

その後、エールの杯を傾けながら、彼は訪問者にいうのだった。「本当のところ、わたしがまた海に出かけたら、帰りたくなくなってしまうでしょう、ラグナや子どもたちのところへも、ブレックネスの農場にも。でもわたしはその塵で出来ているのですから、結局はそこへ私の塵を戻さなければなりません」

しかし、ラナルドは三、四度スウェーデンやドイツと取引する商船に参加することに同意した。こういった場合、彼は積荷について熱心に話し合い、船荷証券をよく調べ、費用はどのくらいにするか、支払う賃金はどのくらいが適正か、どの外貨が受け入れられるか、を考えた。ほとんどいつも、ラナルドの助言は商人たちに受け入れられ、いつもかなりの利益をもって船はオークニーに戻ってきた。

それからしばらく、ラナルドと時折来る客たちは、この国の政治について話し合った。それはゆっくりと一つの方向に展開していった。前の冬に、ソルフィン伯は完全武装した部下とともに、オークニーのオーファァーの浜に上陸していた。すぐにラウシー島にいる兄のエイナルのところに使いを送り、権利として自分の取分である領土の三分の一を要求した。ソルフィンの使者はラウシーのエイナルの館から戻らなかった。そのかわり、武装した兵士が乗っている船がラウシーから来るのが見られた。ソルフィン伯はいった。「沿岸ぞいに馬で行き、エイナルがなぜ使いを長くとどめているか探ってみよう。」北岸にいるブルースの見張りが、アインハロー海峡に武装船がいること、また武装した兵士の一団が馬で山間を通ってイーヴィーの浜に向かっていること、をすぐにブルース伯に報告した。ブルースは直ちに護衛隊を集め、浜に馬で向かい、エイナルの船員たちとソルフィンの騎士たちが出会う前に岬についた。

「ようこそ、弟たち」とブルースはエイナルとソルフィンにいった。「このような晴れた日に、われわれ三人の兄弟がたまたま出会うとはなんという喜び。お互い顔を合わせて、話し合うのはめったにないこと。会ったからには、ぜひ話すべきだ。ここオークニーには、解決しなければならない問題がある」

その日イーヴィーの浜で、ブルース伯が一番多く兵士を従えていた。それゆえ、弟たちは彼の言うことを聞かざるを得なかった。エイナルは怒りで唇をかみ、ソルフィンは挨拶をしてから、チェスの相手の兄にほとんど軽蔑的な表情を向けた。ソルフィンは今では鼻の下に黒いひげをたくわえ、声には抑揚があった。

「弟のソルフィンはオークニーの取分やそこから生ずる上がり対して、権利を持っていると思える」とブルースはいった。「それに賛成できないのは愚か者のみだ」

エイナル伯は怒って浜の石を足で蹴り、痛みで叫び声をあげた。するとソルフィン伯は、ブルースが自分の言い分を簡単に認めたこと、それにエイナルの怒りとうろたえを笑った。「愚か者は馬鹿なことをしても物笑いにならない」と彼は口を手で隠して、部下たちにいった。すると、部下たちは大笑いをした。

それから、ブルースは思いがけないことをいった。「いいか、弟たち、この領土についての口論や陰謀や果てしないいさかいに、わたしはうんざりしている。われわれの領主、ノルウェーの王はオークニーのトラブルを、常にかき立てているように思える。われわれを支配下に置くのに好都合だ。ここオークニーの連合領土は豊かであり、かなりノルウェーから独立していることを、王は百も承知だ。しかし同時に、空間的により近いので、スコットランド王がオークニーを狙ってやしないかと彼は危惧している。ソルフィン、すでにお前は祖父のスコットランド王からケイスネスとサザランドの領地をもらい受けているので、スコットランド王に忠誠を尽くさなければならない。それで、あちらに引かれこちらに引かれるこの綱引きに巻き込まれて、わたしはまったくうんざりしている。わたしのしたいことは、小川で釣りをしたり、丘へタカを連れて行ったり、夕方には、修道院長とチェスをするか、あるいはこの前の一〇月にアイスランドから来られた、あの才能ある詩人に耳を傾けたりすることだ。詩人は隅の袋で眠り、台所の女たちから飲食物を好きなだけ手にしている。詩人は女たちがエプロンで思わず涙をふき取るような愚かな歌を作る。しかし、また巧みなストーリーテラーでもあり、わたしは彼のサガが好きだ。彼が去る決心をしたら、その日は残念に思うだろう……うんざりしている。よく聞いてくれ、エイナル。お前とわたしでそれぞれの三分の一をいっしょにして、それぞれ自分の館に住む、お前はラウシー島で、私はバーシーだ。お前のような勇ましい奴は、われわれの共同防御に必要などんな戦いもできる。税の収納はわたしがしたほうがよかろう――お前は自分の取分はそこからもらう、心配無用だ。（いずれにせよ、お前の税取立人は、いたるところでお前からかすめ取っている。お前は用心深さに欠けている。）エイナル、お前はできるだけ多くのヴァイキング遠征や戦の遠征を続けたほうがよいと思う。オークニーはお前が留守で全く困ることはないように思える。お前の農民たちが公正な税金を支払い、良い統治を受けるように取り計らう。先程、わたしのしたいことは釣りをし、ウサギ狩りをし、チェス盤に向かうことだといった。もちろん、共同領土の仕事をしてから、そういう害のないこともするよ。特に毎年、わたしがティングヴォーの集会を主宰しよう。エイナル、お前は集会のさばき方があまりうまくなかったと聞いている。そうすりゃ、お前はアイルランドやスコットランドのあちこちで、ちょっとした海賊行為や襲撃にのみに集中できる。あとのことはわたしに任せなさい」

エイナルの口は納屋の壁に掛けられているからざおのように曲がっていた。

「最後に一つ、エイナル」とブルースはいった。「われわれのどちらかが先に死ぬが、その場合、残ったものが相続する。わたしにはログンヴァルドという息子がいる。お前には子どもがいない、エイナル。戦を続けよ、勇敢な戦士よ。船や城の攻撃を続けよ。まもなく死が戦士を訪れることは確かだが、それを考えるな、エイナル、栄光を考えよ。お前について書かれるサガを考えよ……」そしてブルースは楽しそうにエイナルに微笑んだ。兄のことばをどうとってよいか、エイナルは分からなかった。ブルースの侮蔑に対する怒りと、将来朗唱されるかもしれないサガの赤色と金色で書かれた自分の名への喜びのはざ間で、エイナルの顔は輝いた。

ソルフィンはいった。「サガには英雄と同じくらいクラウンやフールがいる。われわれについてのサガが冬の夜に朗唱されるとき、わたしはエイナルの亡霊にはなりたくない。英雄が自分のあふれんばかりの輝かしい生涯に喜びを感ずるとき、人間の亡霊はのちのちその名がいわれるたびに登場し、フールは時折語りに出てきて苦しめられる、と言われているからだ」

それに対し、エイナルは怒って叫び、浜にいって弟のソルフィンになぐりかかろうとしたが、ブルースが間に入って、仲直りするようにうながした。

一応ふたりは仲直りしたが、ふたりの握手は敵対した二匹の魚のようだったという話だ。

それから、ブルースはバーシーに戻り、ソルフィンはケイスネスに帰り、エイナルとその取り巻きはラウシー島への潮の流れをとらえた。だが、エイナルは有能な船乗りではなく、潮の流れを間違えて、船はエギルシー島とワイア島のほうへ戻された。エイナルが戻ったのは夕方遅く、不機嫌であった。不機嫌の時は飲むべきではない、火に油を注ぐようなものだ。一晩中廊下を歩きまわり、その夜ウェストネスの館ではほとんど眠らなかった。「ホー」と伯はときどき叫んだ。「英雄はだれで、フールはだれか、人びとは知るだろう……すべての人びとがその真実を聞くだろう……聞くだろう、聞くだろう……それはすぐのことだ。」朝方、彼は叫んだ。「アイルランドだ。まずアイルランドだ。アイルランドへ船を用意せよ。おれ様エイナル伯は、アイルランドを根こそぎ揺るがしてやる！」

こういったことを、商用や茶飲み話でやってきた人びとから、ブレックネスのラナルドは時折聞いた。家にいて、その成り行きを見守ったほうが無難だと彼は思った。

ある日、ケアストンの農夫が馬でラナルドに会いに来た。エイナル伯のアイルランドへの遠征は全くの失敗であったことを、ジョン・シミソンはラナルドに話した。エイナルの襲撃隊は、コノフォゴルというアイルランドの君主のひとりに入江ラーン・ロッホ（北アイルランド北東部にある汽水湖。海とつながるところに港町ラーンがある）でさえぎられて大敗し、戦場に多くのオークニーの死傷者が残された。

エイナルは出発した時よりもはるかに無残な姿でオークニーに戻った。

彼は反省するどころかこの屈辱のため、苦しみと怒りと復讐《ふくしゅう》という新たな、どす黒い要素が彼の中に植え付けられた。「この狂犬は今、口から泡を吹き始めている」とラナルドはいった。

ソルフィン伯は友で養父であるソルケルをオークニーにやり、彼の三分の一の領地の地代を集めた。ソルケルはスキャパの浜で、馬に乗ったエイナルの取り巻きと出くわし、すぐ身をひるがえしてケイスネスに戻らなかったら、浜に彼の死体が打ち捨てられていただろう。

その時、エイナル自らが海辺に現れた。「おれはお前を知っているぞ、ソルケル・アムンドソン」と彼は叫んだ。「オークニーの、このトラブルを引き起こしたのはお前だ。それをお前の命であがなってもらう。お前がどこにいようと探し出し、その日、弟ソルフィンはお前を助けることはできないだろう……」

そういった後の彼の口は、一条の有刺鉄線のようだった。

ソルケルがこれをすべてソルフィン伯に報告すると、ソルフィンはソルケルに、東のノルウェーに行き、オーラフ王の友愛にすがるように助言した。

オーラフ王は冬の初め、喜んでソルケルを迎え入れた。王は口数の少ない人だが、ノルウェーの廷臣たちは王の顔の表情やハグの強さで、この西からの使節を王は大変重んじていることを知ることができた。

ソルケルには本当に、彼に会うほとんどだれもがすぐ好きになるような魅力や率直さがあった。

オーラフ王はオークニーから届いた別の知らせを心配した。商人のひとりで王の個人的な友人が、商用でアイルランドへ行った。この商人で船長であるものはエイヴィンド・ホルンと呼ばれた。アイルランドの亜麻布とモルトを積んでノルウェーに帰る途中、北東の強風のため、ホイ島のオズマンドウォールに避難せざるを得なかった。（オズマンドウォールは風雨から守られた入江で、以前、前のノルウェー王オーラフがシグルド伯をキリスト教に改宗させたところだ〈七七―八〇ページ参照。「前のノルウェー王」はオーラフ一世、ここに出てくる王はオーラフ二世〉。シグルド伯はブルースやエイナルやソルフィンの父親で、アイルランドのクロンターフの戦いで戦死した。）この嵐と避難の知らせがエイナル伯にもたらされた。「父シグルド伯の亡霊を安んじさせるために何かできると思う……」と彼はいった。嵐は弱まることなく続いた。エイナルはホイ島に渡り、そこで馬を手に入れ、武装した兵士を一隊率いてオズマンドウォールにいった。エイヴィンド・ホルンと彼の船乗りたちは、そこの農家で接待を受けていた。エイナル伯はその家を取り囲んだ。彼はノルウェーの船長と商いをしたいという伝言を送った。エイヴィンドが庭に出てくると、すぐに取り巻き連に突然襲われ、短刀で深く十文字に切られ、ほとんど即死だった。それからエイナルは戸口に立った。「贈呈しますといって、お前たちの船長の死体をオーラフ王のところへ連れていけ」といった。

エイヴィンド殺しの知らせがもたらされたときは、オーラフ王は何も言わなかった。ついに王は口を開いた。「お前のところのソルフィン伯が、ノルウェーのこのわしのもとに来てくれればうれしいのだが。彼と話したい重要なことがいくつかある」

夏の初め、ソルフィンはケイスネスを出発した。ベルゲンの波止場の周辺で、友人のソルケルとの再会はうれしかった。

ソルフィンが王の宮殿に来ると、彼に対する敬意が周到に準備されているのを見ることができた。階段にはラッパ手、大広間には新しいタペストリーが掛けられ、廷臣たちはローマ教皇の使節やポーランド王に対すると同じように、香水を漂わせ、いんぎんにお辞儀をした。下の台所からは、一週間、海の上で固いビスケットを食べていた若者の胃袋を引き付ける、強い香りが漂ってきた。

カーテンが開かれ、オーラフ王は王座から立ち上がり、遠路はるばるやって来た息子を遇するかのように、ソルフィン伯を身近に引き寄せた。

ソルフィン伯は夏の間ずっと王の賓客であった。

ふたりは共に釣りをしたり、森でシカ狩りをしたり、山中にハヤブサを連れていったり、山中の雪にシュプールを描いた。ご馳走のあとでは、宮廷詩人や音楽家に耳を傾けた。北欧のいたるところから、人びとは馬に乗り船を走らせ、賢明さと大胆さで評判の高いその若いオークニー伯とことばを交わそうとはせ参じた。「しかし」とその宮廷のあたりにいた淑女の何人かはいった。「もっとハンサムであればね。あの若いオークニー伯は——カラスのように黒くて醜いわ」

宮廷には、彼の醜さを取得と考える女性方もいた。

ひとりの年老いた助祭はいった。「ソルフィン様は一種の虚栄心をお持ちですが、少しも気にされておられません」

夜、音楽を聴き、サガを読んだあと、オーラフ王はソルフィンとソルケルを私室に招き、時には北東の高い山頂が銀色になる明け方まで、オークニーの情勢について語り合った。

その夏の終わりに、オーラフ王はソルフィン伯を王の造船所に連れて行った。一隻の立派な船が造船台に置かれていた。船大工たちは最後の仕上げを行っていた。これほどすばらしい船を見たことがない、と伯はいった。

「これはお前のものだ」とオーラフ王はいった。「一週間後の、ちょうどお前がケイスネスに帰る頃に出来上がるだろう」

ソルフィン伯はノルウェーに乗ってきた船をソルケルに与えた。ソルフィンとソルケルはともに、意気揚々と北海を渡って帰国した……

こういった情報はすべて、船長や商人によってブレックネスのラナルド・シグムンドソンにもたらされた。

ラナルドは、ソルフィン伯とソルケルのノルウェー訪問を、特に喜んだ。

今では、狂った伯は不利な立場におかれているように思えた。「しかし、事態は急速に進むだろう、エイナルは唯一のオークニー伯になることをもくろみ、まもなく行動に移すだろう」

バーシーからの知らせでは、ブルース伯はそこの宮殿で、象牙と銀をはめ込んだチェス盤で大方チェスを指すことで過ごし、時には農場を馬で巡回し、農事やしかじかの土壌にはどの種が最適か、またロジアンの馬はブリタニーの馬より優れている、といったことを話し合った。しかし、ブルースは弟のエイナルの館にスパイを放ち、エイナルのすることすべてを把握していることが知られていた。ブルースはケイスネスの弟ソルフィンとは打ち解けて、使者たちはバーシーとサーソーを自由に行き来した。

エイナルは島々を自由に回ることを半ば恐れた——といわれた。彼の税で貧しくなった農夫が、自分を襲うのではないかと思ったのだ。ますます多くのこわもてたちを、ボディーガードに募った。しかし、ラウシーの浜へ馬で行っても、家のはずれに出てきて、殺し屋、ゆすり、馬鹿者、臆病者と彼をののしる女もいた。ボディーガードのひとりがその女を静めようと動き出すと、エイナルは彼女にいった。「張り切りなさんな、お前さん。張り切りなさんな、来年はお前さんのところの税を上げなければならないので、羊毛をすいたり、紡いだりするのに、もう少し精出してもらわねばならない。それに間もなく未亡人になるやもしれん。お前の宿六を戦の遠征でルイス島やアルスターに連れていくつもりだ。それにやがて、農場の占有をめぐって争う息子や欲深の嫁さんと向き合わねばなるまい。わしがお前さんだったら、口をつつしんでいるよ、さもなければ、お前さんの未来は暗いだろう……」

すると、取巻きたちは笑った。一行が浜に来ると、農家の戸口は次から次へと錠がかけられた。

八

だがまもなく、いい知らせがブレックネスに届いた。三人の伯たちがある種の取り決めを結んだのだった。これからは、オークニーは平和になるだろう。ソルケルはスケイルの農場に戻っていた。父親のアムンド――あの善良な老人――が亡くなって、その跡を継いだのだ。ソルケルはスケイルから、ソルフィン伯のオークニーの収益を管理した。

ソルケルは使用人のひとりをブレックネスにやり、ラナルドをスケイルでの平和を祝う祝宴会に招待した。実際は二か所で行われ、一か所はスケイルで、もう一か所はレンダルにあるエイナルの大きな館であった。すべての客はご馳走でお腹がいっぱいになっているのに、スケイルからレンダルへ行き、エイナルの食卓につくことになる。「次のパーティーが半ばに差し掛かるころには、げっぷがやたらと出たり、話が堂々めぐりになっているでしょう」とソルケルの使いはいった。「ソルケル様はラナルド様に、最初の会にご出席を願っております。次の会についてはあまりご心配になる必要はないと思います」

ラナルドはいった。「ブルース様とエイナル様とソルフィン様の三人の領主さまが高座にそろって座り、平和のパンをちぎるのは歓迎すべき光景です」

「いいえ、そこに座られているのはエイナル様おひとりだけです」とスケイルからの使いはいった。ブルース様はご出席できないとのお知らせがまいりました、胃弱で、ローストダックやクジラの肉はお食べになることはできないし、エールやハチミツ酒は考えただけでもお顔色が悪くなるそうです。お医者さまから、炉やチェス盤のそばにいるように勧められたそうです。今頃の空気はブルース様の肺に悪いそうです。でも、バーシーの領主さまは盛会であることを祈ります、と言付けられました、もちろん次の会も……ソルフィン様は、ケイスネスに緊急の用事を多く抱えておいでのこと——そこのスコットランド人はみな門前に列をなし、訴訟や相続や境界について、ソルフィン様からの裁定をあれやこれやと待っておりますーーどう転んでも出席しかねるとのことです……ラナルド・シグムンドソン様によろしくとのことです。まずスケイルの会は水曜日の正午です。ソルケル様はおっしゃっています、お三方の領主さまのうちおひとりしかご出席になれませんが、大変すばらしい日であることをお約束しますと。話は変わりますが、斧と短剣をお忘れになりませんように」

その使いは庭の白いアヒルどもを蹴散らして走り去った。

ラナルドは全体的に何かおかしいと思った。こんな重要な祝い事にひとりしか出席しないのはなぜか。ブルースはそれほど胃弱ではないようにラナルドには思えた——この前ブルースと食卓を共にしたとき、ブルースはクジラの肉を強いエールで流し込み、それをおいしく味わっているように思えた。肺が弱いというが、前年の冬、ラナルドはブルース伯が嵐の中、漁船を船置き場に引き上げるのを見た。彼を助けに海岸を急いでおりてくるふたりに叫ばれた。うまくやってみせるよ、嵐の浜にヨール船を引き揚げることほど気に入ったことはないと。

第一に、それがおかしかった。

ラナルドにはまた、ソルフィン伯はサーソーの事務の仕事から一日割いて、大変重要な平和の祝賀会に確実に出席できるように思えた。ソルフィン伯が事務所で一日三〇分以上過ごすことはめったにないことを、ラナルドは確かに知っていた。彼には、そういうことする土地管理人や書記がいた。

それもおかしかった。

一番おかしいと思ったのは、エイナル伯がスケイルに来て、自分より身分の低い者たちに交じることに承諾し、兄弟たちと話す機会を持たないことだった。

ラナルドはそれについて考えれば考えるほど、すべてが疑問だらけに思えた。すべてが謎だらけだった。

ソルケルの使いはなぜ自分（ラナルド）に必ず手斧を持ち、ベルトに短剣をさしてくるように言ったのか。

彼はスケイルに行くことに決め、水曜の朝、馬に乗って出かけた。

ソルケルは彼を出迎えてくれた。アイスランドの友人ハルヴァルドも出迎えてくれた。ふたりともとても機嫌がよかった。スケイルの台所では、宴会の準備が順調に進められていた。ひとりの娘は長いテーブルを拭いており、もうひとりは宴会場の中央にある炉の火加減を見て、泥炭や薪をくべていた。寒い朝だったからだ。

「スケイルはよい日になると思う」とソルケルはいった。

やがて庭の石を蹴散らすひづめの音が聞こえた。ソルケルはエイナル伯を出迎えに出た。エイナルの「こわもて」のボディーガードたちが勢ぞろいしていた。

ソルケルは伯を迎え入れ、ラナルドとハルヴァルドに引き合わせた。ボディーガードたちは宴会場のはずれの長椅子に座り、サイコロを振り始めた。彼らはエールを求めた。

ラナルドがエイナル伯に会うのはしばらくぶりだった。エイナル伯の変わりようにびっくりした。目はくぼみ、自分に確信が持てないかのように目をきょろきょろさせた。

彼が笑うのを見るとぞっとした――もちろん、どの宴会においても歓迎される客のはずだが――その時、エイナルの口はあちこちゆがんで、一連の渋面となっていたからだ。

「急ごう」とエイナルはソルケルにいった。「すぐにわれわれふたりの間に永遠の平和が築かれる。ここスケイルでぐずぐずしていたくない、このごろはあまり食べられないし、二度のご馳走《ちそう》はわたしにはきつすぎる。それに自分の家のほうがくつろげる。ここで湖のマスを少し食べて、レンダルに行こう。今日はご馳走するよ、ソルケル、今まで食べたことのない珍味じゃ。ここの台所にあるものは、ファース教区やサンディー島の馬市でいつでも買えるものだろう。一口食べて、いっしょに行こう」

ラナルドはエイナル伯の声にもびっくりした。以前の朗々とした響きを失い、低い平板な調子で、早口にしゃべった。

ソルケルはいった。「スケイルで少ししかお食べにならないなら、農場の娘たちは喜ぶでしょう、いつも残り物を欲しがっていますから」

「食べ物を置く台で、エールを大瓶で一、二杯いただけるとありがたいのだが」と伯はいった。「エールを飲むと眠れる。最近はよく眠れない。でも、ソルケル、お前に約束しよう、今日あとでわしの接待を受ければ、今までになく熟睡できるだろう」

それから給仕をする男衆女衆が、高座の食べ物をのせる台を整え、ソルケルは伯に主賓席に座ってもらった。

給仕女たちはスープを木の器に入れて部屋に入れ始めた。

「まず部下に言いたいことがある」エイナル伯はいった。炉辺でぶらぶらしている部下のところへ行き、何かいった。すぐにそのうちの六人が立ち上がり、宴会室を出た。

エイナルはいった。「まもなくわれわれは出かけることを連中に言づけた。ある準備をしなければならない。このスープは下げてくれ、胃をむかつかせる。おい、酒係、杯に注いでくれ」

ラナルドは話している間、ある種の笑いがあるように思えたけれど、これほどついていない食卓についたことはなかったと思った。

ソルケルはお客さんたちに手を付けてくれるように言った。

大きなまだら模様の湖のマスが運ばれ、テーブルのお皿の上にのせられていた。「悪臭を放つ魚！」と伯はいった。「ジョッキにエールをまたついでくれ、ソルケルの地下室から強くて古いエールをいただければ」

ソルケルはこういった侮蔑を軽くいなした。「領主さまのお口に合うものがないようで」と彼はいって、笑った。「ヴァルハラのハチミツ酒でさえもお口に合いますかどうか。われわれみんな、すぐにでもあの英雄たちが口にする美酒を飲まなければならないでしょう」

エイナルはげっぷをして、あたりをきょろきょろ見回した。「口数が多すぎるぞ、ソルケル・アムンドソン」と彼はいった。「すぐさま、ことばは終わりになる……豚の胃は欲しくない。多くは望まぬ、エールの上に泡があればうれしい。ここで醸造するエールよりも、溝のたまり水のほうが元気が出るわ」

給仕の男は伯の前にある、よく味付けされたハギスの大皿を持ち去った。

「ここレンダルの館の間は、馬でもかなりあります」とソルケルはいった。「領主さまはわたしどもの料理をお好みにならないけれど、ほかの方々にはここでできるだけたくさん召し上がることをお勧めします。誰にもわからないのですから、次のご馳走をどこで食べるのか、また、食べられるのかどうかも」

それから、焼いた雄牛の大きなもも肉が運びこまれ、テーブルの端でひとりの男が切り始めた。

「あの馬は火の上につるすどのくらい前に殺したのかね、腐ってないかね」エイナルはいった。エールのつぼを持った男が伯の肩のところに立っていた。「愚か者め、わしのジョッキが一時間以上も空になっているのが分からぬか」

エイナル伯の部下たちは炉と入口の間にある自分らのテーブルの、魚の大皿や焼き肉の大皿のあるところでがつがつ食べていた。食事が半ば終わるまでに、エールを半たる飲んでいただろう。多くは酔っぱらっていた。ひとりはおぼつかない足取りで外に出て、その男の吐く音が高座まで聞こえた。

「パンとハチミツを少し召し上がってみてください、閣下」とソルケルはいった。「土地管理人とちょっと話があります」

ソルケルは立ち上がってテーブルを離れ、土地管理人のプラッドと低い声で話した。プラッドはすぐに外に出ると、彼の乗る馬が小石を蹴立てて走り去る音が聞こえた。

「スケイルに長居し過ぎた」とエイナルはいった。「一時間前かそれより前に、まっとうな祝宴に出かけているべきだった」

「すぐに準備ができます」とソルケルはいった。「他のおふたりの領主さまが今日ここにおられないのは、残念なことです」

「ブルースとソルフィンがここにいるかどうかということは、問題ではない」とエイナルはいった。「わしが重要な領主だからね。兄弟たちがわしの言いなりになる日がじきに来る——そうなるにせよ、慈悲を乞うにせよだ。わしはエイナルだ、自分のことは自分で決める。海を渡ってこそそとノルウェーに行き、王に頭を軽くたたいてもらって手のひらに何か書いてもらい、ぼろ船で送り出してもらう必要はない。ノルウェー王はまもなく知ることになる、オークニーのエイナル伯が西部の地域では王より偉大であることを……このねばねばしたのが、ハチミツっていうものかい。お前の庭師がカタツムリの粘液を集めて、つぼに入れてないことは確かかい？ 友ソルケルよ、わしの望むことは、すぐにわしとレンダルへ行ってもらうことだ。さあ、今すぐに」

「運命のみぞ知る、旅に出てそれを全うするかどうかは」とソルケルはパンをハチミツのつぼに浸しながらいった。「馬で行くものは、常に甘いものを口に入れて出かけるのがよいです。このサンドウィックのハチミツは、まさしくヘザーからとった最良のハチミツです」

それから、エイナルはテーブルに頭を垂れて笑った。ラナルドには墓からの笑いのように思えた。

「ソルケル、運命や最後の旅についてのお前のことばは本当だ。まさしく本当だ。お前はこれまでこれほど真実のことばを言ったことがない」

エイナルはテーブルから頭を上げ、あちこちを見てから、最後にソルケルの顔をじっと見つめた――ラナルドはその朝のエイナルの顔ほど、悪意と憎しみに満ちたまなざしを見たことがなかった。

ソルケルの農場管理人のプラッドが戻ってきて、戸口に立ち、ソルケルに手招きをした。

「わたしに話があるようです」とソルケルはいった。「閣下は途中で飲むために大瓶を一本お持ちになったら」

ソルケルとプラッドは瞬時話した。ソルケルはうなずいた。ハルヴァルドとラナルドのほうを向いて手招きをした。ふたりはテーブルを離れ、開かれた戸口のほうへ行った。

「プラッドはわたしに代わって少々偵察をしていました。すでにわたしが承知していることを、彼はすぐに見つけました。レンダルへの道沿いのあちこちに、エイナル伯はわたしを狙って部下たちを潜ませています。こんな男はどうしたらいいでしょうか」

「あの男は狂っている」とハルヴァルドがいった。「暗闇に追い出すべきだ、震えている哀れな亡霊さ。これだけは確かなこと。あいつが死んでも、英雄の館ヴァルハラとは関係がないだろう。だが、死は間もなくやってくるはずだ」

しかし、丸く収める方法があるかもしれぬ、とラナルドはいった。

「忘れるなよ、ラナルド」とハルヴァルドがいった。「お前やおれも待ち伏せで命を落とすということだ」

ソルケルはこん棒を取り、衣に隠した。

「道中について、閣下に最後の言葉を言いに行こう」と彼はいった。

「何をぐずぐずしているのだ」とエイナルは高座からいった。「出かけられるのか。馬にくらをつけてあるのか。一時間前に出かけているべきだった。道中のためにと用意するといった大瓶はどこだ、ソルケル」

「はい、門出の杯を」とソルケルはいって、エイナル伯の頭にこん棒を振り下ろすと、彼の頭蓋骨は木の実のように砕け、エールと血と吐いたものが入り混じり、座っている場所から彼は転げ落ち、宴会場の中央にある大きな炉の中に倒れた。その間、プラッドは二つの扉を閉め、かんぬきをかけた。ボディーガードたちは酔っぱらって恐れをなし、何もできず、エイナルの晴れ着の燃えている端を見つめるだけだった。ひとりが泣いた。「寒い日だということは分かっている」とハルヴァルドはいった。「だが、領主は火をそんなにしっかりと抱きしめることはない。」ハルヴァルドは片端にかぎのついた曲がった斧を持っていた。かぎをエイナルの首にかけ、炎の中から祝いのテーブルが置かれた壇の上に引き上げた。そこに、エイナルのくすぶる死体が横たわった。台所の女たちが来て扉のところに立ち、エプロンを口や目にあて、時折金切り声を上げた。それはこの男、この伯の死に対する悲しみというより、女たちが当然発する別れの悲鳴であった。地下貯蔵室係はいった。「すぐにまた醸造しなければならない。飲み助だったからな、あのエイナル様は！」

「食事をしておいてよかった」とソルケルはいった。「今夜、エイナルの宴会場では食べるものはあまりないと思う。エイナルは、げっぷや二日酔いにもう心配する必要はない」

「すべて上首尾だ」とハルヴァルドはいった。「しかし、ソルケル、お前は伯を殺害した。普通、伯たちは伯殺しをよく思わない。このことをありがたく思う唯一の伯、ケイスネスの若いソルフィン伯のところへすぐに行くことを勧める。ブルース伯はあまり喜ばないだろう」

ソルケルはエイナル伯のボディーガードの一団が、スケイルから馬で走り去るのを止めようとはしなかった。音をたてて中庭の門を通り抜ける時、彼らはみじめな不満分子に見えた。

それから、ソルケルは農場管理人のプラッドに、家の管理について指示を出した。司祭に迎えが出され、エイナルは丁重に葬られるように、プラッドが取り計らうことになった。

そして、ソルケルは家の者みんなと、台所の女たちや豚小屋の世話をする男とさえ、心から握手をした。台所の女たちの何人かはまた泣いたが、今度は主人に対する気持からだ。

ラナルドはその日はほとんど、そこに残っていた。午前の出来事にショックを受け、ソルケルに対する友情とソルケルが犯した殺人に対する嫌悪感の間で心がかき乱された。「白兵戦におけるような、見事な殺しではなかった」とラナルドはハルヴァルドにいった。「ソルケルは無情にも彼を殴り倒した。わたしはそういうのは好まない。それに、エイナル伯はソルケルの家の賓客だった。人が伯や王に多く関わり合いを持つと、性質が粗野になり、心に影が差しこむように思える。われわれが若かったら、ソルケルはそのようには動かなかったろう」

しかし、アイスランド人のハルヴァルドは笑った。「今日の死はやむを得ないものだった」と彼はいった。「どちらかが死ななければならなかった。ソルケルがエイナルを殺したのは正当防衛だ。さらに、オークニーとこの世全体にとって、エイナルのような狂犬がいなくなってよかった」

非常に多くの食料・装備などが、ソルケルの船スクア号に積み込まれているのをラナルドは見た。午後早く、ふたりの男が六マイル離れたバーシーの館からスケイルに馬でやってきた。

「うわさは早く広まる」とハルヴァルドはいった。「ブルース伯はこれについて何と言うだろうか」

馬に乗っているひとりは、バーシーの浜の沖合にある小さな険しい島、ブロッホにある修道院の修道士であった。エイナル様は伯にふさわしいところに埋葬されるべきです――それがブルース伯さまのご要望です――とその修道士はいった。ブルース様は死んだ弟君をラウシー島のエイナルの領地に連れて行かれ、そこに埋葬するように取り計らわれるでしょう。

ソルケルはそれにすぐに同意した。彼の従僕たちがその死体をバーシーに運ぶことになる。その後は、ブルースは自分の好きなように事を運ぶことができる。

もうひとりはブルースの財務担当官フリスであった。フリスは農夫に対して――ソルケルのような重要人物の農夫に対してさえも、伯や王に対してとは違ったことばを使うような人物だった。

「船を用意していると思う」と彼はソルケルにいった。「そうするのが賢明なことだ。たまたま弟君である伯を殺害することは、軽いことではない。夜が来ないうちに船を出せるようにしたほうがよい。今朝ここで起こってしまったからには、ブルース伯さまはお前がオークニーにぐずぐずしていることを望まないことは確かだ。ケイスネスに着いたら、エイナル様の領土はブルース伯さまが受け継ぐことを、ソルフィン伯さまに伝えるとよい。またソルフィン様の三分の一の領土も、ブルース伯さまは買い受けるだろうとも伝えよ。『なぜなら、オークニーにはただひとりの伯、ノルウェーから独立した強い伯がひとりのほうがよいからだ』と言っておられる……」

ソルケルは自分のようなしがない農夫、また伯殺し、島のはみ出し者に、わざわざ話をしてくれたことに礼を言った。「ですが、わたしの考えでは」とソルケルはいった。「耕作で泥がこびりついた両手を持つ農夫も、不正な税金の金貨銀貨に手を染め、有力者の間でごますり、おべっかを使う輩と同等です。こんなごますりは、正直な農夫と話すときはていねいな言葉を念頭に置くべきです」

「そうかもしれない」とフリスはいった。「だが、殺しに手を染めた男に話す決まった話し方がある。日が沈む前にあの船に乗れ、ソルケル・アムンドソン、さもないと事態が悪くなろう」

それから財務担当官は馬首を返して、北のバーシーに走り去った。

修道士は中で、エイナルの遺体に祈りを捧げた。彼がつけたろうそくは、最初の影が差すとより明るく輝いた。太陽は閉ざされた鍛冶炉のように地平線にくすぶっていた。

やがて、作男たちが担いかごをもってきて、エイナルの遺体をのせ、棺をかつぐ者たちはバーシーのブルースの館を目指して出発した。その前を、修道士はときどきラテン語の祈りをつぶやきながら進んだ。

食料・装備などは、もうすべてスクア号にのせられた。

ソルケルは浜に立って、友人たちに別れを告げた。

ハルヴァルドはソルケルに大変ご馳走になったことに礼を述べた。「今までこんなにご馳走になったことはないと思う」と彼はいった。「でもわたしはオークニーにとどまらないほうがよいと思う。ブルース様はあまり喜ばないだろう。アイスランドへの便を得たなら、国へ帰るつもりだ……」

それからハルヴァルドはソルケルをハグして、農場へ歩き去った。

ソルケルはラナルドのほうを向いた。「今日の出来事をどう思う、君は」と彼はいった。「君は一日中あまり口をきかなかった」

ラナルドは今日起こったことすべてにうんざりした、といった——酩酊、侮蔑と脅し、陰謀とそれに対する対抗策、特に武装してない人間を殺したこと、殺された人は殺した人の客であり、どんな場合でも礼を尽くすべき伯であった。たとえ伯が殺されるにしても、エイナル伯に起こったように水槽のドブネズミのようにこん棒でなぐり殺すのではなく、短刀を見事に刺して死に至らすのが、礼にかなっているといえようと。

「そのように君が考えるのは残念だ、ラナルド」とソルケルはいった。「わたしたちはずっと友だち同士だと思った」

「ソルフィン伯さまによろしくお伝えください」とラナルドはいった。「わたしはフリスさんに賛成です。あの若い方が島の三分の一の自分の持ち分をブルース伯さまに売られて、ケイスネスとサザランドで満足するなら、オークニーにとってよいことでしょう。確かにペントランド海峡の向こう側には、彼を忙しくする土地があります。彼はスコットランド人の王やノルウェー人の王にもなることはできません。ソルフィン伯さまに対する一農夫の助言です。朝、伯にお会いになったら、お伝えください」

ソルケルは養子ソルフィン伯に会う前に、オーラフ王に会いに行きたいといった。ソルフィン様がこのエイナル殺しをどう受け取るかわからない、と彼はいった。その伯がいかに愚かで邪まであろうとも、伯殺しは普通の人殺しとは違っていた。伯殺しはそれが習いとなるなら、常に顔をしかめるものとなる……ソルフィン伯はおそらくそのように事態を見るだろう。日の出とともにノルウェーに行くつもりだった。

それからソルケルは前に出て、オーラフ王は彼がもたらした知らせを、不快に思わないだろうと思った。それからソルケルは前に出て、旧友ラナルドをハグしようとしたが、ラナルドは体をひるがえして、浜から愛馬サンダークラウドをおいてきた馬屋へ歩いていった。

ラナルドはもう一度海岸のほうを向いていった。「穏やかな航海を、ソルケル」

それから彼は星空のもと、馬で家に帰った。妻のラグナ、母のソーラ、ブレックネスの家のもの全員が、スケイルでの饗宴の知らせを聞こうと待っていた。

「腹の底がむかつく」とラナルドはいった。「わしに聞かないでくれ。今日接した連中は野獣だ、パンを分かち合う連中ではない」

彼はコートに身を包んだまま、炉辺に横になり、すぐに寝入った。

ブレックネスの善良な人びとは、とても戸惑いを覚えた。

一時間後、ラナルドが眠りから覚めると、暗雲は彼から取り除かれたように思えた。

「ブレックネスには遠路をやってきたものに与える食事はないのか。昼から一口も食べていない」と彼はいった。

ラグナは急いでスープの入った器と新たに焼いたパンを持ってきた。

食べながら、ラナルドはその日スケイルで起きた出来事をみんなに話した。取りつかれたように、みんなは耳を傾けた。

上のふたりの子ども、スマルリッドとソルヴェイグでさえもベッドからはい出して、領主自身が自分の暗い陰謀の網に捕らえられて、殺された様に聞き耳を立てた。

九

その翌日、ラナルド・シグムンドソンはオークニーの政治にはもうかかわらないことを心に決めた。ティングヴォーでの年一回の、主だった人びとの集会にも出席しようとさえしなかった。「わたしは自分の知恵と注意のすべてを、ブレックネスの農場経営に傾けたい」とラナルドはいった。「わたしのような人間にはそういうことが一番なのだ。商船と関係を持つが、船には乗らない――あの魅力ある魔女、海とはもう関わりを持たない」

農場は栄えた。晩夏の悪天候や春にまいた種の悪さのために、一、二度凶作や不作があった。しかし、北部では一〇年以上、シェトランドからロス（スコットランド北部の旧州ロス・クロマーティ）に至るまで、不作はよく見られた。ラナルドのような先見の明のある農夫は、長い冬や春の間、周囲の家庭が食べるものに困らないようにいつも取り計らった。

凶作の数年間で、島は物乞いであふれかえるだろう。その一部は小規模の小作農民で、麦にとりついた黒い虫や東からの突然の嵐で被害を受けたのだった。それで、近所のある農夫が不運な小作農民の数エーカーをごく安く引き受けたのだが、小屋に彼らを居させることさえできないことがあった。また、別の家族は物乞いしながら、放浪した。しかし、たいてい大きな農場は、耕す農地のない小作農民を彼ら自身のしがない屋根のもとに生活させ、彼らやその女房たちを農場の使用人――大きい農場の耕作者、台所のチーズやバターの製造人として受け入れた。

大凶作に次いで、ある年の早春、ブレックネスの上の尾根の三人の小作農民が、ラナルドの戸口をたたいた。

三人は正直で勤勉な百姓だった。プライドが傷つくのを抑えて、ラナルドに言わなければならなかった。「麦の最後の袋も底をついてしまいました。ご存じのように、一二月に雌牛を殺さなければなりませんでした。ラナルド様、さすらいの旅に出て、あちこちの石切り場に仮小屋を建てることは、手前や手前の家族にとっては厳しいことです。物乞いのすべもありません。そういうわけで、ラナルド様、小作地を売らざるを得ません。このあたりでこれを買える農場主はあなた様だけですので、あなた様の言い値でお渡しします。ご承知のように、手前どもは善良な百姓であり、馬を扱うものであり、羊飼です。それで、さらに手前どもを働き手としてブレックネスで雇っていただければありがたいのですが」

このような状況になったのはお気の毒だ、とラナルドはいった。この凶作のため、自分の収入もほとんどやられた。それについて考えてみます、と彼はドンとリフィアとクレヤの小作農民の三人にいった。明日ブレックネスに来てください、その時決定をお伝えします。

ラナルドの母ソーラと妻のラグナは、家のそれぞれのはずれで（今ではふたりはめったに顔を合わせることはなかった）この痛ましい会話を聞いていた。三人が帰ろうとするとき、ラグナはひきわりオート麦を入れた小さな袋をもって納屋から出てきて、白くてもろいチーズの塊をそれぞれの袋に入れ、三人に渡した。

ドンの小作農民はいった。「手前どもはまだ物乞いではありません、ラグナ様」

これは贈り物です、そうすれば、こんな寒い朝に子どもたちはポリッジを食べることができるし、寝る前にチーズを一かじりできますよ、とラグナはいった。

ラグナにはこういう優しさや率直さがあるので、恥ずかしさを感ずることなく人びとは受け取ることができた。

三人の小作農民はそれぞれ袋をかついで、ラグナに礼を言い、雪道を家路についた。

それから、ラグナは中に入り、火加減の具合やもっとパンを焼く手はずを整えた。

ラナルドは表の戸口に立って、小作農民たちをどうしたらよいか考えた。彼らは最盛期でも豊かでないし、この春はきわめて貧しく、夏までに物乞いのさすらいに出るかもしれなかった。ブルース伯の税取立人たちも復活祭前には彼らを訪れるだろう。

彼は母親のソーラが自分の真ん前に立っているのに気がついた。「ラナルド」と母親はいった。「これは農場を広げるとても良い機会ですよ。お前だったら、あの人たちよりもはるかにうまく小作農地を耕すことができるでしょう。土地を安く買うことができるでしょう。お前にはチョウやアザミの冠毛のように揺れ動く良心がありますが、この買入れに思い煩う必要はありません。物乞いもいないし、溝で泣き叫ぶ、やせて青筋だった子どもたちもいないでしょう。ブレックネスの働き手の中には年取った人たちもいます。耕作や春の作業すべてに、若くて力のある人が必要です。そうです、あの小作農民たちを雇い人として受け入れることができます。そのほうが彼らにとっても豊かになれます。そうすれば、みんなが幸せです」

ラナルドは、それについて考えます、といった。

ソーラは自分の言ったことが家の中にもはっきり聞き取れるように、声を張り上げた。「納屋ははちきれるほど満杯ではありません。来月末までに私たちの分を制限しなければならないかもしれません。ひきわりオート麦やチーズをただで上げるなんて、愚かなこと！　次には、一旦裕福で気前のよい農場ブレックネスのことを知るようになれば、オークニー中の貧しい人びとが大挙してやってくるでしょう」

ラナルドは心の中でどう解決しようか考えているといったが、このようにことばの嵐が過ぎていく中では、はっきりと考えることができなかった。

家の中では、ラグナと農場の娘たちが火を吹いたり、パン生地をこねたりしながら、歌をうたっていた。

ラグナは五人目の子を宿しており、ラナルドには妻はこの上なく幸せであるように思えた。

ソーラは自分の部屋に戻った。強風の中にいたかのように、ソーラの顔はほてっていた。

翌朝、ドンとクレヤとリフィアの三人の小作農民は、ブレックネスの戸口に立った。

ラナルドは三人にいった。「お前さん方は自分の小作農地をすり切れた上着のように脱ぎ捨てたくないことは分かっている。農場は大きいにせよ小さいにせよ、数年間はそのようなものだ。しかし、小作農地は多年にわたって農民を温かく確保してくれる厚い上着だ。来年はきっと豊作だろう。上着は新たになり、真夏には緑色になり、収穫時には黄金色に重く垂れるだろう。(すまない、友よ、ときどき私は飾ったことばをいう――詩人の技量を持たない詩人気質のなせることだ。)だが、率直にいおう。安値でおまえさん方の小作農地を買うつもりはないし、この一年黒い虫が麦に巣くうからといって、善良な人たちを物乞いにするつもりはない。次の収穫まで過ごせるだけのお金を貸すことがわたしの提案だ。きっと豊作になる」

「お金をお返しできるまで少し時間がかかります、ラナルド・シグムンドソンさん」とドンの小作農民ペールはいった。

「急がない、少しも急がない」とラナルドは答えた。「ゆっくりでいいよ……ペール、ドンでどのくらい小作をやってきた」

「手前で五代目です」とペールは答えた。

リフィアのクリヴは、曾祖父《ひいじい》さまが荒れた丘を切り開いて排水し、リフィアの小作農地を作りました、といった。

クレヤは女房アサの持参金でした、とクレヤのスヴェルトはいった。でもアサの一族はそこに百年いて、スヴェルトとアサの間には五人の息子がおり、現在を切り抜ければ、さらに百年いるように思えた。

「本当だよ」とラナルドはいった。「そうあって、当然だ。人間はそこで働いている塵からつくられており、最後には同じ塵に帰るのだ。そうあって、当然だ、常に。私の部屋に来なさい、そこだったら、女たちに見られることもなく、聞かれることもない」

三人の小作農民が来てから、母親の顔が家のはずれからときどきのぞいているのにラナルドは気づいていた。

ラナルドは机の錠をあけて重い袋のひもを解き、一二枚の銀貨を数えて、ペールとクリヴとスヴェルトの手に置いた。

「担保として手前どもの農地を出します」とペールはいった。

「その必要はない」とラナルドはいった。「ちょうどヨセフがエジプトで監督をしていた時のように、続けて七年豊作になるだろう。富裕と貧しさは七年サイクルで来ることが多い、ということに私は気がついている。正直な人と取引するのに、署名や印は不要だ」

小作農民たちはラナルドにお礼をいい、お金の入った小さな袋をもって、雪の中をとぼとぼと帰った。

ラグナは戸口に出てきて、奥さんたちによろしく、と叫んだ。ドンのペールは振り返り、昨日貰ったポリッジとチーズのお礼をいった。

しかし、ソーラは一週間部屋に閉じこもって、誰とも口をきこうとはしなかった。ラナルドには戸を閉じさえした。

一〇

数年が過ぎた。ある朝、ラグナがラナルドのあごひげをくしですいているとき、くしの歯にあずき色の毛にまじって銀色の毛が一本あるのに気がついた。ラナルドはその銀色の毛をつまみ上げて、うらめしそうに眺めた。

「時の波が人の肩に砕けるとき、走り戻ることはできないわ」とラグナはいった。「それに耐えなければなりませんわ。一〇年後、二〇年後のティングヴォーの話し合いで、あなたはどんな銀髪の老人になっているか考えてごらんなさい」

「まさにその通りだ」とラナルドはいった。「その波を避けることはできない。結局、そのために溺れてしまう。ともに若く、バーシーの砂丘で野ウサギの狩りをしたり、グリーネイの丘に馬を走らせていたころは、わたしらは楽しくて、ありがたみを感ずることなく、若さがどんなに貴重か全くわからなかった」

その間、農場では子どもたちは大きくなっていき、五人（その前の夏、マーガレットが生まれた）はふたりにとって絶えざる喜びであったが、時には——下の息子のエインホーフの場合のように——その喜びは心配でかげった。エインホーフは兄のスマルリッドと修道院へ出かけていった。そこでは、ウォーベスの修道士たちが教区中の農夫の息子たち十数人に、ラテン語や算術、グレゴリオ聖歌や聖書を教えた。しかし、午前の半ばまでには、エインホーフはひとりで浜をさまよったり、岩だまりから貝やカニを拾ったり、すぐにロブスターを取るために漁師が船に詰め物をしてタールを塗っている間、ひっくり返された船のそばにすわっていた。

「悲しいことです」と修道士のコーマックはいった。「あの子は兄のスマルリッドのようには、教室になじめなかった。そのことには大きな害はありません。みんながみんな優等生にはなりえません。でも、あの子には別の何かがあります。あの子が教室にいると――なぜだか分かりませんが――授業のリズムが乱れるように思われます。エインホーフがいるといつも、他の生徒は本に集中しなくなり、絶えず小声で話したり、くすくす笑ったり、行儀が悪くなるのです。本当のところ、ラナルドさん、まだ小さいけれど、エインホーフに農場での仕事を見つけていただければ、関係者にとってありがたいのですが。つまるところ、人が神をたたえるのに、土地を耕すことよりよい方法を見つけることができるでしょうか」

エインホーフには物まねの才があった。その地域の人の言葉づかいやしぐさ、変わった癖をそっくりまねることができた。それで、作男たちや歌の学校の仲間たち、夕食の食卓での家族たちは、時には笑い転げてしまうのだった。厳粛な父親でさえ吹き出してしまうのだった。

しかし、エインホーフは農場の仕事においても、授業と同様怠け者だった。はい、ブラック・クラッグのはずれにいるあの四〇頭の羊を集めて、羊毛刈りの囲いに入れます、と父親に確かにいった――だが、犬のブランを連れてすぐに出かけてしまうのだった……夕方になっても、少年と犬の姿が見えなかった。一マイル離れた尾根の側面にある織り手の小屋の灯下にエインホーフはいた。

そこで織り手や織り手の妻の語る、かつてのよき時代、シグルド伯の時代の話に聞き入っていた。シグルド伯のふたりの息子ブルースとソルフィンが常に言い争い、税金を上げ、それぞれ続いてノルウェーに行き、王の機嫌を取るというような今の時代とは違っていた。「きわめてよい時代だった」と織り手はいった。「オークニーの今はティンカーのキャンプのようで、ののしり合いや騒ぎしかない、ノルウェー王のスパイや税取立人だらけの場所だ……」

エインホーフは同じ不満をブレックネスの作男たちから何回も聞いたけれど、これを聞いたとき、彼はそれが彼の直接の関心事でないかのように笑った。彼の父親は伯領やノルウェー王に関して、こんなうわさが食卓や炉辺でささやかれることさえ許そうとはしなかった。「わたしどもは農業に携わるものだ」と父親はいつも言っていた。「農場は平和の場所だ、食肉処理場ではない……」ラナルド・シグムンドソンはそれを何度も繰り返し言いながら、家のはずれの屠殺場《とさつば》で豚や羊や牛が頻繁に殺され、溝に血が流れ、ブレックネスのいたるところに血の匂いが漂っていたことを忘れるように思えた……しかし、家族やその家のすべての人は、その農夫の言う意味をよく分かっていた。政治や経世は、彼の聞こえる範囲で論じてはならないものだった。

田舎では、こういうことはとことん、しばしば分からないままに論じられた。しかし、税はだれにでも深く関係する、特に伯の税に加えて、ノルウェー王の税取立人が戸口にやってくるときは。これは物事の流れであるように思えた。オークニーはますます東の王の支配のもとに置かれるようになってきた。「ノルウェー王がおれたちの本当の主人だ」と人びとはつぶやいた。「ソルフィン伯とブルース伯は王の慰みものにすぎない」

それで、織り手とその女房は自分たちの不満をエインホーフにぶちまけ、エインホーフはよく作られた物語であるかのように、笑って耳を傾けていた。その時、農場管理人のグリムが、エインホーフはその朝本人が約束したように、なぜ四〇頭の羊を羊毛刈り場にいれなかったのか、聞きにやってきた。

エインホーフは顔をしかめた。「羊、何の羊」と彼はいった。「ああ、丘の向こう側の、イエスナビーの近くの羊ね。犬のブランとぼくは羊を探したんだよ、でもぼくは、いやぼくらはどこにも羊を見つけることができなかった。崖のあちこちを、荒野の丘を探したんだ。ぼくは疲れた。それでここの織り手の家によって、牛乳一杯とチーズを一片いただいたのさ。そして、父さんが話してくれなかったことや、修道士の人も話してくれなかったことを聞かせてもらったんだよ——伯領やノルウェー王国の様子をね。若い者がこういったことを理解するのは、まさしく適切なことですね、いずれはそういったことに参加しなければならないのですから」

グリムは、エインホーフの父親は怒っている、と答えた。行方不明になった羊については、グリム自身がムースランドの斜面で静かに草を食んでいる羊の群れを見つけていた。羊は羊毛刈りの囲いの中に静かに収まっていた。

「影のように静かにベッドにお戻りなるのが、あなた様へのわたしの助言です」とグリムはエインホーフにいった。「今夜、お父さまは気分がすぐれません」

エインホーフは織り手とその女房にお休みなさいといい、ひそかに農場へ戻り、すぐにベッドに入り眠った。

エインホーフは一日のうちにさまざまな個性を装うことのできる、「仮面の天分」に恵まれていた。翌朝は、早くから朝食のテーブルについて、晴れやかで熱意あふれた表情をしていた。母親は彼の前にポリッジと牛乳の入った木の器を置いた。そう、今日修道院の学校に行くのがとても楽しみです、と彼は母親にいった。修道士のコルム先生はみんなに、グレゴリオ聖歌や、ことばと音楽が結びついてお互いをどのように富ませるかを教えてくださると約束してくれました、それで天使のような音が生み出されるのです……エインホーフはまた、年齢以上のことばの才や、まねと同様歌に向いた声に恵まれていた。

母親は微笑んだ。多くの面で、この子は彼の気まぐれにもかかわらず、子どもたちの中で母親の一番のお気に入りだった。エインホーフはさらに、自分はそういった芸術的効果にとても魅かれている——本当にそうなので、詩やハープの歌に邁進《まいしん》したい、といった。

ちょうどその時、ラナルドが眉をくもらして現れたが、ラグナとエインホーフがとても熱心に語り合い、しかもグレゴリオ聖歌のような、まじめで高尚な話をしている様子を見て、前日の羊の番をするのを忘れたことについて触れないことに決めた。

「お早うございます、お父さま」とエインホーフはいい、父親がすわるまで、礼儀正しく立っていた。「もう出かけなければなりません」と彼はいった。「学校では面白い一日が待っています。できるだけ早く着かなければ」

そして、彼は鳥のようにドアを通り抜けていった。

「ところで」とラナルドは妻にいった。「役立たずの子がたまたま、突然自分の行状を変えるということを知っている。わたし自身、ほとんど一晩で、少々海にびびる臆病者から、きわめて有能な船乗りに変わったではないか。エインホーフにも同じことが起こることを願うよ。厳しい小言をあの子に言わなかったことをよかったと思う。新たな帆の開きを始めたばかりで、もし小言を言っておれば、荒れた海域にあの子を追いやったかもしれない」

スマルリッドがやってきて、両親に軽くお辞儀をして食卓についた。ラグナはポリッジの入った彼の器に、牛乳を注いでやった。朝食のテーブルではそれ以上の会話はなかった。しかし、ラナルドは相続人である息子を、大いに納得した表情で見た。自分の亡き後、農場をうまく運営していく若者だ。

それからソルヴェイグとインゲルスのふたりの上の娘たちが眠そうな目をして入ってきた。ふたりのおしゃべりで朝食の食卓の沈黙は破られた。それには母親でさえ口に指を立てざるを得なかった――父親は気分がふさぎ込んでいる様子だったからだ。

スマルリッドは一マイル離れた修道院の学校へ出かけた。

その時、幼児のマーガレットが揺りかごで泣き始めた。

ラナルドはその朝、丘へいかなければならないといった。井戸のひとつが泥でふさがっていて、それを取り除く監督をしなければならなかった。

ラナルドとふたりの作男が、鋤とバケツを使って忙しく作業しているとき、ラナルドはふと手を止め、浜を見下ろした。息子のエインホーフがいて、その朝コルム修道士から記譜法やラテン語の賛美歌を学んでいるはずだったが、彼は岩だまりの間を漫然とさまよい、時折石をけり、羽をたたんだカモメの群れの中を走り、カモメをけたたましく鳴きながら空へ飛び立たせていた。
それから、エインホーフは鳥のように羽を広げて、カモメのように鳴きながら、飛び立とうとする鳥のように一、二度跳びあがった。少年はあの海鳥の一羽となって、その中に参加しているかのようだった……

その午後、ひとりの漁師が農場を訪れ、主人とお話をしたいといった。「誰か手前のロブスターを盗んでおります」と彼はいった。

「その泥棒が誰か分かるか」とラナルドはいった。

「もうひと月続いております、その盗みは」とその漁師はいった。「残念ながら、その泥棒は息子さんのエインホーフさんです。今朝、手前の網から二匹ロブスターを取るのを見ました。どなったら、逃げてしまいました」

ラナルドの心は凍りついた。

エインホーフは最近農場にある、もはや使われていない豚小屋を受け継いで、そこに何時間もいて、ひそかに幻想を演じたり、ゲームをしたりしていることが度々あることを彼は知っていた。小屋の開いたドアから泥炭の煙が流れ出てくるのを、ラナルドは嫌というほど見てきた。今、ラナルドは漁師を小屋に案内した。さび付いた鉄の容器が焼石の上につるされていた。汚れた床のあちこちに、ロブスターの赤い殻が散らばっていた。

その日、エインホーフは家に帰ってこなかった。弟が歌の授業に出席せず、そのため修道士コーマック先生がご機嫌斜めなのは確かです、とスマルリッドはいった。

家族が夕食の食卓を立った時には、エインホーフの魚とスープは冷たくなっていた。ラナルドの怒りは爆発寸前だった。寝るころ無断欠席した子が帰ってきたら、ひと騒動あることは明らかだった。

ラグナは丸く収めようとした。「男の子というものは、ある時期そのようになるものです、そして鼻の下に金色のひげを初めて蓄えるころには、その地域の人びとにとってなくてはならない、善良で誠実で率直な人物になっています。エインホーフもそうです。ラナルド、あなたでさえエインホーフの年には、アイスランドで父親の船から逃げ出したではありませんか、それだからといって悪くなっていますか」

ラナルドは何も言わなかった。

不安な気持ちが家全体に行き渡っていて、幼児のマーガレットでさえいつもは楽しそうにしているのに、その日一日、揺りかごからときどき泣き叫んでいた。

その夜、エインホーフは帰ってこなかった。母親は一、二度起きてろうそくをつけ、空のベッドをのぞき込んだ。「日の出には、戸口に体を冷たくして、後悔している子がいるでしょう」と彼女は内心思った。

しかし、エインホーフは翌朝も、その翌朝も、その週にも帰ってこなかった。

捜索隊があちこち回って、エインホーフを探した。どの牛小屋も馬小屋も、廃屋ものぞいて、くまなく探した。小作農民やその家族たちもみな聞かれた——誰もその少年を見たものはなかった。

織り手の妻は税取立人や墓掘り人や酔って帰ってきたときの亭主に対するように、嘆き悲しむような調子でいった。「二度とエインホーフに会えないかしら。石切り場を見てください。崖の下の浜沿いを見てください。西に流れる人影がないか見てくれるように、漁師たちに頼んでください」

実際、一週間の空しい捜索のあとも、必死に探した。しかし、エインホーフの死体すら見つからなかった。

それで、ラグナはエプロンに顔をうずめて泣いたが、一度だけだった。

すぐに涙をふいて、言った。「生死にかかわらず、神様が見守ってくださいます。」そして、農場の仕事は前と変わらず続いた。

月末に、ラグナは夫のあごひげから、白い毛をたくさんすきとった。

彼は肩や大腿骨《だいたいこつ》の痛みを訴え始めた――「若い時代の海でのきわめて多くの寒い夜からきているのだ」と彼はいった。馬のサンダークラウドに乗りづらくなってきた。でこぼこ道を進むとき、唇をかみしめなければならなかったからだ。

今では、彼は子どもたちにとても穏やかに優しく接するようになっているのが、認められた。よくスマルリッドの肩に手を置いて、脇に寄せ、来年の、再来年の、いや一〇年間の農場の計画を、若者と話し合った。「スマルリッド、お前はわしのあとを継いで、ブレックネスの農場主になるのだ。お前に馬や羊や豚の飼育についての必要事項をすべて知っていてもらいたいし、また、土地を焦って肥やそうとしたり、沼やイグサだらけの土地にしないよう、農夫は自分の耕す土地をとても大事にしなければならないということも。土地と農夫はお互い、心からの絆《きずな》で結ばれている。この絆は一、二年で作られるものではない――いかなる商人も船長も、さあ、農場を買って耕そう、と突然言うことはできない。土地は慣れ親しまない人のために機能しようとしないのだから——しかし、土地と家族（生きてるにせよ死んでいるにせよ）の塵がそれぞれよく混じりあうには、数世代かかるだろう。ところで今年の家畜については、新しい馬が一頭必要だ、サンダークラウドが以前のようではなくなり、三月には耕作用の若い雄牛四頭が必要であろう……」

そして、スマルリッドは父親の土地についての蘊蓄《うんちく》にまじめに耳を傾け、時折うなずくが、たまには自分の提案もした。それにはラナルドは喜んだ。スマルリッドが農場を愛し、自分が墓に入っても、よく世話をすることを確実に知っていたからだ。

彼の三人の娘については、ラナルドは娘たちを甘やかし、すべて言いなりだ、と教区中でいわれていた。しかし、ときどき娘たちが言うことをきかずわがままになると、急に厳しく、こわくなることがあった。次女のインゲルスはそんな時、恐ろしさと悲しみでおびえるのだった。三人とも陽気な性質で、長女のソルヴェイグはその地域でとても好かれていた。思っていることをそのまま言うが、彼女の無邪気さがその角を取り、その正直さに気分を害したかもしれない近所の人たちでさえ、笑って彼女をほめた。ソルヴェイグは誰にも劣らず、すぐに農場の仕事をこなすことができた。大きくなっても、彼女のことばの角は取れることなく、彼女のことばに人びとはよく傷ついた。末娘のマーガレットは日増しに美しくなるように思えたが、まだ小さく、それを鼻にかけることはなかった。

ソーラとラグナはほとんど顔を合わすことはなかった。それぞれ自分のことでかかりきりだった。ラナルドは毎日少なくとも一回は母に会いに行った。母は彼に自分の不満をぶちまけた、それがかえって彼女の口をつのらせたように思えた。「あのエインホーフという子は」と彼女はいった。「わたしがあの子を育てていたら、ここにまだいるでしょうに。あの子には偉い人になる素質があった、エインホーフには。きっと優れたスカルドになっていたわ。でも、お前の女房には、あの子の優れた資質がわからなかったのよ。エインホーフが逃げ出したのは当たり前のこと。いつか、おそらく一〇年後ぐらいに、いやもっと早いかもしれない、スウェーデン王かノルマンディー公の廷臣の中に、エインホーフという貴重な存在、優れた才人がいる、といううわさを聞くでしょう。もちろんそれを見るまでわたしは生きちゃいないけど、はっきりそう言うわ。お前の奥さんの女の子の育て方は、恥ずかしいものだよ、本当に。農家の娘というんじゃなくて、若い淑女のように育てている……」（これはうそだった――ソルヴェイグはどの農場の娘におとらずよく働いた。）

ラナルドはほとんど言葉をさしはさむことはできなかった。さしはさんだとしても、ソーラがエインホーフとラグナの名のいずれもまた言わなければうれしいだろう、と彼はいうだけだった。エインホーフは「話題にのせなかった」。妻については、彼にとってこれ以上望むべくもない存在だった。それからふたりはいっしょに座って、ソーラのパンやエールを味わい、しばらく他の問題を話した（とはいっても、ほとんどソーラがしゃべった）。「こういう具合に、運命は人間を扱う」一度ラナルドはいった。「そして、今までのところ、運命はわたしに対して不親切ではない、でも、運命が人に対してどんなことを用意しているか分からない」

エインホーフについてふたつのことは、ラナルドは母には話さなかった。エインホーフ失踪のひと月後に、最近オークニーに仮面をつけた一団が現れ、大きな家に行って歌やマイムやバラッドといった娯楽を広めているうわさが、彼のところにもたらされた。その役者たちがどこから来たのか誰も知らなかった。彼らはスコットランドやアイルランドや北欧の好きなところに、鳥のように自由に出かけていき、ほとんどの場合歓迎された（どの劇団にもひとりやふたりごろつきがいて、目を光らしていなければいけないけれど）。そういった人々はバーシーの伯の宮廷でさえも演じ、ブルースは彼らの仮面にいたく興味を持たれ、気前よくもてなした。彼らはとんでもないほら吹きだが、自由気ままで陽気なので、彼らのほらに腹を立てる者はいなかった。例えば、ちょうどインヴァネスのマルコム王の宮廷から来たところだとか、その前はアイルランドの一二人の君主が喜んでパトロンになってくれたとか、今ノルウェー王から緊急のご招待を受けた、と彼らはいった。ベルゲンの王は館での彼らの歌や踊り、曲芸やジョークが待ちきれないほどだった……すべてこういったことは無意味なことであった。なぜなら彼らはみなぼろを着た、腹空かしの、社会の底辺の人たちであったからだ。ただ一度だけ、商人か、地主の館に入り、一週間、いや一〇日も演じたことがあった。その時、一団の存在そのものが家の人びとにびっくりするような効果を与えたように思え、主人がやってきて、移動してくれるようにはっきりといった。

この一団はブレックネスに、自分たちはオークニーにいることを伝えてきた。そして「自分たちのあまねく迎えられている才能を、よく知られた、気前のよい諸芸術のパトロン、ラナルド・シグムンドソン様の館で演じることができますことを、この上ない名誉と心得ます……」と。もし自分のところを通るなら、犬をけしかけるだろう、とラナルドは返した。エインホーフはその一団がオークニーに来たことを知っていて、その知らせにとても興奮していた。しかし、父親の厳しい言葉で浮かない顔をし、呪わしい気持ちで部屋に戻った。まさにその翌日、農場管理人はそのさすらいどもが厚かましくもブレックネスにやって来ていることをたまたま言った——実際は来る途中であった——しかし、ラナルドは農場管理人のグリムを、彼らを追い返すために行かせた。ブレックネスの納屋では、口上や仮面やダンスや跳躍のような詰まらぬことは必要ないと。

エインホーフが消えたのはその二日後のことであった。

役者の一団がハムナヴォーでアイルランド行きの貿易船アーン号に乗ったことが、ラナルドに伝えられた。オークニーに初め来たときは、団員は六名だった。その知らせを持ってきたものは、アイルランドに出発したのは七名だといった。その一人は顔をスカーフで隠していたとも。

ラナルドはうなずき、聴いた。

その週の後半、ノルウェー王に支払う新しい税が課せられたので、ラナルドは金を取り出すために金庫にいった。錠がこじ開けられ、銀貨が二枚消えていた。その晩の夕食後、ふたりきりの時ラナルドは妻にいった。「息子のエインホーフは生きている」

しかし、そういった時、彼は少しも喜んでいるようには見えなかった。

二

何年か過ぎ、ブレックネスの農場は栄えた。周囲の小作農地もささやかながら栄えた。農村の人びとはラナルド・シグムンドソンから、豊作の年に、時折起こる不作に備えることを学んだので、オークニーのその地域は困ることは少しもなかった。

ラナルドは政治やティングヴォーの集会から距離を置いた。しかし、伯たちのいさかいや駆け引きのニュースが、ときどき彼のところにもたらされた。

ラナルドはこの危険な競い合いをオークニーの静かな片隅から眺めて、ノルウェー王が、スコットランド王家の暮りゆく力や北方王国の影響下でオークニーがどのように身を保たなければならないのかを案じながら、きわめて巧みにおのれの役割を演じてきているように彼には思えた。

第一に、エイナル伯の死後、諸島はふたりの間で等分に分けるべきだ、とソルフィン伯は兄のブルース伯に知らせた。いいや、前の協定にしたがえば、エイナルの分は自分のものである、とブルース伯は答えた。それ故、現在伯領の三分の二以上をブルース伯が治めていた。確かに弟は膨大な領土を持っていた、北スコットランドの広大な領域に加えて、オークニーの三分の一を手にしていた。スコットランド王との血縁関係で、ソルフィンの所有は確かなものだった。スコットランドばかりでなく、ノルウェーというふたりの主人に仕えるのは難しく、軋轢《あつれき》を生むことだ、とブルースはそれとなくいった。

ソルフィンが自分に反乱を起こしたら、有能で傲慢で十分に武装した弟に対抗できないことを、ブルースはよく承知していた。

「なぜ自分の土地を平和に統治できないのか」ある夜バーシーでブルースはいった。「オフィスで一日の仕事の後や下船した時、わしのしたいことは、エールのジョッキのそばでチェスをし、心安らかに眠ることだ。わしのような年頃になると、長い航海に出掛けたくない。しかしながら、明後日、王に会うため、東のノルウェーに行くつもりだ」

ブルースは食卓の自分のそばにすわっている船長のほうを向いた。「友よ、取り計らってくれ」と彼はいった。それから妻のヒルデのほうを向いていった。「わたしどもの若い息子ログンヴァルドは、わたしと一緒に航海する。この地域において、少年は早く海を知れば知るほど、それだけ彼のチャンスは広がる。さらに子どもの無垢は、ノルウェーの王座のある謁見室において、わしの貧弱なレトリックよりもわしには好都合である……」それで、ブルースと彼の顧問たち、息子のログンヴァルドは東のノルウェーに行った。

ブルースはオークニー、シェトランド、ケイスネスにおける西の状況を、オーラフ王に説明した。時折王は振り向き、ソルケル・アムンドソンは口を手でおおい、王の耳にささやいた。王はいった。「オークニーではトラブルがとどまることを知らないように思える。友のブルースよ、お前の土地や弟のソルフィンの土地の問題ではない。わしはオークニーとシェトランドの王でもある、お前はそれを忘れているように思える。諸島はわしの先王たちのものであったのだから、わしだけのものである。わしがお前の最高君主であり、わしも諸島の収入を受ける権利があることを認める条件で、伯領の三分の二をお前が統治することを認めよう。これは今朝、食事をしながら思いついた単なる気まぐれではない――北部の全歴史が、ノルウェーにオークニーとシェトランドの完全な統治権があることを示す証拠である。友のブルースよ、お前がこの件に同意するか、お前を大変獰猛でとても有能な若者、弟のソルフィンの野心にゆだねるか、のいずれかだ」

それについて考えなければなりません、とブルースはいった。

「こちらがお前の息子ログンヴァルドか」とオーラフ王はいった。「なあ、ブルース、お前がこの世で大したことをしてないとしても、すばらしい息子を生み出しておる」

外でトランペットが鳴り渡った。ひとりの使者が入ってきた。「陛下」とその男はオーラフ王にいった。「西からまた一隻、船が錨《いかり》を下ろしました。オークニー・ケイスネス伯のソルフィン・シグルドソン様が謁見を願っております」

それから数日間、ノルウェーの宮廷では人の往来があり、秘密や公開の協議があった。ソルケル・アムンドソンはその流れの中で重要な役割を果たした。オーラフ王はソルケルの助言に大変重きを置いていることは確かだった。ソルフィン伯は、彼の友であり養父のソルケルがエイナル伯を殺した後、秘密裏に動いたと考えた――ケイスネスで友のソルフィンの保護を求めずに、東のノルウェーに来たのだった。ソルケルが宮殿に話にやってくると、ソルフィンは彼を避けて、重臣でないものに元気よく大声で話しかけるのだった。ソルケルをこのようにソルフィン伯が無視することは、伯が彼の上着につばを吐きかけたかのような、ほとんど屈辱的な態度であった。

ついに王は、王座のそばにソルケルを立たせたまま、彼の決定を下した――オークニーの三分の一はブルースに、三分の一はソルフィンに、残りの三分の一は王自身が取り、自分が選んだものに治めさせる。

伯たちは羊皮紙の巻物に記された義務を守ることを誓った。

トランペットが鳴りひびいた。

重要な会議は終わった。

ソルフィン伯はひざをついた姿勢から立ち上がり、とても機嫌がよさそうに見えた。ソルケルにウィンクさえして、「終わった、もう元には戻せない。友だちでなくなったことは残念だ」

ブルース伯もひざをついた姿勢から立ち上がったが、がっかりしているように思えた。彼の手招きで、息子のログンヴァルドが彼のほうに走ってくると、ブルース伯は自分が抱いてるものが、この世で彼に残された唯一の宝物であるかのように、少年を強く抱きしめた。

翌日、ソルフィン伯は王に船出の許可を求めた――西にしなければならないことを多く抱えていた――伯は無防備のまま、自分の土地を長く離れすぎてはいけない。多くのノルウェーの友人と心からの握手をし、宮殿を離れて船に向かった。

その夜、ソルケルは自分でこいで港に停泊するソルフィン伯の船に行き、もう一度伯の友・助言者になることを願った。伯はその誇り高く、悔いている者の顔をひざから上げた。「これ以上のことは求めることはできまい、ソルケル」と彼はいった。

朝、ソルフィンの船はそよ風にのって西に向かった。

ブルース伯はもう一週間宮廷にとどまった。サイの目は今や、自分に不利に出たように彼には思えた。王や宮廷の人びとは彼を大変丁重に取り扱ったが、その後のブルースは取るに足らぬ人物であるかのようなよそよそしさがあった。ブルース伯が元気なのは、息子のログンヴァルドと庭を散歩するか、部屋で少年とチェス盤にコマを並べるときだけだった。息子は若い割にはチェスに驚くべき才能を示した。

ある朝、ブルース伯のところにひとりの召使が来た——オーラフ王の助言者のひとりではなく、王族の靴を磨くような、取るに足らぬ使いだった。「王様がすぐにお目にかかりたいとのことです」と彼はブルース伯にいった。「息子さんもごいっしょに」

オーラフ王はいった。「なあ、友よ、お前にわしのオークニーの三分の一の面倒を見てもらいたい。状況はお前がこちらに来る前と同じだ。それがわしの好意であり、友情だ」

ブルース伯は王に礼を述べた。今の状況は前よりはるかに弱いことを、彼はよく知っていた。今ではすっかりノルウェー王の言いなりだった。弟ソルフィンの動きは、北はアンスト（シェトランド諸島最北の島）から南はストローマ（オークニー諸島とスコットランド本土の間にある小さい島）に至るまですっかり自分のものになるまではとどまることはないだろう、ということを彼にはよく分かっていた。

「さらに喜んでもらいたいことがある、友よ」とオーラフ王はいった。「お前の息子のログンヴァルドがいたく気に入り、明日立つとき、彼を宮廷に残してもらいたい。宮廷でその息子を養育するほど、王の示す高い名誉はあるまい」

ブルース伯は身をかがめて息子をハグしようとしたが、ログンヴァルドは父の両腕を振りほどいて、王座の段をよろけるように上り、笑いながら王の錦織の上着に顔をうずめた。

「わしといればその子がいかに幸せか、存じおろう」とオーラフ王はいった。

トランペットが鳴り渡った。謁見は終わった。

ブルース伯は船に行き、船室に入った。その夜のほとんど、彼が激しく泣いているのを船乗りたちは耳にした。

朝、オッター号は錨を上げた。沖にだいぶ出てから、岬で小さな少年が帽子を振っている姿を船乗りたちは見た……

こういった大きな出来事は――小さな出来事とともに――商人や時折ブレックネスを訪れる大農場主の誰かによって、ラナルドや家族のものに伝えられた。知らせを伝えるものが口を開くとすぐに、ラナルドは黙ってくれといわんばかりに手を上げるのだった。しかし、結局はいつも目を伏せて、耳を傾けた。家族のものは熱心に聞き、運命の書のページをめくるような、「サガのような話」に飽きることはなかった。

今では話の大部分は、スコットランドの若いソルフィン伯に関するものだった。北部には今まで、このタカのような鋭い眼をした、黒髪の若い醜男のような者はいなかったように思えた。父親のシグルド伯の英雄的行為は、ソルフィンの襲撃や略奪行為に比べて、人形劇の主題になるようなことだった。ソルフィンはもう一度ケイスネスに本拠を置いた――オークニーにも部下を置き、三分の一の土地を監督し、地代を集めた。

ソルフィンの祖父、スコットランドのマルコム王は老衰で亡くなり、カルル・フンダソンという遠い親戚がスコットランドの王座を主張し、すぐに王国を正常な状態にするのにとりかかった。とりわけ、カルルはこの北部にいる、半北欧的な、不穏なソルフィン伯を抑えるべきだと考えた。マダッドという軍人に強力な軍隊をつけて、ソルフィンのとりでや城に向かわせた。カルル自身も強力な艦隊を引き連れて、スコットランドの東海岸を北上した。それで、ソルフィンは陸と海の間で粉砕されることになる。ソルフィンは自分が窮地に陥り、粉砕される手順を知って高笑いをした。

彼はソルケルを――今ではすっかりソルフィンに気に入られていた――マダッドを撃退するために送った。マダッドの軍隊は、緊急に派兵を頼んだアイルランドの兵士を欠き、敗れ、丘の間に散り散りとなった。

一方、ソルフィンの船隊はペントランド海峡を渡ってオークニーのディアネスに向かい、カルルの船団が自分を追うように仕向けた。ソルフィンはこの海域の潮の流れや波のうねりをよく知っていた。海上は霧が濃いので、船は幽霊船のように見えた。それからソルフィンは突然向きを変え、スコットランド艦隊に接近し、霧から浮かび上がるや、ひっかけ鉤《かぎ》を投げた。実際よりも二倍の兵力に思えたろう。襲撃する船の上では、恐ろしい殺戮《さつりく》が続いた。ソルフィンの部下たちは文字通り血の海を渡るのではないとしても、リズミカルに上下する斧や剣を手にして、血の飛び散る甲板を滑るように進んだり、転んだりした。その日の終わりには頭から足の先まで血を跳ね返し、市《いち》のぞっとするようなクラウンのようだった。その日、ソルフィン伯ほど陽気な笑いや血のりに酔いしれたものはいなかった。伯は多くの有名な指揮官のように、安全な場所から戦を指揮しなかった。戦闘の真っただ中に彼より先に船乗りが行こうものなら、腹を立てた。

スコットランド船団は向きを変え、逃げ出したが、一、二隻は嵐のあと花びらの落ちるバラのように、海霧の中で燃えた。

続く一、二年で、ソルフィン伯は小隊を率いてスコットランドの南東深く入り、防備を固めたとりでを包囲し、また村々を襲い、容赦なく殺し、火を放った。

そういった「勝利」はソルフィン伯を、西ヨーロッパじゅうに戦闘指揮官として有名にした。

ベルゲンのオーラフ王は、その知らせを深刻に聞いた。「わしは思う」と王はいった。「あの若者ソルフィンをもっと真剣に考えるべきだった。やがてあいつとトラブルが起ころう」

ソルフィンはその戦闘中に、宮廷詩人アルノルという若者を伴ったことは幸いだった。アルノルの詩人としての才能は、パトロンのソルフィンの名声が広がるにつれて高まるように思えた。それ故、征服と戦いの歌がからみ合っていた。アルノルは、家の炉辺にすわり、真夜中丸太が沈んで木造部がきしるると、泥棒やオオカミが家の周りをうろつきまわっているかのように心を震わせながら、攻囲や猛攻を面白そうに書くような詩人のひとりではなかった。そうでなく、桂冠《けいかん》詩人アルノルは戦いの端にいて、斧を振り上げた。ソルフィンが彼に戦のただなかに入ることを許さなかったのは、詩人が大理石に深くその戦闘を刻まないなら、それは実際どんな戦いも、見え透いたごまかし、影絵芝居にすぎないとソルフィンは考えるからだった。そうしてこそ、英雄の偉功を何世代にもわたって人びとの心に刻み込むことができるのだ。こういう詩はヴァルハラへの一種のパスポートであった。

それ故、桂冠詩人アルノルには領主のそばの長椅子に名誉の場所があった。

ソルフィン大勝利の知らせは、ブレックネスにもたらされた。血のしぶきがその話に初めて出て来るや、「もう結構！ もう聞きたくない」とラナルドはいった。そして、そんな長くではなかったが、部屋から出て行った。歴史の血塗られた話の終わりでは、戸口の側柱に寄りかかり、もっと庶民的な知らせに聞き入るラナルドの姿が見られた。

農場の女主人ラグナは、この詩人アルノルについてもっと知りたいと思った。このスカルドはどこから来たのか。ソルフィン伯はこの詩人をどの酒場から連れてきたのか。彼はアイルランド人なのか、それともノルウェー人か——オークニーではアルノルという詩人の名を聞いたことがなかったからだ。ラグナがたずねた誰もが、アルノルはアイスランド人に違いないといった。その当時、すぐれた詩人はみなアイスランド出身だったからだ。アイスランド人は思わず黄金の舌で語るのだった。彼の詩がそんなに優れているなら、迎えられた客がその一、二行を覚えているだろう、とラグナは続けていった。たまたま、客のひとりがアルノルの詩を一、二行覚えていて朗唱すると、その出来は悪く、棚のしろめのやかんが鈍いこだまを返した。「だが、わたしは保証するね」と船長のスカルフはいった。「サーソーの伯の館でアルノル自身が朗唱するのを聞いたとき、その部屋はヴァルハラそのものの延長であるかのように豊かであった」

アルノルの歌　*I*

「今」とオオカミはいった。「おれは彼の赤い心臓を食べている」

「そしてわたしは」とワシはいった。「黄色の髪の毛でわたしの巣をつくろう」

「彼の手は」とオオカミはいった。「おれの中にある、彼の気前よく黄金を与える手は」

「わたしは」とワシはいった。「その舌を貪り食った。恋人、船長、商人といろいろと話した舌を」

オオカミはいった。「山の雪を登った足は、今どこにあるのか」

「おお、彼の目は四月の朝の光を優しく眺めた」とワシはいった。「もう二度と眺めることはない」

それでオオカミは遠ぼえし、ワシは鋭く鳴いた、ギャロウェーの荒野の死体の上で。

アルノルの歌　II

ヘザーに置かれた
胸壁の石。
湖の水は打ち寄せる

落ちた白い石、楣石《まぐさいし》に。

今ケルトのとりでを少し歩く
四方に吹く灰色の風のみ。

冬の誇り高い舞踏の要《かなめ》の
ハープはいずこ。

炉は、丸い銀の皿はいずこ。
昔からの礼儀正しさはいずこ。

この場所の最後の客は
ソルフィンの兵士たちだった。

詩のルーン文字は
勝利を祝うことができるのか、
小さく砕けた石を元に戻せるのか。

ラグナはこの謎に包まれた詩人について、船長に根掘り葉掘り聞いた――どんな外見か。背が高いか、低いか。太っているか、痩せているか。黒髪か、金髪か。

「実をいうと」スカルフはいった。「詩に心を奪われていたので、アルノル自身にはあまり注意を払いませんでした。わしには目立たない人のように見えました。仮にハムナヴォーの馬の市で会ったとしても、もう一度見ようとはしないでしょう……」

ソルフィンが南のスコットランドの海と陸で、あのよく知られた勝利を収めていた時、兄のブルース伯はたまたまひどい目にあっていた。特にその秋、ヴァイキング船の乗組員たちがオークニーに群がり、ウェストリーからホイに至るまで、農場を襲ったり、羊や牛を盗んだり、女たちを犯した。そのノルウェーのヴァイキングたちは、大西洋の航路のアイルランドとアイスランドの間で、その夏、収奪品が少なかった。普通、ヴァイキング船は略奪品を積んで、シェトランドのかなり北を通り、収穫前に帰るのだった。しかし、この晩夏は、船倉には獲物が少なく自国を目指した。船長のひとりがオークニーで余った牛乳やハチミツをせしめるのはいい考えだと提案し、もっと南に航路を取り、ちょうど農民たちが収穫のために鎌を研ぎ、雄牛に引き具を取りつけているときに島を襲った。ヴァイキングたちは突然やってきて暴虐を尽くし去ったので、オークニーの人びとにとっては恐ろしい嵐が農場を急襲し、破滅と荒廃を残していったように思えた。そして次の数日間、農民たちはブルース伯が領民を守るために何をしたか知りたいと思った。何もしてくれなかった。ヴァイキングたちは伯の牛や豚を追い立てたが、バーシーの大きな館を襲うほど愚かではなかった――ブルースの護衛隊はあまりにも手ごわかったからだ。

ブルース伯は恥と悲しみに包まれた。すぐにオーラフ王に手紙を書き、ヴァイキングたちがオークニーでした所業を話し、厳重に罰することを求めた。「陛下、彼らはあなたの臣下であり、陛下は彼らに責任があります……」

同時に、ブルース伯はケイスネスの弟にも手紙を書いた。「ソルフィン、お前はお前の支配するオークニー領から手早く税を集めている。聞くところによると、今ではスコットランドで有名な戦士だ。ヴァイキングたちは来年もまた来るかもしれない。お前のよく知られた戦士の一部を、オークニーから得た収入とともにオークニーへ送ってもらえないか、そうすれば、わたしの農民たちや家族は安心してベッドに眠ることができる」

一週間以内に、ケイスネスから使者がバーシーに着いた。「この夏、ヴァイキングがオークニーでしたことを知って悲しい」とソルフィン伯は書いて寄こした。「兄さんは兵士を募って訓練するより、チェス盤にすわっていたほうがよいということを知っています。結局、それはスペシャリストの仕事だ。兄さんに賛成してもらいたい提案があるのですが。島のエイナルの部分——ノルウェーの暴君が自分のためにとってしまい、好きなように与えているあの地域を、わたしに引き継がせていただきたい。忘れないでください、兄さん、オーラフ王は兄さんの領主であり、またわたしの領主でもあることを。オークニーの海岸をわたしは守ります、恐れることはありません、海のさすらい者に二度と兄さんを悩ますことはさせません。心からお約束します。オークニーの三分の二をわたしが引き継ぐことがよいと考えます。この来たるべき冬はバーシーにおいて、炉辺ですぐそばにミツのつぼを置いてなさる兄さんのチェスは手ごわく、巧みなもので、勝利を収められることを祈ります。ベルゲンで人質となっている息子のログンヴァルドについて、よい知らせがあると信じています」

疲れ果て、ブルース伯はソルフィン伯の申し出に同意した。

この一、二年で、その善良な伯が人生に対する喜びをすっかり失ったように思えるのに、人びとは気がついた。この生気喪失は、息子ログンヴァルドをオーラフ王の養育にゆだねて、ノルウェーからの帰国後まもなく始まった。ティングヴォーでの、年一回の集会における彼の議事の取り扱いは、精彩を欠いていた。天気のよい日でさえも、彼はバーシーの砂丘でウサギ狩りをしようとはしなかったし、グリーネイ・ヒルやレイヴィー・ヒルにお気に入りのタカ、クラウドクリーヴァーを連れていこうとはしなかった。チェスのゲームも途中でやめて、相手に言い訳をして、自分の部屋にこもることさえあった（台所の人に自分の夕食は用意する必要はないといって）。

ブルース伯は領民から好かれていた。彼に影が差しているのを見て、人びとは悲しんだ。同時に、今後ソルフィン伯の保護を受けることを彼らは喜んだ。館の彫刻を施した大きなベッドで、影に包まれてブルース伯が亡くなっている知らせが伝えられると、西部の九教区は沈黙に包まれた。

召使の上着に継ぎをあてたり、炉の灰の掃除をするマッダばあさんは、礼拝堂に入り、ブルース伯のためにろうそくを点した。

その夜遅く、少年の一団が礼拝堂に入り、賛美歌を歌った。その夜は静けさと無垢と美に包まれていた。

ブレックネスにブルース伯の死の知らせが届いたのは、二日後だった。今日は仕事は終わりだ、とラナルドはいった。「いいかい」とラナルドはいった。「ブルース様はあらゆる点で、戦や攻囲で名声をはせたこのソルフィン様よりも勝《まさ》っておられた」

翌日、ブレックネスの人びとは、三隻の帆船が「馬の島」（オークニー諸島のメインランド）の西岸沿いに、ケイスネスからバーシーへ北上するのを見た。帆は黒色だった。その時、強大なソルフィンが死んだ優しい兄の葬儀に向かうことを人びとは知った。

ラナルドと息子のスマルリッドは、ブルース伯の葬儀のためバーシーに馬で向かった。

教会には、オークニーの金持の農民や商人や船長がすべて、輝くろうそくの影に立っていた。一方三人の修道士が死者のためにミサ曲を朗唱し、少年聖歌隊員――教区の農家の少年たち――は「深き淵より」と「神よ、われを安んじたまえ」を歌った。

商人と思しきふたりのノルウェー人が列席していたが、王に西国の政《まつりごと》を知らせるスパイと思われた。いつものようにオークニーを、ノルウェー人が絶えず通り過ぎていた。

ブルース伯の遺体の置かれた棺《ひつぎ》台の近くに、ラナルドはソルフィン伯とソルケル・アムンドソンのかすかに光る顔を見た。

遺体が教会から運び出されたとき、遺体はたくさんのろうそくの明かりと哀調に満ちた賛美歌に浮かんでいるように思えた。ソルフィン伯はふたりのノルウェー人に近づき、「お帰りになったら王様に、オークニー伯領を全土ソルフィンがお引き受けします、とお伝えください」といった。

ソルケルはラナルドに手をあげて挨拶し、旧友と話すために教会の会葬者の中を進んできた。

その時、ラナルドはソルケルに背を向け、息子のスマルリッドの手を取り、それぞれ馬にのってブレックネスに戻った。サンドウィックを通ったとき、ラナルドはいった。「血なまぐさい連中とは接したくない」

さらに一、二マイルいったイエナスビーで、ラナルドはいった。「教会にいたフードをかぶった男は誰だろう、ソルフィンのそばを離れなかった。顔は見えなかったが、見覚えがあった」

スマルリッドはいった。「あの男が有名な詩人アルノルだと誰か教えてくれました。ソルフィン様の宮廷では大変重んじられています。この男や彼の詩なしでは、自分は影や草間の風のように消え去る、とソルフィン様は考えておられます」

「その可能性はほとんどあるまい」ラナルドはいった。「ソルフィン伯はスコットランドの谷間に、無数の未亡人と孤児を残している。ハイランド中に血を流し、火の手をあげている。ソルフィン伯に対するアルバやストラスクライドの呪いは、代々受け継がれるだろう」

「ですが」とスマルリッドはいった。「われわれはソルフィン様と折り合うのが一番いいと思います。今日、わたしは聞き耳を立てていました。ソルフィン様は間もなくオークニーに定住するつもりのように思えます。バーシーの沿岸の沖合にある険しい小島に、新しい宮殿を建てたいと思っておいでです。宮殿の近くに教会を建てるといううわさもあります。すぐオークニーに司教を派遣していただきたい、と教皇に伝えさえしています。そうしますと、オークニーの教会は、ノルウェーのニダロス司教のもとを離れるでしょう」

ラナルドは黙って馬をすすめた。天気のよい朝だった。眼下の暗礁に波が白く砕け散り、ときどきとこだまが響き渡る中、ふたりはイエスナビーの断崖を通り過ぎた。

スマルリッドは普段は物静かな男だが、父親に重くのしかかる暗鬱をおそらく払いのけるためであろう、その日は口数が多かった。「わたしは葬儀に参列したノルウェー人のひとりと話しました」と彼はいった。「ノルウェー人たちはここで馬の値段を問い合わせていると思われていますが、もちろん王の部下たちであることはよく知られています。ブルース伯さまの息子さんがこの葬儀に来られないのは大変残念です、と馬の商人はいいました。『だが、すぐオークニーに見えられるよ』とそのノルウェー人はいいました。『確かなことだが、ログンヴァルド・ブルシソン様はノルウェーでは大変敬服されています。偉くなる素質をお持ちです。この若者は、いつもオークニーのことを口にしておられます。まもなく叔父のソルフィン伯さまと話をして、友好協定を結ぶといっておられます』」

この時までに、馬に乗ったふたりはブラック・クラッグと呼ばれる高い尾根にさしかかり、眼下にはブレックネス農場が見え、オート麦畑と大麦畑は初夏の緑に色づいていた。

「ブルース様のあの息子さんは、ずっとノルウェーにおられたほうがいい」とラナルドはいった。

「西にやってくると、最悪のトラブルが目に見えている」

「でも、ログンヴァルド様は父上の遺産を受け継ぐ資格がおありです」とスマルリッドはいった。

「いいや」とラナルドはいった。「たとえ血まみれのソルフィンでも、オークニー伯はひとりのほうがよい」

ふたりは農場に近づいた。

「冬がわしに重くのしかかり始めている」とラナルドはいった。「もう元気よく起きられない。七番目の畝の半ばで、鋤《すき》のかじを取る両腕の力が突然入らなくなる。また、漁のとき、魚のいる場所を知ることができなくなった。先週は、魚がかからないことが度々だった。わしのあごひげは、今では赤茶色の毛よりも銀色の毛をすくほうが母さんは多い。じきにわしが炉隅にすわるときが来るだろう。農場の経営はすっかりお前に任せるよ、スマルリッド」

ラナルドの末娘マーガレットが家から走り出て、ふたりを出迎えた。

ラナルドはマーガレットを抱き上げ、キスをして、明るい色の髪を指でくしゃくしゃにした。

暗鬱の色合いが彼の顔から消えた。この末っ子は彼にとって、喜び極まりない存在であった。

「お前は台所の下女たちを手伝って、スープの鍋をかき回して、塩や魚を入れていたと思うよ。スマルリッドとわしはもう腹ペコだ」

風がたち、麦畑に大きなうねりを起こし、ホイ海峡の波がブラガの岩々に砕けた。

娘は父の手を取り、ふたりはブレックネスの戸口をいっしょに入り、スマルリッドは馬のくらを外した。

二

その日、緑の大麦の若い茎の間に立っていた美しい子どもマーガレットは、その実り、収穫を見ずに亡くなった。

ラナルドとスマルリッドが伯の葬儀から帰ってまもなく、その娘はだるさを訴えた。今日は少し疲れたの。多分、明日はペットの羊と遊べないわ。時々せきに見舞われ、夜、母親が甘みと香料を加えたハチミツ酒――風邪の特効薬――のコップを娘の口につけたが、せきの発作はさらに悪くなった。両腕はとてもやせ、髪をすくとか、アザラシの革靴のひもを結ぶために身をかがめるといった簡単な動作でも、額に汗がどっと噴き出しているのを目にすることができた。両ほおはいつも赤みがさした。目は顔の中で大きく場所を取り、輝いた。母親や下女たちがどんなおいしいもの――柔らかな白チーズや若アユ、ハチミツで作りミルクに浸したパン――を用意しても、マーガレットはお腹が空いていない、というのだった。ウォーベスの滝の冷たい水――それが喉を和らげてくれるかもしれない、とマーガレットはいった。今では何かで子どもの喉が痛められ、彼女の澄んだことばはくもり、しわがれた。いくつかことばを連ねるときは、せき込んで痛めつけられ、枕の上で反り返り、疲れ果てるのだった。

「あの子は若い」とラグナはいった。「これに負けないでしょう」

しかし、ラグナの後ろに立つ下女たちは床を見つめた。それで、ラナルドはウォーベスの修道士のひとりマラカイを迎えにやった。彼は薬草とその効能について広い知識を持っているといわれた。マラカイがやってきて、様子を見て、子どものために神のご加護を祈り、頭を振りながら去った。

マーガレットはよく泣いた、例えば、かわいがっている羊のボンディが家のはずれで鳴いているのを聞いたときなど。しかしそのあとすぐに、興奮と喜びに身を震わせた。じきによくなるわ、としわがれた声ではっきりといった。クロウタドリはあまり美しく歌うことはなかった。屋根の雨音がこんなに美しいことを、マーガレットは今初めて知った。父親が見舞いに来ると、彼はよく来るのだが、父の手首に自分の透き通った手を巻きつけるのだった。「父さんといる限り、何もあたいに触れることはできないわ、父さん」と彼女はいった。すると、彼は汗と病で湿った娘の髪に手を置くのだった。すると彼女は、ひと時のうとうととする眠りにつくのだった。

真夏のころ、ついにラナルドは一晩中幾夜にもわたって、マーガレットにつききりだった。椅子で目が覚めると、ろうそくの火は消え、夜明けの日差しがホイ湾に射し始めているのだった。「明日釣りに行きましょう」ある夜、マーガレットは父親にいった。「潮風を吸うのはいいことですね。こんなにいいことだなんて、今まで知らなかったわ」

そして、朝になったら帆を上げて、引き潮にのって西へ行こう、とラナルドはいった。

それから、祈りを上げるのを忘れていたわ、と彼女はいった。寝る前にいつもお祈りするのだった。「神さま、父を祝福してください、神さま、母を祝福してください。神さま、スマルリッドを祝福してください。神さま、ソルヴェイグとインゲルスを祝福してください。神さま、エインホーフを祝福してください。この農場で働くすべての人、男の人も女の人もみんな祝福してください。神さま、あたいの羊、ボンディを祝福してください。神さま、オーラフ王を祝福してください。神さま、ソルフィン伯さまを祝福……」

彼女の声は、その数日間、小声となったが、夕べの祈りの時には、声は少し輝いたように思えた。最後にいった。「神さま、わたしを祝福してください」

彼女は眠りに落ちた。

父親が椅子で目を覚ますと、マーガレットは亡くなっていた。

彼は新しいろうそくに灯をともした。身をかがめ、その冷たい指、冷たい顔にキスをした。

家のものはまだ眠っていた。

ラナルドは露に濡れた草を踏みしめて、ウォーベスの修道士のところに行った。

ガースの空高く、一羽のひばりが鳴いていた。

一三

マーガレットの死後、父親は農事の管理をほとんどスマルリッドの手にゆだねた。

彼は一般的なことにも、特にオークニー伯や東の王様の策謀についても関心を失っているように思えた。実際、夕食や炉辺のラナルドのいるところで、彼に怒りやイライラを引き起こす、こういった問題をあえて取り上げようとする者はいなかった。

今では毎年、父親よりもスマルリッドがティングヴォーの集会に出かけ、彼の評判は農夫や商人の間で高かった。「でも、お前さんの父親は早く老けてしまったようだ」とオーファー教区のハウトンのスヴェンはいった。

ティングヴォーの小さな議会は、もうすっかりソルフィン伯に支配されていた。ほとんどすべてのことにおいて伯の意思に従わなければならないことが、まもなく議会のみんなに明らかになった。

彼はみんなの意見を率直に聴き、みんなの意見がたまたま彼の考えと一致すれば笑みを浮かべたが、島の利益にならないと彼が考える提案に対しては、全く考慮に入れなかった。彼の怒りの瞬間的な爆発に、堅実な農夫は目を伏せ、横を向いた。それ故、彼の性質は兄のエイナル伯の血を一部引いているとみることができた。しかし、エイナルの怒りは精神の異常に根差しているのに対して、ソルフィンの怒りは健全な精神からきたもので、その怒りが発せられるや、その背後にはまれな英知と先見があるのが見られた。大部分のものは、ソルフィンは自分たちのけちな、全体として利己的な考えよりも深く広い考えを持っていることを認めた。その日の議論が終わった後の屋台では、次の点で意見の一致を見た。二、三人の伯がいつも言い争って東へ行き、ノルウェー王から慰めや黄金や仲裁を得るよりも、ひとりの強力な伯が政務を担当する方が、オークニーやシェトランドにとってははるかによいということ。また複数だと、ライバルの伯はお互い従うことはまったくなく、オークニーが前よりもしっかりとノルウェーに支配され、正式の誓いでお互い縛られるまでは、結局どの伯もどうしようもないということを。

誓いが強制されてなされたものなら、ソルフィンにとってはほとんど意味がないように思えた。オークニーにやってきたノルウェー人たち——合法的な業務を行う商人ですら——伯の執事や侍従から冷遇された。ときどき来る王の使者たちは、バーシーの新しい宮殿の一番寒い部屋に泊められ、帰る前の謁見は極めて短いものであった。食事の席は、ノルウェーからの正式の使節でさえソルフィン伯から一番遠い席、書記（かもしれない）やタカ使いのそばに座らされた。

明らかにスパイと思われる東の人びとは、急に島を去るようにいわれた。三日の猶予期間を過ぎると、ソルフィン伯はその人たちを彼の戦船《いくさぶね》のこぎ手にした。今、彼は四つの領土を主張しており、さらにヘブリディーズ諸島やアーガイルにも目を光らせていた。その沿岸を海側から巡視しなければならず、船乗りが不足していた。

年々、集会の人びと（スマルリッド・ラナルドソンを含め）は家に戻ると、ティングヴォーにおける議論の週は全体として満足すべきものだったといった――演説を念入りに用意した人は、自分の強固な論旨を容赦なく若い伯の思慮に富んだ痛烈なことばで切り裂かれることに、ひそかに不満をもらすけれど。

高座にひとりの伯――高圧的だが、有能で誠実な指導者がすわっていることに、多くのものは喜んだ。

スマルリッドはケアストンのジョン・シモンソンといっしょに集会から戻った。「われわれのトラブルは全く終わったというわけではない」とジョン・シモンソンはいった。「ブルース伯さまはベルゲンの宮廷に、若い息子ログンヴァルド様を残さなかったか。あの若君はもう大きくなられているだろう。ある晩、屋台でわたしが見知らぬ人と話しているのを見たろう？　あいつは王からときどき派遣されるスパイのひとりだった。この男の話では、ログンヴァルド様は北欧ではとても尊敬されているとのこと。若君はスウェーデンにも行かれている。ノヴゴロドを訪れたこともあり、ヴォルガ河を下られたとも。あの男はこうもいっている、オーラフ王はログンヴァルド・ブルシソン様にオークニーの領土を与えているとも。このことはソルフィン伯さまには話さなかった――彼が怒り狂うことは分かるだろ――いずれにせよ、ソルフィン伯さまがそれを知っていることは確かだ。ノルウェーから絶えず情報をもたらす商人や船長を抱えている。この若殿ログンヴァルド・ブルシソン様が、自分の力や才能をフィンランドやウクライナで十二分に使い果たされることを望むよ。もし若殿が西に顔を向け、十数隻の造船を命じ、海を渡って自分の遺産を主張したら、前の悪い状態に戻るだろう」

ハムナヴォーの漁村の居酒屋で、ジョン・シモンソンとスマルリッド・ラナルドソンはしばらくあれやこれやと議論した。それから、スマルリッドはブレックネスに帰った。母親とふたりの妹は彼がまた戻ってきて喜んだ――ブレックネスの人びともみんな喜んだ――でも、家族が食卓にすわっても、父親の姿が見えなかった。

「まあ、あの人はティンカーのように出たり入ったりしているわ」とラグナはいった。「毎日ほとんど浜にいて、漁師と話をしている。エビ取りかごの修理をしたり、釣り糸にえさをつけるのを手伝ったりさえしているわ。塩で固くなった靴をはいたまま帰ってくるの。革から塩を取るのがどんなに大変か、みんなに分からないわね」

その夜、スマルリッドの祖母ソーラは食卓にいた――めったにないことだ、どちらかというと、老婆と嫁の間はしっくりいってないからだ――しかし、ソーラは毎年ティングヴォーで、重要な国事の周辺で騒がしくささやかれているゴシップから、スマルリッドがもたらす話を聞くのが好きだった。どんな婚儀が進められているのか、持参金のことは言われているのか、老婆は知りたいと思った。娘のころ刺繡《ししゅう》を習った、パピー島のティブばあさんはまだお元気か。自分が聞いた話は本当なのか、イーヴィーのソルド・ロルフソンは母親が眠っているすきにその腕から銀の腕輪を取って、想いをかけたろくでもない女にやったという話、そしてソルドとこの女はシェトランドのヴェメントリー島の、ひっくり返されたボートで生活している話。通りすがりのティンカーからその話を聞いて、すっかり信じているのだった……しかし、今日は、みんなをもっとわくわくさせる話をスマルリッドは持っているに違いない。

しかし、スマルリッドはそんな取るに足らない話は何も知らなかった。

スマルリッドの下の妹インゲルスは、サンドウィックのラミール・オーラフソンという農夫と婚約していた。ふたりは収穫後、ウォーベスの礼拝堂で式を挙げることになっていた。ラミール・オーラフソンは元気で、ティングヴォーの屋台で未来の花嫁について熱心によく聞きまわっていたことを、スマルリッドは家族に話した。スマルリッドの意見では、ラミールは善良で分別のある男で、大枚の持参金を持たせるだけの資格はあった。そして、インゲルスがテンストンの農場に妻として女主人としていくのは幸運なことだった。

これに対して、インゲルスはお皿に目をやったが、食事中に彼女の顔に浮かんだ笑みを家族は見逃さなかった。

一番上の娘のソルヴェイグは自分の未来に厳しい視線を向けた。この五年の間に、何人かの将来ある若者がブレックネスを訪れ、ソルヴェイグと母親とことばを交わし、叱られた犬のように畑をこそこそと逃げ出した者はひとりばかりではなかった。ソルヴェイグは教区のあちこちで、家庭内のあまりにも多くの大騒動、むごたらしさ、不誠実を見てきたので、いかにハンサムで資産があっても、あまり男を信頼することができなかった。

「オールドミスといわれるでしょう、あの子は」と祖母はいった。「亡くなっても、ソルヴェイグの遺体のそばで泣く男はいないでしょう」

しかし、若い独身女のソルヴェイグは家の中にせよ外にせよ、農事についてはどんなことでも抜きん出ていた。未開墾の土地で二頭の雄牛を御して、くびきにつけられた鋤を使いこなす女であることで知られていた……牧場の牛の群れに彼女が牛の名前を呼びかけると、その牛が出てくるのだった……獰猛《どうもう》なハヤブサのドーンが羽を閉じてはりに止まっている暗い納屋に入り、彼女が低い優しい声で呼ぶと、それに答えてハヤブサは彼女の手袋をはめた拳に飛んでくるのだった。それから娘と鳥は朝の風と日差しの中に出て、ガースの上の丘に登り、拳からハヤブサが放たれると、ハヤブサは風の中に一瞬とどまり、朝の輝く青空を高く飛んでいくのだった。

家族は食卓につき、魚の骨が火の中に投げ入れられ、パチパチと音を立てた。温められた子羊の肉の大皿を持って下女が入ってきた。

ラグナはいった。「お父さんは今日もスープとハドックがないと、またさみしがるわ。マトンチョップはいらないように見えます。小屋の下の漁師が熱い魚のスープを飲ましていてくれればよいのですが。帰ってきてまだお腹が空いているようでしたら、朝焼いたパンの残りがあります。それをもって寝床に行ってもらいましょう」

夫についてそういう言い方はおかしい、とソーラはつぶやいた。悪口をいわれて妻を半殺しにしてしまった男たちを自分は知っている。でも、祖母の言っていることは理解しにくかった。祖母の歯は全部なくなっていて、言っていることがはっきりしなかったからだ……しかし、口をパクパクさせて嫁を非難するとき、テーブル越しに厳しいまなざしを向けていた。

ラグナは義母の言っていることが分からないふりをした。

ソルヴェイグはいった。「父さんはお腹を空かしたまま寝ないわ」

インゲルスはいった。「妹のマーガレットが死んでから、落ち込んでいたわ。もう一年すれば、また元気になります。小さな礼拝堂で、わたしをテンストンのラミールに手渡してくれるわ、わたしたちの前に聖書と鈴を持った司祭さまがおられ、周りでは少年たちが歌っています」

インゲルスはブレックネスの食卓では、一度に多くを語らなかった。今、自分の多弁にびっくりして、自分の前のマトンの皿に顔を向けた。

ソルヴェイグは妹に冷たいまなざしを向けた。

ソーラはいった。「お前の最良の日になるでしょ。楽しく過ごしなさい。結婚式のあとは、悲しみが雪のように厚く積もるわ」

「戸口に身を震わしているどこかの犬がいるわ」とラグナはいった。

しかし、それは募りゆく暗闇の中で、掛け金を手探りでさがしているラナルド・シグムンドソンだった。

彼は釣り針やムラサキイガイのにおいを漂わせながら入ってきた。ソルヴェイグは急いでランプに灯をつけた。低く豊かに照らす明かりの中のラナルドは、三、四年前とはだいぶ変わっていた。髪の毛とあごひげはグレーとなり、顔にはしわが目立ち、両肩は下がり、目はグレーの眉毛と突き出たほお骨の間に半ばくぼんでいるように思えた。

「今日は、いくつエビ取りかごを修理されました」とラグナは聞いた。

ソーラはみんなにお休みをいって、まだつぶやきながら、足を引きずるようにして自分の住まいに戻った。

インゲルスは急いで父親の席を用意した。

「いらない、漁師たちと食べてきた」とラナルドはいった。

最後には、ラナルドとスマルリッドだけになって、炉の両側にすわった。

スマルリッドはティングヴォーの集会の出来事を父親に話し始めたが、ラナルドは首を振った。

「血なまぐさくて、暴力的な連中がやっていることについて、何にも聞きたくない。自分の深い穴を掘らせておけばよい」

彼は最近、西から船が来たかどうかたずねた。ティングヴォーの誰か船長が、グリーンランドやヴィンランドについて触れたか、とも。

次の年の春、浜沿いの畑にイングランドの大麦をまくべきか、彼は考えた――オークニーの大麦については、この前の収穫は少なかったと。スマルリッドはそれについて考えるべきだ。また、スコットランドから馬を購入するべきであろう――島の馬は強靱《きょうじん》だけれども、小さすぎるし、荒々しい、と彼は考えた。

一四

その夏、ひとりの修道士がアイルランドのドニゴールから、ウォーベスの修道士たちを訪れた。ファーガスがその名だった。フェロー諸島に小さな教団をつくるために行く途中だった。「でも、急ぎません。少しも急ぎません、皆さんがおられるここは美しいところです。神のお導きのままにフェローに着きます」

ブラザー・ファーガスはアイルランドの話で修道士たちを楽しませた——聖域を汚して鳥になったスウィーニーは、いばらや氷、人間界からの厳しい追放に耐えなければならなかった。苦痛から、きわめて美しい詩や歌をスウィーニーは口にした。

しかし、ウォーベスのブラザーたちの多くは、ファーガスにさらにもう一度聖ブランドンの航海の物語や、その一行の西の海での多くの不思議な冒険物語を求めた。聖ブランドンはアイルランドの修道院の一二人の修道士と牛皮の船に乗って、「地上の楽園」を探しに西へ航海したのだった。ある島で一匹の犬が海を切望して、ご馳走のあふれる食卓、眠りをあたえる共同寝室のある立派な館に一行を案内した話——修道士たちは大海の別の場所で腹をすかして、ジャスコインという恐ろしいクジラの背中で朝食を用意した話——さらに遠くの島で、鳥たちは天使の声で聖ブランドンと話し、悪魔の大反乱において中立を保ったために一行は鳥に変えられたという話——クリスマスに、口もきかず労働もしない修道士のいる大修道院にやってきたが、常に彼らの戸棚は食物で満ちあふれ、ワインのつぼはあふれかえり、彼らの沈黙は人間の耳が聞いたきわめて甘美な音楽よりもはるかに美しかったという話——西へ行った修道士たちは、岩の上で容赦なく風やしぶきやひょうに打たれる男を見て、みんなはこの男をユダと考えた話——氷と火の島にやってきて、大変な危険におちいり、ふたりの修道士が逆巻く海に身を投げて消えた話——アイルランドの隠者聖パウロが住む島にやってきたが、聖パウロの食事は毎日カワウソが口にくわえて持ってくる魚だったという話——最後に聖ブランドンとその修道士たちは、「極楽島」つまり「地上の楽園」にやってきたという話、そこでずっと暮らしたいと思った。そこは言い知れぬほど楽しく、いつもたわわに果物が実り、緑の丘や穏やかな水辺に、見目うるわしき若者たちが往来し、空に雷雲ひとつなく、足の下の石そのものがカットしてないダイアモンドでありエメラルドであった。ここは天国そのものに違いない、とブランドンと修道士たちは思った。でも、違います、とみんなを島に案内したまじめで好ましい若者はいった。天国はもっと西ですよ、その輝きが時折、地平線に見えます、みなさんが行き着いたこの島は、アダムが堕落前に住んでいた場所です。修道士のみなさんはアイルランドに戻って、神がひとりひとり天国の至福にお招きになるまで待つべきです(と若者はいった)。

ある日、ブラザー・ファーガスがもう一度聖ブランドンの航海の物語をしているとき、ラナルドはたまたま修道院長を訪れているところだった。彼はその話を初めて聞いて、ウォーベスの修道士たちよりもその話に魅かれた。

「しばらく前のある冬、わたしの農場にひとりの詩人がおりました」とラナルドはいった。「その詩人も同じテーマで詩を作りました」

その日そのあと、彼はアイルランドの修道士と少し話をした。少年のころ、西のヴィンランドへ航海した話をした。そこへは東の人びとが今まで足を踏み入れたことはなかった。

「あなたには極楽島のように見えましたか」とファーガスはたずねた。

「ヴィンランドは大変美しく、とても肥沃です」とラナルドはいった。「しかし、悲しいことに、堕落もありました。ヴィンランドで貪欲、殺し、裏切りを結構見ました」

「おお、地上の楽園への道を見つけることができるのは、無垢な心のみです」とファーガスはいった。「わたし自身行くことができないと思います。フェロー諸島やそこの人びとで甘んじなければならないでしょう。天国自体に関しては、奉仕の生活と聖なる死によって行くのみです」


収穫時、ラナルドは娘のインゲルスをサンドウィックのテンストンのラミール・オーラフソンに嫁がせた。農場の人びとは礼拝堂に集まった。農場の少年たちは祭壇の両側で小さな天使のように歌った。「あの子たちが天使なんてとんでもない」ソーラは近所の人につぶやいた。「あの子たちを知ってるよ。ある冬の夜に、わたしの戸口に石を投げて、笑いながら逃げていったのよ。子犬をいじめる。わたしの窓の敷居のところに、暑い日差しの中、腐った魚の頭を置いていきました、この前の夏のあの日、自分の死臭をかいでいるのかと思ったわ、本当に……」ソーラのそばに立っている女の人は、静かにしてくれるように彼女にいった、今、修道院長はラミールとインゲルスの垂れた頭の上に手をあげて、ふたりを祝福していたのだから。

その夕方、ブレックネスの大きな納屋は、大変にぎやかだった——最良の食物と飲物、ハープやバグパイプの音楽、掃除された床の上のダンス、昔の教区の出来事を思い浮かべている、壁沿いのベンチに座る老人たち。

ラナルドは戸口でどのお客も迎え入れた。その夜、ラナルドが何も言わないのにみんなは気づいた。ラグナとソルヴェイグは、長いテーブルの取り皿が空にならないように、どのエールの角杯も満たされているように気を配っていた。給仕女たちは台所と酒宴の納屋の間を絶えず往復した。パイパーは飲みすぎて、真夜中のだいぶ前に音がとぎれとぎれとなり、バグパイプが指から落ちた。またハープ弾きの手も弦の間をよろめいた。それから、リールは年老いた人の低い声のコーラスに移った。ひとりの年老いた漁師が入ってきて、魚油のつぼからあちこちのランプに注いだ。

スマルリッドが黒髪の娘、ケアストンのリヴ・ジョンズドーターとよく踊っているのが見られた……「あの娘とならね、孫は悲しみと無縁でしょう」とソーラはいった。「あの娘にはピクトの血が流れているのは明らかだ、あの娘の曾祖母は丘の中のトロウだった……」祖母は結婚式の宴を楽しんでいた。一度年老いた羊飼いヴレムと踊りさえした。足を踏み鳴らすとき、カモメのような奇声を発した。それからもう一度ヴレムと踊った。踊りはバラッドの合唱で延々と続いた。

真夜中、ラナルドはインゲルスにキスをして出て行った。

彼は一晩中踊らなかった。列を組んだ婚礼の踊りの時、妻のラグナと踊っただけだった。

ラナルドの母はいった。「あの子にはとてもおかしなところがあるわ。猫のほうが、あの子が今晩食べたよりも食べたでしょう……そうよ、ヴレム、ホットエールの容器を持ってきて、次の次の踊りをする力をあたえてくれるでしょう」

音楽やどんちゃん騒ぎの音で、その夜、ラナルドは数時間眠れなかった。

日の出になっても、踊りは続いていた。

一五

数年過ぎた。

ある春、ソーラは泥炭の丘で亡くなった。重くぬれた黒い四角の塊を、鋤《すき》で太陽に向かって突き出したときだ。高いところにある荒れ野で、数日間、何人かの作男たちと泥炭を掘っていたのだった。その時突然、彼女は崩れるように倒れたように思えた。ひざは力を失い、鋤が両手から落ちて、泥炭の層に倒れこんだ。泥炭掘りたちが彼女を引き上げたときには、事切れていた。

スマルリッドはケアストンの司祭の執り行いで、リヴ・ジョンズドーターと結婚し、翌日、花嫁はスマルリッドとともに丘を越えてブレックネスに馬できた。

ふたりはラナルドとラグナから心よく迎えられた。自分とリヴは、ソーラの空いた住まいに一、二部屋大工に増築してもらってから住むことにする、とスマルリッドはいった。

だが、ラグナは駄目だといった――リヴはもうブレックネスの女主人で、家中の差配をしなければならない。ラグナ自身が亡くなった祖母の住まいに入ることにした。「ラナルドもその住まいにいたければ、十分スペースがあるわ……」と彼女はいった。

事実、ラナルドはこの一年間、ブレックネスにほとんどいなかった。どこか具合が悪いのは、だれの目にも明らかだった。彼は数日間動き回って、丘をいくつか越えたり、尾根を越えてハムナヴォーの小さな村へ行ったりした。ハムナヴォーにロッドという船大工がいた。彼は村人のために漁船を作ったが、オークニー中の漁師が六丁オールの漁船やヨール漁船の注文を彼に出した。しばしば、ラナルドは午前中いっぱいロッドの小屋で過ごし、ロッドが切ったりたたいたりしている間、ふたりはゆっくりとした声で話をした。それは彼らの中にある穏やかな海のリズムと音を持っているように思えた。よく、ふたりは午前中いっぱい黙って座っていた。それからロッドは食事のため中断して、ラナルドに家に来るようにいい、若い女房はチーズやパンやエールの容器をテーブルに持ってきた。

ロッドの女房マルトは、ジェントリーの人びとや若いころからよく知られた人をもてなすのが自慢だった。あちこちの家に行って、自分とロッドがもてなしている客について、女たちに話すのだった。ハムナヴォーの女たちの中にはあざ笑う者もいれば、笑みを浮かべる者もいたが、多くは頭を横に振るだけだった。自分たちの中にジェントリーの人をもたらすのは災難に違いない――何の利益ももたらさないから。

ある日、ボート小屋で、ラナルドはロッドに小船をつくるのに飽きたかたずねた――もっと大きな船、大西洋に浮かぶようなもっと大きな船を作る気はないかとも。

「おや」とロッドは口にくわえた釘を取りながらいった。「年をとっても海賊になるおつもりですか。わたしに建てて欲しいのはヴァイキング船ですか」

船大工と農夫はともに笑った。

「いいや、ロッド」とラナルドはいった。「船に乗ってからもう三〇年になる。あの世に行く前に、最後の航海をしたいのだ」

「残念ながら、あなたのお役に立つことはできません」とロッドはいった。「親父に弟子入りしてから、漁船を作ってきました。六丁オールの漁船やヨール漁船しか作れません。それに、お分かりのように、この小屋ではもっと大きな船をつくるスペースはありません。あなたが考えているような船をつくるとしたら、さらに六人ばかりの人が必要です。出来上がったとしても、とんだ不出来なものでしょう。そういう船をご注文になりたいなら、ノルウェーのメーレか、スコットランドのアラプールに人をやらねばならないでしょう。そこには造船所があり、船大工のグループがあります」

「もう忘れてくれ」とラナルドはいった。

「すみません、旦那」とロッドはいった。

「旦那といわないでくれ、」とラナルドはいった。「お前はわたしと同様善良な人間だ。よかったら、たんにラナルドと呼んでくれ」

「そうします」

「ここに来る途中、居酒屋を通り過ぎたとき」とラナルドはいった。「ひとりのほろ酔いの男がまわりの者にいうのを聞いたよ、『ほら、また行くよ、ブレックネスの老いぼれじいさんが……』耳は悪くはない、ロッド、そうはっきりと聞いた。二〇年前だったら、その居酒屋に入っていって、連中の頭をはたいてやったよ。でも今じゃ、わしのことをどう言おうと気にもかけない……わしのことを近所の人に、もうろくじじい！と言ってもいいよ、ロッド」

「そうは言いません」とロッドはいった。「あなたはわたしの友だちです、ラナルドさん」

その時、ロッドの女房が小屋に入ってきていった。「魚とパンを用意してありますよ」

ラナルドは座っていた魚の箱から立ち上がって、一、二歩よろめくように足を進めた（この冬の間、ひざが痛み、思うように動かなかった）。それで、マルトが彼を支えて、三人いっしょにロッドの家への階段を上がった……

その午後、家へ帰る途中、ウォーベスの修道院をたずねた。彼に西の地平線を開いてくれる大きな船をつくる注文を、船大工のロッドにしそうになった話を修道院長に話せば、喜ぶかもしれないと思った。「一時の気まぐれでした、思い付きです」とラナルドは修道士たちにいった。「こんなたわいのない考えがどこから出てくるのか、誰にも分かりません。いったんことばになると、そのイメージは今まで乗ったどんな船よりも現実的で、確実なものになるように思えました。みなさん、年をとればとるほど、海の呼び声がより大きく、よりすばらしいものとなるのです。それに耳を閉じなければなりません。でも、それはたやすいことではありません、決してたやすいものではないでしょう」

修道院長と修道士たちは笑った。鐘がなった。みんな夕べの祈りをあげるために、礼拝堂のほうへ行った。

数日後、ある朝の朝食時から翌日の午後遅くまで、ラナルドの姿が消えてしまった。

ラグナはどこへ行っていたのか彼に尋ねた。その前に浜へ行って漁師たちに聞いたが、数日間彼の姿を見ていなかった。

「ふたりの羊飼といっしょにいた」とラナルドはいった。

それで、ラグナは彼をののしり始め、あたり一帯に彼女の怒りの声が響き渡った。（ミルク加工工場の若い娘たちは、チーズやバターを作っている手をしばし止めた。）「ブレックネスのわたしたちに、何か至らぬところがあるのですか」ラグナは叫んだ。「食物や火や慰安の点で、十分お世話をしていませんか。あなたのような富んだ老農夫が、召使や作男や修道士に何の用があるのですか。そういう人たちは、何でそんなに特別なのですか、知りたいわ。きのう、あなたは新たに作った上着を着て出かけ、今、古い汚れたぼろを着ています。話さなくてよくてよ――道で出会った浮浪者にその上着を上げたのを知っているわ――これが初めてじゃないわ。ねえ、あなた、なぜわたしはブレックネスのようなまともでない場所に生活するようになったのかしら！」

自分と羊飼たちは、ブラック・クラッグの中腹にある壊れた小屋の修理に行こうとしていたのだ、とラナルドはいった。そこはずっと以前にラナルドがノルウェーとオークニーの間の海上にいた昔、ハラルド・ソルンがブレックネスを所有していたころの一時期、彼の母親がすんでいたところだった。

ラグナは怒りが収まり、黙って聞いた。

「もう老人になって、わしは最後の航海の準備をする時だ」とラナルドはいった。「そのため、静寂と時折ひとりで考える場所が必要なのだ。お前を辱めるつもりはない――お前は忠実な妻だ。もしわたしの姿が数日間、いや丸一週間見えなくとも、わたしは小屋で、長い間わたしをひどく悩ましていたいくつかの難しい問題を解決しようとしているのは分かっているだろう」

その後、ラグナが戸口からのぞいた時、羊飼とその息子が小屋の屋根に新しいわらを敷いているのを見た。

「神よ、お守りください、老いたあなたを」とラグナは深いわら椅子でうとうと眠っている夫にいった。「若いころ、有名で、遠く旅をした人が、このようになるとは思いませんでした」


ラナルドと修道院長のピーターは、運命や善悪や自由意志について、たびたび話し合った。何度も何度もふたりは、森羅万象の始まりから、北方の民族の精神や行動にかかっていた――と思えた――運命の影に心を向けた。「わたし自身」とラナルドはいった。「事物はあるがままの姿であり、個々の人間や種族の行動は、その歴史が原初以前から書かれているゆえに、依然としてあるがままの行動と確信しております。これを信ずることは――それは骨の髄までしみ込んでおり、心深く刻み込まれております――一種の奔放な自由を与えます。運命の固く握った拳からできるだけのものをもぎり取りましょう。そうすれば、それほど注意を払うことなく、笑って目に見えぬ塵の中へ入ることができます……」

「でも」と修道院長はいった。「残酷な人間や不正な人間は、彼らの悪行においてのみ裏づけられます。『ほかの生き方があるとわれわれは見る』と彼らはいうかもしれません。『だが、運命はわれわれの役割にわれわれを割り当てていて、運命がわれわれの周りに投げた網の目から出ようとしても無益なことだ。』わたしはこれを認めます、ラナルド・シグムンドソンさん、人生や歴史や時間には避けることのできないものがあるように思われます――この行為この思想は、その前にある行為、思想から間違いなく出てきて、子ども時代の夢の中に入り、老齢の霧の中へと消えていきます――全能全知の神はそれを他の形で表すことはできません。そう、確かに、すべてを取り巻くあの威厳ある主導者は、運命自体に他ならないということです。しかし、すべて存在するこういったことには、われわれの精神の理解力を超えているとわたしが思う神秘性があります――自由、つまりわれわれの生活の各瞬間において、いずれかを選ばなければならない可能性があります。最後に選択するのは、人間自身でなく運命であることに異議を唱えるかもしれません。しかし、生を受けた誰しも、生きている間に時折、すべてが可能でよいと思えるとき、まさに奔放で甘美な自由と呼ぶものを意識します。どんな仮面をつけるにしろ、この**誰しも**が――伯にせよ乞食にせよ――心身ともに、説明や理解ができないような喜びを感じているのに気づきます――時には生涯ほんの一、二回、時にはたびたび、いつも顔に無垢《むく》な光を浮かべている人たちをわたしは知っています。この庭園は、子ども時代の夢のどこかで失われている、という人もいます、――人間が本当に初めて恋に落ちたときだけだ、という人もいます――自分の太陽が沈み、火にあたり、満ち足りた気持ちですわっている晩年だ、という人もいます。しかし、こういった自然の光輝は別として、人間の人生全体には精神的肉体的なものに起因しない甘美なものが広がっていて、それは石やとげのあるところでさえ人間の心に触れると思います。苦痛を感じ不幸なとき、よく人はそれを拒否します。しかし一日、一週間、いやひと月、さらに一年たつと、その喜びがまた人間に触れます。わたしたち瞑想《めいそう》にふける者にとって、それを偶然にたよる必要はありません、この恩寵《おんちょう》の降臨――それを人間は祈りや瞑想や捧げなければならない神への貢物によって、貢物が喜びにせよ苦難にせよ労働にせよたんなる祈りにせよ、いつでも求めることができるのです……それが利己的なもの――『わたしはこれが欲しい……それをわたしに下さい……』――に根差すものなら、祈りには答えてくれないでしょう。しかし、人間は全人類、全創造物のために懇願しなければなりません。こここの地に、運命の暗い営みをこえた状態、光と平和の場所があるように思えます。わたしの友よ、想像してください、暗い大きなとりでを。そこで目覚め、次のようにいわれるのです、『ここは**生の家**だ――ここでは与えられた行為、言われた行為を、課せられた時間内にしなければなりません、そして**家**のルールに言われた通りに従います、何のアピールもないが、この場所が提供しなければならないものをとらえる才知、巧みさ、力を持っているのなら、ある程度の喜びはときどきあるでしょう。外の動物が容赦のないやり方を求めれば、人もそうしなければなりません。しかし、人は知能と記憶と先見力のある生物だから、いわば追跡と殺戮《さつりく》における人の喜びは、はるかに生き生きとし、意味があり、高められたものとなるでしょう。**家**のルールに従いなさい、そうすれば受容と一種の平和を学ぶでしょう。**家**の許す機会をとらえなさい、そうすれば名声と富と力を得るでしょう。さあ、活発になりなさい、しなければならないことが沢山あります。すぐに最後の暗い扉に着きます……』

ある日、この城の果てしなく続くと思われる、厳しく律しなければならない廊下や階段や小部屋を、職務で巡回していると、小さな開き窓からこの上なく美しい、喜びにあふれた庭園をいつの間にか見ています。花や噴水や像や日時計、小川や木々や無垢な生き物にうっとりとします。その庭園は別の世界でなく、陰鬱な大きな**家**の一部と理解します。その**家**の高い塀が庭園も囲い、**家**と庭園はお互いの一部となっているのですから。『庭園についてうかがっておりませんでした』と人はいう。『それは夢にすぎず、存在してないと思います。存在しているとしても、この家を支配する、隠れた大きな力やそのお気に入りの人たちが楽しむためのもので、わたしのようにこの家に隷属しているもののためではありません……』見ると、庭園に通ずる扉の掛け金が、家の他の数知れぬ扉のように掛けられておらず、外されているのです。庭園に入ったら、罰せられるでしょう。家のルールでは、ずるさや利益や過多という一時的な満足感についてのみ触れられており、このような庭園については何も言われておりません。扉を開け庭園に出て、木から花を取り、部屋に持ち帰ります。すると、この自由と（多分）無秩序の瞬間のあと、いくぶん恐れて日常の単調な骨折り仕事に戻り、仲買業をしたり取引をしたり、家のルールに従ってそこの他の住人からできる限り取得し、疲れて帰ります。やっとベッドに横になると、庭園は夢で錯覚だったことを確信します。しかし、夜明けの明かるさに目覚めると、ベッドのわら布団の上にリンゴの花を見ます……そのあと、たとえ数か月、数年かけて庭園に通ずる廊下を探しても、おそらく見つかることはないのですが、その人の生活はどのように変わるのでしょうか。一日二日して花はしぼんで塵となり、かすかに残る最後の芳香が、すえた大気に消えます。自分の経験をたまたま友に語るかもしれません。友はいうでしょう。『証拠はどこにあるのですか。あなたが摘んだリンゴの花はどこにあるのですか。』唯一の返答は沈黙、または歌です——しかし、あの騒々しい時代においては、沈黙と歌はささやかな意味を持ちます。でもあの自由の瞬間、その甘美と無垢は常に自分の一部であり、証拠となる印と約束であり、二度と同じものではありえないことを自分は知っていると、人は確信しています……年を重ねるにつれ、時折、興味を持つと思う誰かに、その庭園について人は話します。たいていは冷ややかな視線を向けますが、家のきわめて堅い職務である収支の古い影が再び差す前に、時たま一瞬、ひとりぐらいが顔をくずして、笑顔を見せます。しかしながら結局、市場や会計課で自分と取引をしている大勢の人びとの中に、庭園の経験を持つ人たちを、単に偶然の眼差《まなざし》やしぐさで人は知るようになります――あるいは知っていると思います。『われわれの生活はあらゆる種類の良質の、価値ある経験であふれる程に満ちている、われわれは生活が差し出さなければならないよいことを十分に所有している……』と主張する者もいるでしょう。しかし、庭園を訪れて以来、『生活を楽しむ者』が自分をごまかしているとき、感情を示さない目や声で人は分かります――そして同時に、彼らの『よいこと』はより長く続くたくわえのほんの影にすぎないことを知っているかのように、彼らの自慢の中にはもの悲しさがあります……数年の不毛ののち、庭園についてすっかり疑い落胆して、日々の生活で町角を曲がると、思いもかけず目に見えぬ芳香に包まれることが人にはよくあります。あるいは、大きなとりでで誰か――一見、しごく普通の人に思える――にたまたま会い、すれ違いざまに袖が触れ合ったとき、その人の上着から、丈の高い草、バラの花、ミツバチの巣の得も言われぬにおいが漂います……ラナルド・シグムンドソンさん、われわれ修道士はその庭園は確かに存在するという信念と希望を持ち、おそらくほかの人たちより頻繁に鳥のさえずりや花の中に出ることができると思います――われわれはすべてほかの人たちのように生の家に属し、死ぬまでその掟《おきて》、ルールに縛られますけれど」

　ラナルドは友の言ったことについて考えなければならないだろうといった。

「人間は優れた動物にすぎないのなら、知性と冷酷さを与えられると、この地をめちゃくちゃにし、燃え尽きた廃墟にすると考えませんか。常にその可能性はあるでしょう――今のところ、われわれを救うものは無垢のヴィジョンです。オークニーのあの伯たちが、動物に必要な捕食よりもはるかに残酷な狡猾《こうかつ》さ、凶暴さでお互いに破壊し合ったのを見てきました。これは可能なことと思います、いつかバーシーの気の滅入る館で、伯は厄介な国章をのけて、自分のために白いコートが織機で織られるかもしれないことは。自分が石とイバラの場所に来るように呼ばれているからです。その残酷な場所は変貌を遂げる時です、とこの伯はいいます」
「あなたの考えには従いかねます」とラナルドはいった。「今ただひとりの伯はソルフィン様です。こんな残酷や苛酷が神聖を生み出すようになるのが可能でしょうか」
「神となら、すべてのことが可能です」と修道院長のピーターはいった。（時満ちて、ソルフィン・シグルドソンの孫はオークニーのマグヌス伯となった。彼は今日《こんにち》殉教者聖マグヌスとして知られている。）

ある日曜日、修道院長はウォーベスの礼拝堂で会衆に説教をした。

なんという空しさ、すべては空しい。／太陽の下《もと》、人は労苦するが／すべての労苦も何になろう。／一代過ぎればまた一代が起こり……どれもみな空しく、風を追うようなことであった。（旧約聖書口語訳「コヘレトの言葉」第一章第二、三、四節……第一四節、文語訳は「伝道の書」）

「多くの悪事がこの世でなされているのを見ます、海賊行為や火付けや殺人や盗みや無垢で美しいものの破壊など。それで、人間は本当に悪い生き物で、その手や心から出てくるのは悪事のみである、とわれわれは考えがちです。たとえ隣人やこの世すべての人間に好意を抱いているとしても、人間はこの世で永続的によいことを行うことができるでしょうか。そのようには思えません、自身が塵に消えたとき、人間のなすよいことはじきに消え、忘れられるからです。なんという空しさ、すべては空しい。

われわれの短い人生で、人間界においてわれわれを元気づける物はほとんど見られません。年々歳々、畑や漁船には重労働があり、女たちはひそかに泣きます（ここ北では、浜や山腹で悲しみを見せることは恥ずかしいことと考えます――これは頑ななほどに心にこびりついて、心安らかになれないのです）。

しかし、隠れた悲しみのため、共通した悲しみのため、人は青春のつかの間の喜びを失い、年老いて、亡くなります。そして、結局その人に大きな重荷になっていたその人の亡骸を、世間から隠すのです。

ここ北では、『弔問客が通りを歩き回る』ことさえしません。生前その人を愛した人びとは、泣くとしても――たとえそうするとしても――隅でひそかに泣きます。

太陽の光は、この短い悲しみに満ちた話にすぎないもののために、創られたのでしょうか。

太陽の大きなランプは大地や海全体を照らし、明け方と日の入りの間に起こる無数のことに、人は気をそらされるのかもしれません。この世でなされていることは人間にとって多くあり過ぎます――人は迷い、当惑します――結局人はこの世でなされている悪行や虚栄のみを目にするのです

――悪は真実よりも常に大胆な形で現れ、いたるところに広まることを喜びますので。

しかし、常に善人は夜、安らかな気持ちで横になり、眠るのです。

でも、そうだとしても、眠る前に良心を求めて、考えるのかもしれません。『わたしの知る限り、今日は少しも悪いことはしませんでした。小さなことながら、あれこれわたしの隣人を助けておりますが、これは結局重要なことでしょうか。真夜中にわたしにじきにくるこの眠りは、死つまり最後の終わりのない眠りの前兆です。それ故、わたしのような貧しい小作農民や漁師は生きてこなかったかのようになるでしょう。もしわたしが元気なときにヴァイキングに出かけて、名声や黄金を手にしていたら、今は、妻や子どもたちともっと快適に暮らしていたでしょう……』でも、善人はよく知っています、貧しいけれど、わだかまりのない心で、夜、横になることは、よりよい宝であることを。翌朝、日差しに目を開いたとき、目覚めて荒涼たる死の旅路と空しさに向かうとまだ信じているかもしれませんが。

善良な人は、眠っている間、この世のどこかで真の光を求め、それについて考えているほかの人がいることを知らないのかもしれません。わたしの言うこの光は、光の背後にある『光』で、初めに太陽や月や星に点火したのと同じ光です。そしてこの『光』、『世界の光』は、生を受けた誰もがそれを知っているにせよ知らないにせよ、この世の生活の間ずっと求めているものです。

最も弱い光、この修道院の寒い小部屋で一晩中燃えるろうそくについてお話ししましょう。ここの修道士はみな、鋤の刃や網を用いる人びとのように弱いものです。誤りを犯しがちですが、ときどきで、この世の小部屋や聖なるここかしこで、非常に多くの人びとが物事の究極の意味や、生の中心にある真善美を求めようとしています。

世界は夜と眠りに包まれています。隠者はろうそくのところに座り、隠者の心は神の愛の大海に乗り出しています。

まもなく夜警は、彼のろうそくの炎が目に見えないほど細いことに気づきます。太陽が新たに昇り、窓から光がふんだんに差し込んできます。それは空しさの太陽ではなく、聖なる英知の太陽です。そのもとで、時が終わるまで日々すばらしいことが行われます。

これらの真実は、ここかしこにいる、眠らずに長い夜を過ごす隠者にだけ与えられるものではありません。

これらの真実はすべての男女・子どもの一部でなければなりません。もしわれわれがその光に忠実であるならば、――たとえその前ではないにせよ、われわれのこの世の最後の日に――生は極めて貴重な、美しきものであることを知るでしょう。

われわれの心の中で刈り込んで手入れをするその光は、死の暗闇や塵よりも長く続くでしょう……

それ故、親愛なる光の子どもたちよ、心安らかにして、畑なり、漁船に行きなさい」

第六章　常世《とこよ》の地

一

ラナルドは春の耕作のあと、ブラック・クラッグの山腹の小屋に移った。ほんの幾晩しかいないときもあれば、ひと月もいたこともあった。

「奥さんとけんかしたのでしょう」と作男たちや周りの小作農民たちはいった。

しかし、毎日ラグナはかごに夫の食べ物を入れて小屋に行き、戸口のところで挨拶をして、めったに中に入らなかった。中に入るのは、大雨が降ったときとか、海から強い風が吹きつけて、ラグナが荒野を行くことができないときぐらいだった。

小屋の家具はごく質素なもので、椅子とテーブルとベッドだけだった。棚にランプ、それに泥炭を燃やす小さな炉があった。特に寒い天候の時には、ブレックネスの作男たちは主人の泥炭が切れないように気をつけた。

しかし、ラナルドは数日間小屋にいるだけだった、あるいは一晩のときもあれば、夏のまるまるひと月のときもあったかもしれない。

ある冬、北西からの突然の嵐があり、イエスナビーからヘルヤンに至るまで、軒並みに漁船は岩にあたって壊れた。しかし、漁師たちはみな水泡や砕けた波を潜り抜け、浜に何とかたどり着いた。一隻は浜に近いブラガ岩礁の沖合で、ふたりの漁師——父と息子——が岩礁に船がぶつからないように必死にがんばった。しかし、船を救うことはできなかった。荒れ狂う波間にかすかに聞こえる船がばらばらになる音、ふたりは冷たい濁流の中にいた。目に入るのはふたつの頭だけで、ひとつは黒く、もうひとつは灰色、さらに大きな波が襲いかかった。若者は重い体を何とか浜に引き上げ、両手を使ってさらにはい上がった。新たな波により老人は、修道院の下の岩間に運ばれようとしたが、助けようがないように思えた。その時、誰かが強風と波しぶきの中を進んでいくのを見た。その男は溺れかけた漁師の髪をつかみ、押し寄せる波間から海藻の散らばる砂浜に引き上げた。その男は心臓の鼓動を聞くかのように身をかがめ、おぼれかけた漁師を背負い、嵐が勢いづきまたおさまる中を、重荷に時折足をふらつかせながら、ブレックネスのほうに浜伝いに進んだ。

人びとはいった。「地主の老ラナルド様だ！」

ラナルドはブレックネスの戸を開いて、叫んだ。「ラグナ、火と食物を必要とする者がおる。」彼は体を温めるために炉のそばにいることなく、すぐに険しい荒野にある小屋にのぼって行った。

（三日間、瞑想中だったのだ。）

年老いた漁師は、ラグナとソルヴェイグの手当てで回復したように思えた。しかし、スープをすすりながら、空は悪天候の兆しばかりで、月が欠けていくこんな朝、漁に出かけるのは愚かなことだとおれにはわかっていた――「若い連中にいっても無駄だった、連中は海についてはよく分かっていると思っている」――と老漁師がふたりに話しているとき、ちょうどそのとき、突然、角のスプーンが彼の手から床石に落ち、老漁師は倒れた。彼が倒れる前にソルヴェイグが両肩を支えたが、すでに彼は事切れていた。

「小屋の勇ましい老人が、どんな具合か見にいかないといけないわ」とソルヴェイグはいった。（ソルヴェイグは男たちのことを軽蔑して話した、特に居酒屋でけんかをしたり、女たちの前で自分をひけらかしたり、西の海や東のユトランドやリトアニアでやったでかいことを、自慢したがる連中については。）こういった大口をたたく連中を、彼女の舌は誰かが拳で殴ったよりも厳しくやっつけるのであった。それ故、ソルヴェイグ・ラナルズドーターがいるところでは、男たちは黙りがちだった。

ソルヴェイグがラナルドの小屋の戸を開けたとき、戸は風で蝶番《ちょうつがい》から取れかかっていた。ラナルドは小さな鍋で卵をゆでていた。彼の海水にぬれたコートははりにかけられていて、長いブーツには中を乾かすためにわらが詰められていた。

「父さん」とソルヴェイグはいった。「一時間いっしょに座っていて、心安らかでいられるのは、父さんぐらいかしら」

「今日は駄目だよ、ソルヴェイグ」とラナルドはいった。「修道院長からきのう、『コヘレトの言葉』（文語訳では『伝道の書』）の中の一章がのっている巻物をいただいた。それには知恵に満ちた事柄が書かれている。それを読むのに、丸一日――いや数日間――かかるだろう。だから、今はわしをそっとしておいてくれ、ソルヴェイグ」

「父さんが助けた老漁師は、結局亡くなりました」とソルヴェイグはいった。

「それはその男にとってよかった」とラナルドはいった。

ソルヴェイグは父親のほおにキスをして——彼女はめったにキスはしないのだが——立ち去った。

「母さんや兄さん、頼んだ農場の女衆にそう伝えておくれ」とラナルドは優しくいった。

二

スマルリッドはティングヴォーの集会から帰ると、すぐに父親をたずねた。ある年、彼は馬を馬小屋に入れるのが待ちきれなかった。その春、ラナルドは農場にいた。

「父さんのベッドに座らせてください」とスマルリッドはいった。「話したいことが山ほどあります」

「それを重要に思えない人もいるだろう」と父親はいった。

重要なことがオークニーに、そしてノルウェーやスコットランドにも起こっていた。スマルリッドや多くのオークニーの人びとにとって、自分たちは胸高まる時代、また危険な時代に生きているように思えた。農民や商人は外国での移り変わりゆく暴力のため、自分の農場や船で安閑としていられないからだ。

「スマルリッド、お前があの高所の血なまぐさい連中について、連中のたくらみやその対抗策について話しに来たのなら、わしは聞きたくないよ。お前の女房のところへ行って話せ。子どもたちはそのような寝物語を喜んで聞くかもしれない」（今、スマルリッドと妻の間には、ふたりのハンサムな小さな息子ソルステインとソルビョルンがいた。）

そして、ラナルドはスマルリッドの熱心に語ることばから、耳をふさぐようにした。

だが、最後には彼はいつも耳を傾けるのだった。

まず、ノルウェーでオーラフ王が亡くなり、今はマグヌース王が支配していた。マグヌース王は子ども時代から若いログンヴァルド・ブルシソンの親友であった。ふたりはいっしょになって危険なことや冒険をし、ログンヴァルドがマグヌースの命を救ったことがあった、ともいわれた。

ログンヴァルドが突然オークニーに艦隊を率いて着いたとき、彼をオークニー伯に任命する勅書を携えていた——父親ブルースから正当な権利で相続したあの三分の一と、また東の王の自由裁量による三分の一の勅書を。

オークニーのソルフィン伯の執事たちによる、ログンヴァルドに対する名ばかりの拒否があるのみだった。しかし、それですら結局、幼児期にオークニーを最後に見たその若者の魅力や礼儀正しさに、太刀打ちできなかった。ログンヴァルドの金髪は長く、それは「輝く滝のよう」だと宮廷詩人アルノルはいった。「彼の目は冬の湖辺の氷のようである」。新しい伯のその目は、友人とともに食卓に座るとき、エールの杯に囲まれ、笑みに満ちあふれていた。しかし、地図や元帳を前にして助言者たちと政策や財政について論じているとき、何か難しい問題の解決策が見つかるまで、大抵それはログンヴァルド自身による解決だが、彼の目は冬の氷のようであろう、そして彼の額は、詩人の奇想を凝らしたことばによれば、「夏の明け方のように澄んでいるであろう」……ときどき、ログンヴァルド伯が館の廊下でひとりたたずんでいるのに出くわすことがあった、そこつ者はひとりでいる領主の顔に浮かぶ、冷徹で冷酷な夢想に驚いた。

はじめ、ソルフィン伯はこの突然の横領についてほとんど何もすることができなかった。彼はスコットランドの北西部の彼の軍隊——半分は略奪を目的で戦争に行く者であり、半分は正規の軍隊——のことで忙しかった。彼は今、ケイスネスからアーガイルとギャロウェーに至る、スコットランドの七つの地域を支配すると主張した。しかし、その地域の領主だとしても、その地域の大きな家々に平和の女神パークスを彫っておらず、その地域は燻くすぶる廃墟《はいきょ》のままで、ある羊飼は明け方、自分の群れが北の海から来た軍隊に蹴散らされたり、壊れた船が西の海岸線に散らばるのを見るのだった。

甥がオークニーの三分の二を引き継いだという知らせがソルフィンに届いた時、——その知らせが本当なら——人気があり有能なその若者のため、残りの三分の一はもがれるのを待つ、熟したリンゴのように揺れたわけだ、とソルフィン伯は笑いとばした。抗議のため北のオークニーに名ばかりの使者を送った。ログンヴァルド伯はその使いを丁重に迎えて、ソルフィン宛の手紙を持たせて返した。「オークニーの父の取り分を正当な権利によって相続し、ノルウェーのマグヌース王は三分の一を贈り物としてわたしに下賜された。あなたの収入と税と地代はあなたの名において集め、南の地において目下剣や馬や船でお忙しいようなので、島の防衛はわたしが整えましょう。ソルフィン伯、諸問題は最終的にわれわれ両者の間で平和的に解決しましょう……」

「また始まったか」その手紙を読んだとき、ソルフィン伯はいった。「古傷がまた開き、血が流れている——オークニーにふたりの伯、ノルウェーは闘犬場の二頭の大型番犬マスチフのようにお互いを歯向かわせる。こういったことをすべて羊皮紙にしたため、ログンヴァルドに送ってやろう。だが、何の役に立つか。手紙を書くためでなく、戦いのために、わたしの手に力が必要なのだ。この戦が終われば、北のオークニーへ行く。甥はこの点について正しい、わたしは彼と同様、あらゆる点でオークニーにおいて平和が欲しい。だが、わたしには、平和をもたらす別の方法があるかもしれない」

スコットランド奥深く行われるこの襲撃や略奪——戦闘とは程遠く、小競り合いとも言いかねる——は、占領したとりでの広間で、ソルフィン伯の詩人である桂冠詩人アルノルによって、朗々とほめたたえられ、他方、クランの首長は雪の中の山腹の穴のくぼみから保護を求めるのであった。

「これはすべて、恐ろしい終わりになるだろう」と、一年後のある日、スマルリッドがティングヴォーの集会から帰った後、ラナルドはいった。「あの英雄や戦士や海賊たち！　オークニーで必要なのは聖人だ。だが、わたしどものような人間には聖人をどのようにして生み出すことができるのか、わたしには分からない」

スマルリッドはバーシーやアインハローやパピーやウォーベスの、修道士たちの小さな共同体に触れた。平和の歌が昼となく夜となく、絶えず彼らの聖歌隊から聞こえてきた。

「それは本当だ」とラナルドはいった。「その貧しい、つつましやかな人たちの中に、聖人がどのくらいいるのか、誰にも分からない。その小さな教会ばかりでなく、小作農地や漁師小屋にも、生活は厳しいことが多いが、きわめて善良な男女がいる。運命は善悪を同じ程度に分け与えているようにに思える。わしは今、むしろ血なまぐさい人たちと向かい合って、彼らに剣を鋤《すき》の刃に打ち変えさせる聖人について考えている。この聖人が最後にお出ましになるとき、光の衣をまとって島々に歩み出られるだろう。人びとは病んだ心と体のまま、喜んで彼のところにやって来る。聖人はわれわれの残酷な歴史に平和のしるしを貼られる。人間の性格に染みついているのだから、残酷と陰謀と暴力は続くだろう。だが、聖人の家の扉を戦士たちがいくらたたき続けても無駄であろう。とにかく、ピーター修道院長はそう信じており、わしは今まで彼に従っている、しかし、結局わしは祖先の前では影が薄い」

その間、ブレックネス農場やまわりの小作農地の生活は、前と同じく続くのであった。スマルリッドは優れた農夫であった。時折不作の年があろう、だが、ラナルドはずっと以前に小作農民たちに、不作の年に備えて備蓄することを教えていた。さらに、小作農地に窮乏があれば、ブレックネスの十分蓄えられた納屋からすすんで貸し出されるのであった。

ある冬、執事の老エイヴィンドが亡くなり、ラナルドは彼の目を閉じてやった。ラグナでさえ入ってきて、冷たい顔にキスをした。忠実で賢い老人であったからだ。スマルリッドのふたりの小さな息子たちは外に出て、降りしきる雪の中、澄んだ声で叫んだ。「執事のエイヴィンドが亡くなった！」——この死が素晴らしいニュースであるかのように。

ソルヴェイグはいった。「修道士たちは礼拝堂のはずれに小さな墓地を作っています。その地域の亡くなった人はすべて、身分の高い人も低い人も、家族の埋葬塚でなく、そこに埋葬するといっておられます。修道士たちに、エイヴィンドの墓をそこに掘ってくださいといいました」

ソルヴェイグはこの問題でよく動いた、とみんな認めていた。でも、ラナルドはまず自分に相談すべきであった、といった。

ソルヴェイグの大きな声は、一年中丘の中腹で響いていた。アヒルが思ったより卵を産んでいないなら、彼女は飼っている鳥を担当する女を叱った。また「腐った水!」と、かなり怠け者と知られているある小作農民に叫ぶのだった。「お前がときどき井戸をきれいに掃除しないなら、当然腐った水を汲みだすことになる。誰もお前の作ったエールを飲みやしないでしょう。それればかりか、お前の子どもたちは腹を下し、死ぬかもしれません。今すぐ、鋤とバケツを出しなさい!」

また、ソルヴェイグはある百姓娘にいった。「なに、涙? 男のため? どんな男? ああ、ルーンズのワルドなの、お前が涙を流している男というのは。もちろん、どんな善良な男でも他の娘っこに笑いかけ、にやにや笑いかけるものよ。男たちにいくら忠実でよくふるまっても、ときどきそうするのさ。いいかい、この世で涙を流せるだけの価値のある男なんぞいやしない。相手の女があいつのことを見抜けば、ワルドは戻ってくるわ、怖がらないで。あいつがお前の戸口に来たら、犬を仕掛けてやるわ……」それからソルヴェイグは島の男たちについて話をするだろう、とても滑稽で真似がうまいので、捨てられた娘は笑い出す。

ソルヴェイグが男たちを憎んでいるというわけではなかった。シェトランドとケイスネスの間をちょっとした荷物を運んでいる、ハムナヴォーの若い船長がいた――名はリョウト――彼とソルヴェイグは数年間友だち同士だった。彼女は彼の船ファルコン号がホイのケイム断崖を回るのを見送った。一時間後、彼女は馬に乗って、ハムナヴォーに戻ってきたリョウトを出迎えに来るのだった。リョウトもよくブレックネスに来て、彼とソルヴェイグは、大きな部屋のろうそくの灯った静かな隅で、話し合うのであった。ふたりの周りでは紡ぎ車がブンブンと音を立て、織機では杼《ひ》のあたる音がし、スマルリッドや作男たちが往来していた。大きな農場でさえも、ふたりの語らいのプライバシーはほとんどなかった。どういうわけか、彼女と赤褐色のあごひげの船長が婚約した、というわさが広まった――確かにソルヴェイグは両親にも知らせてなかった。そのあと、もしお節介な人がソルヴェイグを止めて、(例えば)「おふたりさんがしようとしているいいことって、こういうことなの、あなたとハムナヴォーのリョウトさんが」というなら、ソルヴェイグは冷ややかにいうだろう。「何について言ってるの。仕事をしたら。」あるいは別の人が「自分の小さな家をたてるのね。どこに?」と畑の隅から叫んだら、あの聞きたがり屋さん、カモメだったのかしら、ソルヴェイグはそう答えるだけだった。

しかし、リョウトがラナルドとラグナとひそかに話したことは知られている。その同じ日、ラナルドは家に帰るとき、修道院長のピーターと話すために修道院に立ち寄った。

だが、結局何の役にも立たなかった。ファルコン号はケイスネスのメイへの航海から帰ってこなかった。いくつかのオールやこわれたこぎ座が、ブリムズやロナルドシーの浜に打ち上げられた。

ソルヴェイグは一日家にこもったきりだったが、翌朝、タカをガースの上の丘に連れていき、風の中に解き放した。タカは上へ上と飛んでいき、雲間に見えなくなった。
そのあと、ソルヴェイグは仕事のことで男たちと話すだけだった。

三

インゲルス・ラナルズドーターはサンドウィックのテンストンに、夫のラミール・オーラフソンといっしょに住んでいた。そこの農場で満ち足りた生活を送り、六人の子どもをもうけた。みんな物静かな人たちで、その家族についてしばらくはほとんど耳にしなかった。ラミール・オーラフソンはログンヴァルド伯がノルウェーから来た時、彼に敬服し、まもなく友人となった。ときどきラミールはブレックネスに馬に乗ってやってきて、家畜・作物などの取引をしたり、家族のニュースを交換したりした。ラミールはスマルリッドに、ログンヴァルド・ブルシソン伯がどんなに偉いかいつも話しており、スマルリッドもログンヴァルド伯が島全土を継承してくれればいいことだ、と認めていた。

ラナルドはいつも丁重に接していたけれど、婿のラミールとはことばを交わすことはほとんどなかった。「ラミールは東からのこの驚嘆すべき新しい伯以外、ほとんど話をしない。わたしは伯たちや彼らの陰険でねじ曲がった策略にはうんざりしている。だが、ラミールとインゲルスとその子どもたちは祝福する。農事については、ラミールはスマルリッドと話してもらう……」

ある日、ラミールはすっかり落胆した様子で、テンストンからやってきた。突然ソルフィン伯が強力な船隊を率いオークニーにやってきて、ログンヴァルド伯を諸島から去らせたのだった。もちろん、ログンヴァルドはノルウェーのマグヌース王から援助や必需品や忠告を得るために東へ行った、とラミールはいった。やがて、敗れた伯を支持したオークニーの人びとにとって、事態は悪くなっていった。ソルフィンの部下三人がラミールのところにやってきた。突然、今日から税は三倍にするといわれた。「それに不満なら、ノルウェーのログンヴァルド・ブルシソンが、彼の牛小屋の掃除の仕事を与えてくれるかもしれない」とソルフィンの部下はいった。

インゲルスは外の庭の粗野な大声を聞いて泣き始め、年上の子どもたちは走り出て、部下たちを見つめた。

ソルフィン伯の使いは財布からコインを取り出して、一番年上の男の子のロルフにやった。「さあ、これを取れ、すぐにおやじのパンを買うために必要になるかもしれない。」ラミールはロルフの冷たい小さな手からコインをひったくって、肥やしの山に投げ捨てた。「ソルフィン伯に言ってくれ」と彼は三人の馬に乗ってきた部下たちにいった。「税金はログンヴァルド伯さまやノルウェー王にしか払わないとな」

「滞納者がどうなるか知ってるな」使いの者はいった。「ともかく、ある夜、わらぶき屋根が燃やされるぞ」

そして、部下たちは笑いながら去った。

スマルリッドはこのことを父親に話した。ラナルドはいった。「不公平な負担だ。だが、ラミールはソルフィン伯の税を支払うべきだった。金で彼を助けてやろう」

ラミールは誇り高いので、贈物や、貸付すら受け入れない、とスマルリッドはいった。

すべてこういった権力の変化・交代は、ブレックネスやその周りの小作農地の生活にほとんど影響を与えなかった。彼らの税は変わらなかった——もちろん、あの静かな人びとは家にいて、メインランドのワード・ヒルで行われた、ログンヴァルド伯の夏至のフェスティバルに踊りに行かなかったので。

数か月間、テンストンからの知らせは何もなかった。

その後、ラミールは丘を越えてまたやってきた。馬を降りる前ですら、彼が興奮で顔を紅潮させているのがスマルリッドには分かった。「すばらしいニュースだ!」と彼はあぶみに片足をかけたままいった。「われわれの真の伯が戻ってきた。ログンヴァルド伯さまはバーシーの大きな館に帰られている! ソルフィンは死んだ。魔女の息子で、タカのような顔をした男は死んだ。オーファーで燃え尽きて灰となった」

スマルリッドが家族を集めたとき、ラミール・オーラフソンはエールのジョッキ片手に炉のところに座り、その一件を話した。

ソルフィン伯はオーファーに農場を持ち、そこでときどき、妻のインギビョルグや部下の何人かと滞在しているように思えた。「大変な美人だ、あのインギビョルグは」とラミールはいった。「彼女も一握の灰になったのはまことに残念だ」

二晩前、ソルフィンとインギビョルグは大宴会を用意させ、オーファーやステンネスやスキャパのお偉方がすべて招待された。その家の庭は松明《たいまつ》で彩られ、客たちは馬を降り、馬は馬屋へと連れていかれた。

中では、大宴会の準備が整えられ、ハチミツ酒の器は三度目が回されており、台所からスープや魚や焼き豚のにおいが漂ってきた。伯付きの詩人アルノルもそこにいた。彼は最近、主人の勝利を格調高い詩に記録した——頭韻を踏んだケニングの長い詩行——オークニーの人びとはまだその新しい詩を聞いたことがなく、食後に詠唱されることになっていた。(アルノルの詩は言われている程よいものではない、という者もいた。アルノルの詩の大部分は人びとが半ば酔い、眠い時に詠唱され、その状態ではすべてが実際よりよいように思われる。) しかし、そういった悪口はソルフィンや彼の詩人、特に桂冠詩人アルノルの名声をねたむ他の詩人たちによって広められた。詩に通じているログンヴァルド・ブルシソンが、アルノルは非常にすぐれた詩人であると考えている事実は、彼の名声が十分にそれに値するという確たる証拠であった。ラミール自身もバーシーの館でかつてアルノルと話したことがあり、アルノルはブレックネスとその家族たちのことや、いつかそこをどうしても訪れたいと思っていると話した。

「ブラガで砕ける波の音をぜひ聞きたい」とアルノルはラミールにいった。そしてさらにいった。「ラミール、あなたはブレックネスのインゲルス・ラナルズドーターの夫であると聞いております。あなたが優しい人であることを願います、インゲルスは美人ではないけれど、思いやりのある人ですから……」

桂冠詩人アルノルがブレックネスやその家族を知っているように思えたことを聞いて、その日炉辺でしばし驚きが起こった。ラグナは午後のほとんどを考え込んでいるようで、ラミールの話す驚きの話をあまりわかっていないように思えた。

ソルフィン伯と客たちが椅子に座っているとき、ソルフィン伯は空気をかいでいった。「スープの香り以外のにおいがすると思う……」その時、客のひとりが喉を詰まらせ、せきをし始めた。もうひとりの客がいった。「家の中に霧がかかっているなんておかしい——テーブルの端に座っておられるインギビョルグ様がほとんど見えません……」すると、屋根が燃えている！と料理人付きの少年が叫びながら、台所から走り出てきた。家全体が燃えていた。

「甥《おい》のログンヴァルドの訪問を受けているのかもしれない。招いていなかったのだが」

女たちは悲鳴を上げ、髪をかきむしり始めた。もう、頭上の屋根は炎の塊となり、燃えているわらぶき屋根が食卓の上に落ち始め、煙が充満した。

インギビョルグは火の具合を見る少年にいった。「今夜はもうまきを運び込む必要はないわ！」それから身をかがめ、少年にキスをした。

少年は泣き始めた。

「正面の入り口から出よう」とソルフィンはいった。「でも、燃えている鶏小屋の雌鶏のようではなく、静かに、順序よく」

ソルフィン伯は笑った。静かに「甥のログンヴァルドは有能な男といわねばなるまい」と彼はいった。「襲撃の時を心得ている。冬の初めにやって来るとは誰も思うまい。夏がこの世で急襲の時だ」

掛け金を外そうとしても、開かなかった。外から錠が掛けられていた。それで、召使たちは煙と炎の中で、せきをし、叫びながら、右往左往していた。

その時、外に大声を聞いた。「召使や下僕たちは自由に出られる。ひとりひとり窓から出るように。ソルフィン・シグルドソンとその取り巻きは、中にいてこの寒い夜の火を楽しんでもらいたい。ソルフィンの勇士たちは、誰も逃げようとするな。顔を松明で確かめる」

ソルフィン伯はインギビョルグにいった。「お前は自由に出てよい。女を傷つけることはあるまい」

しかし、インギビョルグはいった。「あなたといっしょに死ぬことを選ぶわ」

（すべてこういったことが、燃えているとき家の中にいたものによってラミールに伝えられた。）

燃えているさなか、ひとりの老人が長椅子の上に眠っていた。ソルフィンの部下のひとりがこの老人を起こした、老人は長い間家族に仕えていて、今では馬具や漁具を直すなど、片手間の仕事をしていた。部下がしばらく揺り起こして、老人はやっと目を覚ました。「外へ出ろ」ソルフィンはいった。「無事に出られる」

「わしを眠りから起こして寒い夜に追いやるとは、かわいそうなことよ。もう、死んだも同然」と老人はいった。しかし、ソルフィンの部下は、せきをしてぶつぶつ文句を言う、この老人を窓から突き出した。燃えている家から出る最後の者となった。

窓は閉じられ、火は星に向かって燃え盛った。空の輝きはカークヴォーやハムナヴォーから見ることができたそうだ。遠くから見ていた者は、あれはオーロラに違いない、という者もいたが、

「いいや、オーロラは美しいが、この輝きは自然のものではない」という者もいた。

ログンヴァルド伯とその部下たちは、日の出までその場所にいた。火は消えかかっていた。焼け跡はまだ熱く、詳しく調べることができなかったが、多くの焦げた死体を見ることができた。「残念なことよ」とログンヴァルドはいった。「インギビョルグのような美女がこのように終わるとは」

しかしながら、彼と火をつけた者たちは、笑いながらカークヴォーのほうへ走り去った。

それが、ラミール・オーラフソンがブレックネスの炉端で語った物語であった。

その日その後スマルリッドは、漁師と網を修理してその日を過ごしていた父親をたずねた。

ラナルドは首を振った。「こんなことから、良いことや長続きすることは生まれない。夜、敵を傷つけるものは、目覚めて自分の口や目に血を見るだろう。この話は繰り返し聞かされていると思う」

四

オークニー伯にまたログンヴァルド・ブルシソンがなっても、ブレックネスや小作農地ではあまり変わりはなかった。

しかし、その前年にラミールから銀貨を脅し取った三人の税取立人は、愛想よくまたやってきた。

「ログンヴァルド・ブルシソン伯さまはラミール様にご挨拶申し上げます。あなた様との友情を今まで以上に大切になさいます。カークヴォーでいつでも喜んでお会いになります。今後、ログンヴァルド伯さまはカークヴォーから、いやむしろバーシーからご支配なさるおつもりです。地代帳をご覧になって、税を納め過ぎておられると考えておられます。これからは、三分の一をお支払いするだけでよろしいそうです……」

ある日、ソルヴェイグは羊道で、父親が何匹かの雌羊を追っているのに出会った。ソルヴェイグは今、前年尾根に自分用に建てた小さな家に住んでいた。明け方から日暮れまでおしゃべりやうわさ話や紡ぎ車の快い音であふれている、ブレックネスの女たちの部屋よりも、風や雲に囲まれたその家に住むのが好きだった。相手が欲しかったら、ソルヴェイグは鍛冶屋《かじや》へ行った——鉄を打つハンマーの音や騒音を上回る男たちの叫び声など気にならなかったし、男たちは彼女を仲間のひとりとして受け入れた。あるいは、馬小屋に行き、馬を扱う人たちと話をしたり、（ソルヴェイグは別として）親方のケルドしか近寄らせない馬の和毛《にこげ》の首をなでるのだった。ソルヴェイグはどこか小作農地で、もめ事、特に亭主が女房をいじめているのを聞くと、すぐにその家に行った。通常は彼女がその亭主を見つめればよかった。しかし、ソルヴェイグが激しい言葉をいうときが時々あり、その時、亭主は弁解のことばもないか、今度だけは頭に来たとつぶやくだけだった。だが、亭主がいじめることは二度と起きないだろう——そう、生きている限り、女房に手を上げることはしないだろう。しかし、ソルヴェイグは危険で意地悪い男、けちな弱い者いじめを目にしたら、そいつの襟首をつかんで頭をベッドの支柱にたたきつけ、男は声を上げて慈悲を乞い、かわいそうな若い女房は両手で口をおおうだろう。それからソルヴェイグはいうのだった。「もう一度女房をいたぶっていることをきいたらな、哀れなやつめ、小川へ投げ込んでやる。もうやるなよ！」

しかし、この日、ソルヴェイグは丘の小屋に行った。父親のスツールに静かに座っていった。「なぜそんなにやせているの。なぜラグナのこしらえた食べ物を戸の外に置いたままにして、冷たくしてしまうの。あまり食べてないですね」

ラナルドはいった。「老人はやせる。老人は食欲がなくなる。昼間、オートケーキ一枚と一切れのチーズがあればいい、それ以上欲しくない」

ソルヴェイグはいった。「たいてい朝早く、畑を横切って漁師小屋に父さんが行くのを見るわ。寒いから、ちゃんと着てください」

朝早く、露とヒバリの声の中を出かけるのが好きだ、とラナルドはいった。「神は毛を刈り取った羊や骨ばかりの老人への風を和らげてくれる」

ソルヴェイグは父がテーブルの上に、印や測量の数字を書き込んだ羊皮紙を広げているのを見た。「それは何の設計図ですか」とソルヴェイグはたずねた。「新しい家を考えているのですか、ケアストンのジョンをうらやましがらせるために」

ラナルドは船の設計図を描いている、といった。自分は若いころ、多くの船に乗って航海した、と彼はいった。ほとんどの船がそれぞれいいところがあり、中にはとてもいい船があった。しかし、どの船にもどこか欠点があった、水をよく切らないへさき、どんなに順風でいい潮時であっても、よい船が見せるような進み方をしないおかしな船など。「それで、ここに座って完全な船の設計図を描いているのだ。奇妙なことだね、わたしはまた航海するつもりはないのに。実際、ハムナヴォーの船長たちと話して、波止場であれこれと話し合ってからだいぶたつので、商船がどんな形であったか忘れてしまったし、お前も知っての通り、常に新しい型やデザインが出ている。だから、この設計図を見せられた船長は大笑いをするだろう。わたしは楽しみのために設計しているだけだ、ソルヴェイグ。それはわたしが死ぬまでの時間を埋めてくれる」

ソルヴェイグは次に来るときには、ミツバチの巣を持ってくるといった。「夜、ホットエールにハチミツを混ぜてください」と彼女はいった。「そうすれば、冬を無事過ごすことができますよ。父さんの食べてるチーズとオートケーキの量では、ネズミでも餓死してしまうわ。それに、ハチミツとエールを口にすれば、よく眠れますよ」

ラナルドは妻のラグナによろしく伝えてくれ、といった。

「ラグナに伝えてくれ、明後日《あさって》、農場に戻ると。わたしの炉辺の椅子を用意しておいてくれとも」彼はいった。「お前の兄さんのスマルリッドに伝えてくれ、あいつに会えていつもうれしいと。そう、週に一度ほど。でも、伯や王やヴァイキングについては何も聞きたくないということもな」

五

次の冬のクリスマス後のある日、馬に乗った男がひとり尾根を横切り、畑の間を通ってブレックネスにゆっくりと下りてくるのが見えた。

その寒々とした冬の朝、その男はとてもわびしそうに見えたので、スマルリッドの妻リヴは下働きの女たちに火を起こさせ、スープを温めるように言った。「エールはだめね」と彼女はいった。「こういったエール飲みを知っているわ。朝酔って、一日中飲み続けている――誰にでもある困ったこと――中には新月まで酔いの冷めない人もいる……」

その男が近づいてくると、テンストンのラミール・オーラフソンであるのが分かった。

ラグナとリヴはラミールがとても青白く気分が悪そうに見えたので、召使たちに、スープでなくきわめて強い年代物のエールのびんを探すように言った。

しばらくして、ラミールは口をきくことができた。彼を火のそばの深い椅子に座らせた。もうスマルリッドは納屋からきて、ソルヴェイグは丘から下りてきていた。その日、ラナルドは羊の囲いの中で働いていた。

「インゲルスと子どもたちに何かひどいことがあったのね」とラグナはいった。

「それよりもっと悪いことだと思うわ」とソルヴェイグはいった。

ラミールはエールを何口か飲むと、やっと口をきくことができた。

「われわれの領主さまが亡くなられた」と彼はいった。「われわれのログンヴァルド伯さまは、パパ・ストロンシー島で殺されなすった」

しばらく彼はそれ以上話すことができなかった。顔が引きつり、目には苦悩を宿していた。

「涙や嘆き悲しみがないことを願うわ」とソルヴェイグはいった。「それは不幸なことよ、男の人にとっては。もしラミールが泣き叫び始めたら、座をはずすわ」

「おれは泣き叫ばない」とラミールはいった。「おれだって、どんな男だって、この悲惨さを表せる涙はない」

彼はラグナの作った強いエールをさらに何口か飲み、それで事の次第を話すことができた。

ログンヴァルド・ブルシソン伯はスキャパ湾とワイド湾の二つの海の間の村、カークヴォーに住んでいた。そこに立派な館を建てた――バーシーの前の領主の宮殿は崩れるままにしておくつもりだった。カークヴォーには船を避難させるのに格好な、深い礁湖があった。

カークヴォーにあるログンヴァルドの新しい館は、その年ずっと活気に満ちていた。地主や商人や船長がオークニー中から、シェトランド諸島やサザランドやルイス島からも、その幸運な若者に会いに集まって来た。ログンヴァルドがまぎれもなく唯一のオークニー伯である現在、賢い善政を敷くことは、誰の目にも明らかであった。ソルフィンの裏をかくことのできる男は偉い人であった。

オークニーの若い女たちは、そのハンサムな伯に心をすっかり奪われた。そういった女のひとりが、ログンヴァルド伯に小型のペット犬を贈った。優しい人懐こい、とろけるような眼をして、すぐに伯になついたように思われた。主人から離されるといつも、甲高い声でなき続けた。それ故、大型の猟犬や番犬はのどで低くうなり、鎖がなかったら、アサ（ペット犬の名）を簡単に始末していただろう。

オークニーの農民や商人をこの上なく幸せにしたものは、今、ノルウェーのマグヌース王が彼らの友であり、究極の保護者である、ということだった。過去において、島民の情況に大きな混乱を引き起こしたあの二重統治は、もはや必要ないだろう。

自分の領土でログンヴァルド伯が安全に過ごすために、ノルウェー王は自分の選んだ、およそ二〇人の若者を派遣した。伯のまわりにその忠節な護衛がいれば、彼にいかなる害も及ばないだろう。オークニーの多くの人びとは、ノルウェー人が故国に戻るのを願ったろう。なぜなら彼らは浪費家で威張り屋さんで、娘たちは土地の若者より彼らを好んでいるように思えたからだ。

ついでながら言うが、ペントランド海峡を渡り、ログンヴァルド伯に祝いのことばを述べ、忠節を尽くそうとするケイスネスの人間がほとんどいないことに気がついた。ケイスネスは長い間、ソルフィン伯の子ども時代から彼の根拠地であった。そこにはソルフィン伯の友だちが多くいた。

「気にするな」とログンヴァルド伯はいった。「ソルフィン伯が亡くなった思いに慣れるのに、少し時間がかかるだろう。ケイスネスの連中は来る、時間をやれ」

ログンヴァルド伯は食物や飲物について、好みがうるさかった。ノルウェーの宮廷で大事に育てられ、戦時中はきわめてたくましい連中と堅パンを食べることができたけれども、オークニーの人びとが食卓で骨をかじったり、生ガキをひとのみで食したり、苦いエールをよくがぶ飲みするのを見て、吐き気を催さんばかりだった。

オークニー一番のモルトづくりが、パパ・ストロンシーという北の小さな島に住んでいた。このモルトづくりは農夫であったが、その大麦の価値を認めていると彼が思う農夫の作る大麦からしかモルトをつくらなかった。それで、大麦はほとんどすべての大農場からパパ・ストロンシーに船で運ばれた。

「他の者たちには自分の飼い葉おけで、ぐいぐい飲ませりゃいいんだ」とこの農夫はいった。彼の名はオルドといった。

ログンヴァルドはいった。「この有名なモルトづくりに伝えてくれ、オークニー伯はこの男の作るモルト一二袋に高値をつけると……」

冬で、日は短く寒かった。カークヴォーや他の場所のいたるところで、女たちはおけでクリスマスのエールを作り始めていた。

ログンヴァルド伯はパパ・ストロンシーの有名なモルトづくりについて、さらに考えていたに違いない。ある日、彼の船ハウンド・オブ・ザ・ゲール号の船長ペールにいった。「朝、お前とパパ・ストロンシーへ行きたいと思う。まだその島へ行ったことがない。伯は自分の領地について隅々まで知っていなければならない。そこにはアイルランド人の修道士たちがいると聞いている。キリスト降臨のグレゴリオ聖歌を聞くことができよう。あの有名なモルトづくりと夜を過ごそう——自分の家に伯が一晩泊まることを、悪くは思わないだろう。それから翌朝、島々の間を通ってカークヴォーに帰る」

一二月前半の今は、短い航海でも、周りに避難できる島があっても、船に乗るのは悪い時期だといって、カークヴォーの商人の中には反対するものもいた。遠く離れた島には、亡くなったソルフィン伯の友だちや信奉者が少しいた。たいして何もない島の、少しばかりの火に震え、石の床で夜を過ごさずに、自分の館で安楽に過ごした方が伯にはよかったろう。

そして、若い女たち——日がたつにつれてますます多くなったように思えた——は伯のまわりで、優しい目を向けて、ちょっと不平をいった。「領主さま、冬、わたしたちのもとを離れないでください……」「あなたの夢を見ました。夢の中で、領主さまは修道士で、猟犬にズタズタにされていました……」「女には直感というものがあります――どこへも行かないでください……」「わたしどもは領主さまへのクリスマスの贈り物をずっと作っておりますが、まだ出来上がっておりません――白いリネンの上着とか、金髪をくしけずるくしとか……」

しかし、廷臣たちがモルト購入のちょっとした普通の航海に反対すればするほど、ログンヴァルド伯は行くことに固執した。

「なんの災害もお前たちに及ばないよ」と彼は女たちにいった。「ノルウェー人のボディーガードはここカークヴォーに残り、お前たちのそばにいて、どんなトラブルも追い払ってくれる。召使たちにエールのおけを洗っておくよう伝えてくれ。オークニーでのクリスマスの宴会は、ヴァルハラ以外では一番の宴会になるだろう」

翌朝、へさきにペール・アルニソンを乗せて、ハウンド・オブ・ザ・ゲール号はカークヴォーを立ち、パパ・ストロンシーのゆるやかに傾斜した浜に着いた。

農夫はオークニー伯――農夫は伯を、香水をつけた小生意気な若造といった――が自分のモルトを買いたがっていることを、特に喜んでいるようには思えなかった。しかし、農夫の女房や妹や母は、雌鶏のようにあちこち走り回った。火を起こし、炎を黄金色《こがねいろ》に燃え立たせ、豚を殺して、火にかけた大きな黒い鍋に頭や足を投げ入れ、エールのたるを転がして家の中に入れた――栓が抜かれ、立ち上る香気だけでも眠気と満足感を催した。外の泥炭の山から、どんどん泥炭が運び込まれた。

「あなた様に売るほどのモルトがあるかどうか分かりません」と農夫はいった。ログンヴァルド伯は財布から金貨を一枚取り出して、テーブルの上に置いた。「納屋にいっしょにおいでください、見てみましょう」と農夫はいった。あなたはどなたさんであると言われましたか、ログンヴァルド伯さま。ソルフィン様がわれわれの領主さまのお名前かと思いました。わたしにはどうだっていいことです、領主さまのお名前がなんであるかということは。わたしにたくさん税をかけておられます、わたしの知っているのはそれだけです。領主さま、あなた様のその小さな犬に、そのようにキャンキャンないて、庭を走り回らせないでください——わたしの犬でしたら、そいつを二口でかみ終えてしまいますよ……さあ、モルトの保管場所です。味わってみてください」

ログンヴァルド伯は農夫の無愛想を喜んでいるように思えた。伯は人差し指の先に少しモルトをのせ、においをかぎ、舌で触れてみた。

「二〇袋欲しい」と彼はいった。「すぐに船にのせて欲しい」

「そんな無茶な」と農夫はいった。「ほかにもお客さんがいるのです。このモルトはサンディーからリナンシーまでの大きな農家のものです。いつか来ます。一二袋にしてください、それ以上は駄目です。それで駄目ならおやめください」

もう、納屋には明かりがともされ、星が出ていた。

「お泊まりで?」農夫はいった。「皆さんのベッドはありません。床には皆さんが体を伸ばすだけのスペースがありますので、朝まで、炉辺に座られたほうがいいです。ここは宿屋ではありませんので、泥炭はたくさんありますが、朝食は粗末なものです」

その時、小さな犬は瀬戸にぼんやりと浮かんでいるように見える船に向かって、激しくほえたてていた。

それから、みんなは夕食のため中に入った。

孤島の小さな農家としては、すばらしい食事だった——ベーコンのスープ、豚の頭と足、大きな三角形に切ったハム、焼き立てのパンにチーズ、みんなが幸せな気分になるおいしいエール。

（そのぶっきらぼうな農夫でさえ、一、二度笑ったが、それは窓の敷居に置かれた金貨を見たせいかもしれない。）

ペット犬のアサはしばらく豚の骨をかじってから、火のそばで寝入った。

農夫は立ち上がって、牛小屋のわらの上に寝にいくといった。「横になる前に、炉の火に灰をよくかぶせておいてください」と彼はログンヴァルド伯にいった。

エールと暖かさで、伯や部下たちは眠気を催してきた。昔の物語がつっかえつっかえためらいがちに、ゆっくりと彼らから語られた。

犬のアサは伯の足元に眠った。

おけにはエールがまだ半分残っていた。「勝手に飲んでください」と女房はいった。「納屋で寝ますので」

「なぜ急にこんなに寒く感じるのか」と船長のペールはいった。もっと泥炭を火にくべるように、船長は船の給仕にいった。

「この火が消えるころまでには、われわれは大分年を取って(old)いるだろう」ログンヴァルド伯はいった……彼は夢から覚めた人のように、驚き身を震わせた。「変だ」と彼はいった。「『火が消えるころには寒く(cold)なるだろう』というつもりだった。なのに『年を取っているだろう』といってしまった。このような言い間違いは偶然ではあるまい。警告と予言と思う。わたしの舌は頭の中で、弔鐘を鳴らしていたのだった。ソルフィンはまだ生きているのかもしれない」

燃えるわらのいくつかの束が、屋根から床に落ちた。

ソルフィン伯の声が外から扉越しに彼らを迎えた。

「そうだ、ログンヴァルド、ソルフィンはまだ生きており、健在だ。お前や部下たちは夕食を楽しんだと思う。朝食を食べることはあるまい。外に出ることはできない。扉は封鎖されている」

その時、家の片隅からパッと炎が燃え上がった。

「少なくとも、農夫や女たちは許してほしい」とログンヴァルド伯はいった。

「連中は納屋にいる」ソルフィン伯はいった。「家の焼失を弁償しなければならない。お前の資産から払う、ログンヴァルド」

その夜、ログンヴァルドは宮廷の女たちが彼のために縫ってくれた、白いリネンの立派な上着を着ていた。

もう男たちの声は、柱や屋根の燃えさかる騒音で、ほとんど聞こえなかった。

船長のペールは叫んだ。「ここに司祭がいる。彼は出してやったほうがいい。」その後は煙が喉に入ってきて話すことができず、せきで身を震わした。

船の給仕はいった。「これほどの大火に出会ったことはない。」それから彼の声は、せきと喉のつまりで次第に聞こえなくなった。

ソルフィン伯はいった。「扉の上半分をあけてやろう。司祭が出られる」

半分開いた扉から大気が入って、火がさらに激しく燃えさかった。

ログンヴァルド伯は扉下半分に手をかけて、火を放った者たちの頭上を飛び越えて、闇に消えた。

「確かに司祭の服を着ていた」ソルフィン伯はいった。「だが、あんな跳躍ができるのはログンヴァルド・ブルシソンしかいない」

ソルフィン伯は六人の部下に、ログンヴァルドを島中探すようにいった。

もう、家の中からは、衰える火のはぜて燃える低い音しか聞こえなかった。家はくすぶる灰になった。

「ならず者たちめ！」大麦畑の端から、農夫が叫んだ。「もうお終いだ。女たちは市《いち》で恵みを乞わなければならない。お前たちのおかげで、おれたちはみんな物乞いになった」

「黙れ」とソルフィンはいった。「さもないと、心変わりをするかもしれぬ。お前をバーシーの醸造の頭にするつもりだが、口の利き方を気をつけたほうがよい」

農夫の妹はいった。「わたしどもみんな、命を助けていただき感謝しております」

農夫の母親はいった。「連中と一緒にいたあの給仕はどうしました。船でやってきたかわいらしい少年がいました」

農夫はいった。「とにかく、うれしいことにあの金貨は財布に入れた」

女房はいった。「パパ・ストロンシーでこんなクリスマスを祝うなんて、いったい誰が思ったでしょう！」

ソルフィン伯は農夫にいった。「浜に漁船を置いているか。ログンヴァルドならそれに乗って逃げるかもしれない」

やがて、探索者たちは戻ってきて、島中をくまなく探したが、白い上着を着たものの影はないと報告した。

「はい」と農夫は答えた。「もちろん一隻持っております。それも失うことになるのですか」

その時、船の置いてある場所から、狂ったような、甲高いほえ声を聞いた。

ソルフィン伯はいった。「あの子犬が騒ぎ立てているところを探せ」

農夫の船の船尾のこぎ座に座って、子犬をなだめているログンヴァルド伯を部下たちは見つけた。彼はすぐさま短剣で刺し殺された。死体は海藻の上に寝かされた。「こいつも主人の後を追わせよう」と部下のひとりがいった。犬のアサの命も絶った……

朝になると、二〇袋のモルトはハウンド・オブ・ザ・ゲール号に積まれ、ソルフィン伯は帆を上げるように命じた。

礼拝堂では、アイルランド人の修道士たちが死者のための鎮魂曲を歌っていた。ログンヴァルド・ブルシソンの遺体は祭壇の前に置かれた。

船が出る前に、ソルフィン伯は農夫にもう一枚金貨を与えた。「わたしがこれに感謝すると考えられますか」と農夫のオルドはいった。「わたしの曾祖父《ひいじい》さんがこの農場を開き、耕したのです」

「この人のことは気に留めないでください」と農夫の妻はいった。「わたしどもはソルフィン伯さまにお訪ねいただいたことを光栄に存じております。どうぞこの宿六をお許しください、考えもなく口走るものので」

「パパ・ストロンシーに一日でふたりの領主さまが！」と農夫の妹はいった。「そんなことを一体誰が考えたでしょう！」

「おひとりはたいへん静かです」と農夫の母親はいい、もの悲しい音楽が続く礼拝堂のほうにうなずいた。

しかし、農夫は貧者をしいたげる者たちについて不平をいい続けた。

「言ったであろう」とソルフィン伯はいった。「これからお前はバーシーの醸造の頭だ。この農場を心配する必要はない。よければ女どもを連れてきてもよい」

しかし、農夫は相手が伯や修道院長や王であろうが、殺し屋や火付け盗賊のためにモルトやエールは作らない、といった。

しかし結局、農夫はソルフィン伯とともにカークヴォーにやってきた。女たちがパパ・ストロンシーに残るなら、喜んで、といった。これまでに、彼は女たちにうんざりしていたのだ。

カークヴォーの島の間を航行するとき、ソルフィン伯は部下たちに船倉に斧《おの》を携えて潜むように命じた。前日、カークヴォーを立った時と同様、船上には人影はなかった。

ログンヴァルド伯のノルウェー人の援軍が、モルトを持ってきた者たちを出迎えにカークヴォーの浜にやってきた。彼らは丸腰であった。

突然、ハウンド・オブ・ザ・ゲール号から武装した人たちが躍り出て、若いノルウェー人たちを次々と殺し、ひとりだけ生かした。

それで、ソルフィン伯はオークニーのただ一人の支配者となった。

その日そのあと、彼はカークヴォーの主だった人たちをすべて集め、事の顚末《てんまつ》を話した。死んだ伯は人びとから好かれていたので、中には悲しそうな表情をする者もいた。多くのものは耳を傾け、うなずいた――かくかくしかじかと運命が作用し、こういった展開には、喜んでも悲しんでも無駄なことである。何人かの顔には笑みが浮かび、こびるように背中を丸めて、くびき時に進んでそうする雄牛のように首を突き出した。こういった人びとは彼のまさしく確かな継承地に、偉大なオークニー伯ソルフィン様を喜んでお迎えするといった。

ソルフィン伯は彼らに冷ややかな眼差《まなざし》を向け、カークヴォーに自分の本拠を置くつもりはないといった。事情が整えばすぐに、バーシーの半ば出来上がった宮殿に自分の宮廷を持ってくるつもりだった。

命を許された若いノルウェー人は大広間に連れてこられた。護衛の人たちはソルフィン伯の顔をじっと見つめた。伯はノルウェー人にいった。「明日、ノルウェーに向かう貨物船がある。お前はその船に乗っていけ。ベルゲンのマグヌース王に、臣下のログンヴァルド・ブルシソンは死んで、今は真の領主ソルフィン伯がここオークニーを完全に支配し、今後、オークニーの収入を手にするつもりであること、そして、ノルウェーはもはやオークニーの支配権を所有していないことを伝えてもらいたい」

若いノルウェー人は船に連れていかれた。カークヴォーの商人のひとりはいった。「ソルフィン伯さま、どのようにして、オーファーでの火事を逃れたのですか。」ソルフィン伯は笑った。「火事の時は煙に包まれている」と彼はいった。「妻のインギビョルグを両腕に抱えて、燃えている壁の割れ目から走り出たのだ。煙のため誰にも見えなかった。現場は大混乱で、暗い夜だった。漁船のある浜までインギビョルグを連れていった。船を引き出し、ペントランド海峡をこいで渡ってケイスネスにいった。ケイスネスには多くの友がいる。インギビョルグと私はそこでかくまってもらった。ほとんど毎日、ログンヴァルドの動きの知らせが伝えられた。二日前、彼がモルトを求めてパパ・ストロンシーに行くことを聞いて、ログンヴァルドとソルフィンがまた相まみえる好機と思った……」

それでブレックネスの家で、いかにソルフィン伯がラミール・オーラフソンの友であり仲間であるログンヴァルド伯との形勢を逆転させたかを、ラミールは語った。

しかし、ラミールと彼の農場・家族に関する限り、それで話は終わらなかった。

ソルフィンが脱出したおよそ一週間後、最初テンストンにやってきて敵意のあることばを吐いた馬に乗ったあの三人の男が、バーシーからまた馬に乗ってやってきた。今度は単刀直入にいった。

「ラミール・オーラフソンだね？ もちろんお前はラミールだ、否定しても無駄だ。この農場はソルフィン伯さまのものだ。これを借りたいというものがいる。今月末までに、テンストンから出ていってもらいたい、お前さんや家族や家畜は」

「この農場はわたしのものです」ラミールはいった。「五代にわたたって伝えられてきました」

「今はソルフィン伯さまのものだ」と男のひとりがいった。

「それに、ソルフィン伯さまはお前を追い出すお積りだ」ともうひとりがいった。

「今月末までにまた来て、税と賃貸料を集める」と三人目の男がいった。それから馬首の向きを変え、バーシーのほうに戻っていった。

「そんなわけで、宿無しになってしまいました」とラミールはいった。「ソルフィンはオークニーの他の農場をわたしに貸すことはありません」

スマルリッドはいった。「君主や権力との人間関係からきている。力を落とすな、ラミール。ヘザーブレイズの年老いた小作人エギルが、最近亡くなった。そこに移ればよい、君とインゲルスと子どもたちは。テンストンのような肥沃なところでなく、冬の風が尾根を寒々と音を立てて吹き渡る。でも、頭上には屋根があり、父はあまり多額の賃貸料は取らないと思う」

月末には、ラミールは家族や牛馬や羊をヘザーブレイズに連れてきて、厳しい冬が始まる前に一家は落ち着いた。

六

今や、ソルフィン・シグルドソン伯は戦いにおいて自力で勝ち取ったスコットランドの北西部の領土に加えて、オークニー・シェトランド伯でもあった。

しばらくして、オークニーの農夫や商人たちは、ソルフィンのような強くてひとりの支配者をいただいて喜んだ。ソルフィンはラミール・オーラフソンのように、甥を表立って支持した者の何人かに仕返しをしたのちは、他の者には穏やかな顔を見せ、トラブルのあとはみんな共に島の平和と繁栄をもたらすように提案した。

人びとを統一するために、伯（黒いあごひげにはもう白いものが交じっていた）は少数の廷臣を連れて、馬や船ですべての島や教区を訪れた。廷臣の中には有名な戦の詩人、桂冠詩人のアルノルがいた。

やがて、伯の一行はブレックネスに着き、スマルリッドやリヴやラグナに庭で丁重に迎えられた。その日、ラミールとその家族はヘザーブレイズに閉じこもり、扉に錠をかけ、窓は締め切った。子どもたちは度々耳にしている偉い領主さまを見たがったが、ラミールは中にいるように厳しくいった。一番上の息子はなんとか屋根によじ登って外に出て、ソルフィン伯とスマルリッドがお互いに挨拶するのを見に集まった人びとの端にいた。ソルフィンの一行の中に、フードをかぶりコートの襟を立てて、顔を隠しているものがいた。

ラグナやソルヴェイグも出てきて、伯に拝謁した。その朝、ソルフィンはうれしい気分だった。彼は自分の廷臣をひとりひとり、ブレックネスの主だった人びとに紹介した。紹介された最後のものは、目だけ見えるように顔を包んだ人だった。「こちらは詩人のアルノルです」とソルフィン伯はいった。「彼の技術の鉄床《かなとこ》からたたき出された燃えるようなことばは、わたしが剣で切り出した領土よりも重要です。いやむしろ、わたしの物語はアルノルの響き渡る詩行がなかったら、風の中の煙のように消えてしまうでしょう」

ラグナはいった。「もし母親が自分の息子が分からないなら、困ったことです。エインホーフ、お前が野良犬のようにこそこそ逃げ出した日、父親の金庫からとったお金を返しに来たのね」

すると、詩人アルノルは笑った。彼は急に頭をのけぞらせ、馬から降り、母親を抱きしめた。

兄のスマルリッドは冷ややかな挨拶をした。

「お前はなぜ名を変えなければならなかったの」とラグナはいった。「ウォーベスの洗礼盤ではエインホーフと名付けられたのに」

エインホーフは農場や丘や下の海をしげしげと見つめていた。「すべてがずいぶん小さくなってしまった！」と彼はいった。「牛小屋や羊小屋や井戸……」年寄りの作男の何人かを見知っていて、彼らを温かく手でゆすり、ソルフィン伯がたつ前に一杯やろうといった。「今日は今までで一番うれしい日だと思う」と彼はいった。

それから、ラグナはエインホーフ＝アルノルにキスをした。これはあまりにも大げさな愛情表現と考えられた。ソルヴェイグは困ったような表情を見せた。作男たちは足をもぞもぞと動かした。スマルリッドは「やあ、お帰り」といって、彼を手で強く、だがまだ少し冷ややかにゆすった。ラグナはソルフィンと部下たちを中へ案内した。お出でになることを知っていたら、もっとご馳走を差し上げたのに、といった。さしあたり、まずまずの軽食を差し出すことができた。戸棚がすっかり空になるということはなかった。ソルフィン伯はラグナに謝意を述べた。その日、ストラムネス教区には訪れなければならない農場が多くあります、どの家でもご馳走になったら、みんな太鼓腹になってしまいます、と彼はいった。「特にここに寄ったのは、ブレックネスの農夫ラナルド・シグムンドソンさんにご挨拶をするためです。お元気かな？」と伯はいった。夫は目下ブラック・クラッグの中腹にある小屋に住んでいて、羊飼や馬の世話をする人たちや漁師たちと時間を過ごす以外にはめったに下りてきません。元気ですが、手足がリューマチで痛み、髪の毛やあごひげは真っ白です、とラグナはいった。「またお会いできればうれしいのですが、とお伝えください」とソルフィン伯はいった。「わたしが小さいころ、バーシーの館に父のシグルドをたずねてくださいました。ヴィンランドの航海のお話を忘れられません。いい方です、ラナルド・シグムンドソンさんは。今、お会いできればうれしいのですが」

それで、ラグナはソルヴェイグに父親の小屋へ行って、領主さまがブレックネスをたずねてこられ、お会いしたい、と言われていることを伝えなさいといった。ソルフィン伯は馬に乗ったままだった。馬は小石の敷かれた庭を少し跳ねて、火花を散らした。ひとりの娘が極上のエールの入ったジョッキをのせたお盆をもって、ソルフィン伯の部下たちの中を回った。伯はジョッキを取り、あごひげに泡をつけたまま二口で飲みほした。その時、ソルヴェイグが小屋から戻り、伝えた。父はソルフィン伯さまにお会いしません。ウォーベスの修道院長をたずねて、この世でソルフィン伯さまが行った悪行の赦しを乞うたほうがよいです、と父は申しておりました。ソルフィン伯は馬に乗ったまま、あっけにとられた。

それから、彼は大笑いをした。

「ラナルドさんに伝えてくれ」と彼はいった。「心の問題については、ウォーベスよりも少し先に行くつもりだ。来春、ローマで教皇にお会いするつもりだ、わたしといとこのスコットランドのマクベス王とで。船でノルマンディーに行き、アルプスを越えてイタリアに入る……ラナルドさんにそう伝えてくれ」

それから、ソルフィン伯は次の大農場ケアストンに行く時だ、部下たちに合図をした。

ラグナは困惑した表情を見せた。夫が無礼極まりない伝言をしたことで、伯が自分たちを悪く思わないことを彼女は願った。

「問題ない、わたしは直言が好きだ」とソルフィン伯はいった。「わたしがいっしょに回らなければならない、このへつらいどもを見てくれ。正直なことばはひとつもない」

ラグナは桂冠詩人アルノルの名で好戦的な詩を作った息子のエインホーフに、ブレックネスにもう一日二日泊まっていく気はないかたずねた。

しかし、へつらいどもの主任として、常に主君のそばにいるのが自分の務めだとエインホーフ＝アルノルいった。「わたしがとてもしたいことは、かつてチェス盤を刻み付け、貝殻や石のビショップやキングでひとりゲームをした、家のはずれにある、割れた古い板石を見ることです」

ソルフィン伯はまた笑い、栗毛の馬に小石の上を飛び跳ねさせた。

「ソルヴェイグ、おまえは優れた鷹匠《たかじょう》と聞いている」と彼はいった。「バーシーのグリーネイ・ヒルにお前のタカを連れてきてくれ。いっしょに大風の中へと歩き、雲間でわれわれの厳しい競り合いをやってみたい」

ソルヴェイグはアーネフィアの頂から自分のタカ狩りをやるほうがいい、といった。

ソルフィンは笑って、もう一杯エールを所望した。「ブレックネスの人びとはユニークだ」と彼はいった。「だが、ソルヴェイグ、夫を迎えるときだ。そうすれば、もう少し物柔らかになる」

ラグナは目をふせた。「領主さまはうまい受け答えをなさるものだ」と彼女はいった。

「ここの訪問は、出発以来訪れたどの農場にも勝る楽しいものだった」とソルフィンはいった。

一行はみな馬にまたがった。

エインホーフはあぶみに乗る前に、母の両ほおにキスをした。彼は姉に同じように別れを告げたが、姉は冷ややかな眼差《まなざし》を返した。

スマルリッドは暖かく弟の手を取った。

それから、伯とその部下たちは走り去り、作男たちは歓呼の声を送った。そして、ラミールとインゲルスの息子のロルフは、回り道して家に帰った。

ソルヴェイグは男たちに仕事に戻るように命じた。「午前中いっぱい、時間を無駄にしたわ。耕作の仕事が目に入らないの」

その年遅く、伯の石工たちがバーシーの沖合にあるブロッホという島に、小さな聖堂を建てるのに忙しく立ち働いている、といううわさが届いた。パリで修業した若い聖職者が、初代オークニー司教としてやってくることになった。名はウィリアムといった。

その年はほとんど、ラナルド・シグムンドソンは健康がすぐれなかった。

しかし、夏が来ると、強健になった。彼の健康は海のように干満があるように思えた。丘の中腹にある羊飼の小屋まで歩くことができたが、今では杖《つえ》を突き、前を農場の犬の一匹が走っていった。

ラナルドが浜にそれほど来なくなり、その夏の大部分を羊飼たちと過ごしたことに、漁師たちはないがしろにされた気分だった。

老人は鉄床でハンマーの音が響きわたると、歯を食いしばって鍛冶屋《かじや》を通り過ぎるのだった。

「あれは戦を思い出させる」と彼はいった。

彼が喜ぶように思える音は、風雨、牛と羊、頭上を通り過ぎる野鳥だけだった。彼がたまたま修道院長の巻物の『コヘレトの言葉』を読んでいるか、船の設計図にとりかかっているとき、もしラグナかスマルリッドかソルヴェイグが戸口で立ち止まって挨拶をするなら、ときどき不機嫌な表情を見せた。

羊小屋から帰る途中、ラナルドはときどき立ち止まって、海を見渡した。特に船がホイ島のケイム断崖の沖合を西に航行するのを見ると、彼の顔に憧れの表情が浮かぶのだった。杖に寄りかかって、長い間立ち止まっているのだ。すると、犬のブランが前を走り、ほえながら家路を急かせるのであった。

息子のスマルリッドは少なくとも週に一度は彼を訪ね、その大きい農場での出来事を知らせるのであった。老人はたいていスマルリッドに注意を半ば向けるだけだった。「よろしい、よろしい」と彼はいった。「あの二頭の馬が馬小屋でけんかしたら、扱いにくいのを売って、もう一頭を買いなさい……」「最善と思えることをしなさい。わしにはほかに考えることがあるのだ……」「収穫はよかった、使用人たちはもっと賃金を望んでいるのか。そんなくだらないことで煩わせるな……」

「来週はティングヴォーの集会に行くんだろ? このことを理解しなさい、スマルリッド——そこで行われていることは何も聞きたくない。なんという空しさ。さまざまな演説や、片隅でこそこそと企てられるはかりごと。集会にはぜひ行きなさい、だが、よく聞いて、何も言わず、できるだけ早く帰ること……もう、わたしは放っておいてくれ、ここに修道院長からいただいた巻物がある、昔いたヨブという人のことが書いてある。わたしはあの気の毒なヨブよりも、幸せな老境を過ごしている」

ソルヴェイグは父親の戸を勢いよく開けて、中へ入るのだった。「あのラミールは思いあがっているわ、丘の小作農民たちにあれこれ命令している。『ここはおれの掘割だ』と彼はみんなにいうの。『あの境界の石が見えないのか――お前さんの羊に草を食わせているところはおれの土地だ。気をつけろ……』これはあいつが父さんの婿だからだわ。あいつにはっきり言ってやったわ。『ここへ来たときは物貰いであぶれ者だった』と今朝言ってやったの。『何世代にもわたって使っている小作農民のわずかな土地を、だまし取ろうとしているのよ。分かってるの、ラミール。もうそんなたわごと聞かせないで。』すると、妹のインゲルスがヘザーブレイズの戸口に立って、目にエプロンをあてているのよ。あのラミール・オーラフソンはわたしが帰るころには、顔を赤くしてるの……」

ラナルドはいつも辛抱強くソルヴェイグの言うことに耳を傾け、最後にいうのだった。「ソルヴェイグ、そのことは兄のスマルリッドに言いなさい。土地の管理はあいつがやっている――分かっているだろ。少なくとも、ブレックネスで騒ぎを起こさないでくれ」

ソルヴェイグは六本オールの漁船に乗って、ホイ島の向こうまで漁師たちと行き、魚を取った。漁師たちは気にせずソルヴェイグを船に乗せた――彼女は懸命に釣り糸に取り組み、漁師たちと同じ粗野なことばを話すこともあった。ハドックが余り、父親が小屋にいるなら、戸をさっと開け、床に二匹置いた。「ナイフ持っているわね。自分ではらわたは取ってちょうだい」と彼女はいった。「毎日何か役に立つことをしなければ。本を読んだり、考えてばかりいたら、体によくないわ……」一週間たつと、ラナルドの小屋の腐った魚のにおいにむかついた。老人が夜、目が覚めると、灰受け石の上に魚の輝きを見るのだった……最後には羊飼がそれを取って、カモメに投げてやるのだった。

しかし、いつも魚を持ってきたとき、彼はソルヴェイグに礼をいい、一時間ばかり海のにおいをかぐのだった。

七

春のある午後、スマルリッドはティングヴォーから帰ってきた。くらをおろし、馬を馬小屋に入れるのを馬丁に任した。それから、父親の小屋へ大急ぎでいった。いつもより大きく戸をたたいた。

「お入り」とラナルドはいった。

「集会から帰ってきたところです」とスマルリッドはいった。「こんな集会があったなんて信じられません。ソルフィン伯さまは驚くべき人です」

「そんなことは聞きたくない」とラナルドはいった。

しかし、結局いつものように、老人は息子のいうことに耳を傾けた。

マグヌース王の愛するログンヴァルド伯が、オークニーのパパ・ストロンシー島の岩と海藻のはざ間で殺されたこと、翌朝、王が伯に遣わした優秀な護衛たちがカークヴォーの浜で殺されたことをきいて、王がとても怒ったことはよく知られていた。ひとり残された護衛がソルフィン伯の王への表敬の挨拶を持たされ、王に新たな状況を知らせた。王は復讐《ふくしゅう》を誓ったが、今やソルフィン伯に近づくことは難しかった。ソルフィンはオークニーや、さらにスコットランドの広い領域を絶対的に支配していたからだ――彼は自分の領土において、スコットランド王と同等の力を持つ絶対的な支配者でもあった。ソルフィンはまた、オーファーの家が取り囲まれて火をつけられたときのように、まただまされるような類の男ではなかった。平和を破られるのを防ぐために、バーシーの北西海岸の沖合の険しい小島に宮殿（まだ完成していないが）を建て、それはブロッホ・オブ・バーシーと呼ばれた。この島に陸路で行けるのは干潮時だけだった。さらに、ソルフィン伯は同じ島に、自分が単なる世俗的な暴君でないことをこの世に知らせるために、小さな聖堂を建てていた。

ノルウェーのマグヌース王は、オークニーのこの敵をどのようにやっつけるか考えて、眠れない夜を多く過ごしたが、何かをする可能性はほとんどないように思えた。オークニーにスパイや情報提供者が大勢いた昔とは違っていた。現在では、オークニーに停泊するノルウェーからの船は必ず厳しい検査を受け、船長や商人が仕事をして出発する時間は決められていた。どの船も東へ勝手に行くことはできず、行けばその知らせは伯や助言者たちにたちどころに伝えられた。

ひとりのノルウェー人の商人は自分の意志に反して、北のバーシーに行かされた。彼といっしょに馬に乗ってきた男が、ソルフィン伯がお前と話をしたいといったとき、商人は自分の最後の日が来たと思った。「何か間違ったことをしましたか」バーシーに行く途中、彼は聞いた。「わたしは単なる商人で、領主さまにお願いします、わたしに危害を加えませんことを。わたしは結婚したばかりです、メーレに家を建築中です、材木とセイウチの牙を取り扱う商いをやるつもりです」

オークニー伯のふたりの家来は何も言わなかった。それがかえって、そのおとなしいノルウェー人を怖がらせた。

潮は引いていた。三人は潮だまりをぬって、はしごや足場やモルタルのバケツで忙しく仕事人が立ち働いている宮殿に歩いていくことができた。

ノルウェー人はソルフィン伯から好意的なもてなしを受けた。「どうかしたのか」と伯はいった。「そのように震える必要はない。さあ、この男のエールの杯を満たし、パンと燻製の羊を持ってこい。日が暮れる前には船に戻れる。お前は歓迎されている。東の王国、デンマークやスウェーデンやノルウェーの様子を知りたいだけだ。長い間、何の知らせも入ってきていない」

商人は答えた、ノルウェーはデンマークと戦争していること、ノルウェーの船はセル諸島沖合に集結し、まもなくデンマークの沿岸を攻撃することを。ノルウェーの造船所は昼夜忙しく、喫水の深い大きな戦艦を建造中だった。彼は二、三隻の見事な船舶が進水するのを見た。

「その船は最後には、セル諸島に集結するのか」と伯は聞いた。「それは確かか」

「よく知られています」と商人は答えた。

「潮が満ちてくる前にブロッホを離れる時間はある」とソルフィン伯はいった。「馬はバーシーの浜でお前を待っている。カークヴォーの屋台で商いが繁盛することを願っているよ。メーレへ安全な船旅を」

伯は商人に銀の指輪を与えた。商人は馬の球節に羽根があるかのように、カークヴォーまでずっと馬を走らせた。

数日以内に、ソルフィン伯は足の速い二隻の船を装備し、人員を配置して、東のノルウェーに出帆した。


セル諸島では、デンマークへの攻撃のため、ノルウェーの各地から船が急いで集結していた。マグヌース王は二隻の見慣れない船が西からやってくるのを見た。ともに敏速で強力な長い船であったけれど、彼の戦隊の隊形をなしていないように思えた。その見慣れない船は王の船すぐ近くに来ると、船乗りのひとりが両船の間を飛び越えた。「会食仲間の方よ」とその見知らぬ男は王にいった。「部下を連れてやってきました。命令を下していただければ、王の戦隊にしたがって進みます」

王の船の乗組員たちはその男にあっけにとられた。「会食仲間」——陛下を会食仲間という船長を今まで見たことがなかった！ そいつが誰であれ、頭がおかしいに違いない。だがその男の勇気に舌を巻いた。死神のあごひげを引っ張る男のように思えた——その男の冷静で力強い目のまえでは、死神でもたじろぐかもしれない。

会食仲間と呼ばれても、王は侮辱されたように思えなかった。その見知らぬ船長を自分の長椅子のわきに座らせた。王はパンとビールで軽い昼食をとっていた。

その男は手を出し、王の分から一切れちぎって食べた。「これをふたりの友情の印としてください」と彼はいった。

マグヌース王はいった。「まだ名乗っておらぬな」

王の客はいった。「すぐに名乗りましたら、王はあまりお喜びにならないでしょう。ですが、このエールの瓶をあけるまでにお知らせしなければなりません。名はオークニー伯ソルフィン・シグルドソンです」

船上はしばらく静まり返った。

王はついに口を切った。「わしは誓ったのだ、ソルフィン・シグルドソン、われわれが会ったら、オークニーを支配させたわしの友、ログンヴァルド・ブルシソンを殺したことで、お前の命をもらうと。それはパパ・ストロンシーの海藻と岩間の水の間で行われた残酷な死だった」

「残酷なのはわたしではなく、運命です」とソルフィン伯はいった。「その同じログンヴァルドはその冬の初め、オーファーの家でわたしと妻のインギビョルグを焼き殺そうと考えました。わたしは甥のログンヴァルドに感服し、ログンヴァルドはわたしに通り一遍以上の尊敬の念を抱いていたと思います。しかし、運命はふたりを衝突させました、火と水というように。わたしだけがその四大元素の衝突から生き残ったのです――そう運命は望んだのです。今わたしはあなたの手中にあります、マグヌース王。王に全面的に忠誠をささげます――スコットランド王に抱く忠誠は別としまして」

ソルフィン伯が来たという知らせは広まり、王の助言者たちや戦隊の船長たちは王の船にやってきて、王と伯がすわっている長椅子の周りをかこんで立った。みんなは王が西の伯にどんな罰を与えるのかと思った。

しばらく王は一言も言わなかった。エールのジョッキを両手に持ち、その拳は白かった。

突然、王は伯の両手にエールのジョッキを押し込んでいった。「飲め、友よ。わしに会いに来てくれてうれしい。王に対するこのような率直さ・開放性は、きわめてまれだ。結局われわれはうまくやっていける」

ソルフィン伯はジョッキを取り、それを空けた。「王のおもむくまま、いっしょに参ります」と彼はいった。

廷臣や船長たちはそれぞれの船に戻った。マグヌース王とソルフィン伯はもう終生の友になる、と彼らには思えた。

王はノルウェーとデンマークの間の状況をソルフィンに説明した。ノルウェーはデンマークと戦争をしていた。ノルウェー艦隊はセル諸島に集結し、造船所からの船を待っていた。造船したばかりの船が、一週間以上も前に集合場所に着くはずだった。それでいらだっていた。ノルウェー王は小船隊ではデンマークに向かうつもりはなかった。しかし、北部の領主たちの船が着けば、海上での大勝利が目に見えていた。

ソルフィン伯は自分の二隻の船をノルウェー軍に加えてくれるよう申し出た。「みな優れた乗組員であり、優れた戦士です」と伯はいった。「王の足を引っ張るようなことはありません」

王は伯に謝した。ふたりは日が沈むまで話し合った。時折、乗組員たちはマグヌースとソルフィンがすわっている船尾楼甲板から、笑い声を聞いた。

王のそばにはいつも黒人の少年が立っていて、黒檀《こくたん》から彫り出されたように動かなかった。前年の夏、モロッコの沿岸を襲撃したとき、捕えられたのであった。時どき、少年のクワの実のような眼が輝いたり、熱い唇を舌ではじいたり、あるいは金のイアリングが小さな音を立てた。

この黒人の少年は、王のちょっとしたしぐさも理解するように思えた。日が沈み、王が指を上げると、少年はどこかに行って、二枚のクマの皮のマントを持ってきて、王と伯の肩にかけた。もう冷え込んできていたからだ。また去り、明かりを持ってきて、長椅子の上に置いた。光はふたりの顔に黄金色の影を宿したが、黒人の少年自身の顔は、波打つ明かりの輪の向こうの暗い影に消えていた。少年はまた座をはずして、熱いハチミツ酒の入ったつぼとパンや、海からとれたばかりの魚をワインで軽く煮た料理の皿を持って戻ってきた。

「チェス盤を持ってこい」夕食が終わると王はいった。黒人の少年が出入りすると、イアリングが小さな音を立てるのが聞こえ、チェスの駒が並べられた。

ソルフィンが勝ったが、チェスゲームのあと、王と伯は真夜中過ぎまで座って、北欧やスコットランドやアイルランドの情勢について話し合った。それから、ソルフィン伯は暇乞いをした。

「朝になると、明け方を背景に北方の領主たちの黒い船影を見るだろう」とマグヌース王はいった。「その時、デンマークと一戦交えるときだ」

「おやすみなさい、陛下」とソルフィンはいった。

「おやすみ、友よ」と王はいった。「今日はとても楽しかった」

黒人の少年は王の船から明かりを照らし、ソルフィンの船に戻る小舟に伯を導いた。明かりは高く掲げられ、波が無数の踊る硬貨となって輝いた。

あくる朝、北方の船隊はまだ来なかった。

マグヌース王はその日、また自分に付き添うように、ソルフィン伯に伝言してきた。「お互い知り合った今」と王はいった。「われわれの間に多年にわたる不信の歳月があったが、友情と良き仲間の点で築き上げるものを多分に持っている」

その日一日中、王の船の乗組員は船尾楼甲板から、笑い声や朗々たる古い詩の引用を聞くことができた。王がこんなに上機嫌なのを聞いたのは久しぶりのことだった。

黒人の少年は王のそばに立ち、少年が生きていることを示すのは、目のまばたきや舌の動く音やイアリングがかすかに鳴る音だけだった。でも、王が指でちょっとしぐさをすると、王の思いをたちどころに理解するのだった——王の口を拭くナプキン——ワインの革袋と二個のゴブレット——チェス盤と駒。

「お前はチェスが強いね」と王はいった。「わしはいつも負けている。なぜかな。チェスはうまいと思われているのだが」

「運です」とソルフィンはいった。「一時期バカ付きになりますが、それが突然変わり、日々四苦八苦となります」

王の船のへさきには、乗組員がひとり常置し、北方の船隊が見えればすぐに報告することになっている。その日、見張りが何人も交代した。北の領主たちが約束した船団の兆しはなかった。

「これにはいらいらする」と王はいった。「氷に閉じ込められたか。もう一勝負やろう。日暮れには、大きな黒い船影が北からやってくるのを見るだろう」

またチェスを指し、今度はやすやすとマグヌース王が勝った。

「付きが落ちたか」とソルフィンはいった。

日暮れ時だ。西の海は光であかね色に染まり、ところどころ黄金色、深紅色に彩られていた。赤い服を着た若者が船から船へと跳んできた――船は密集していたのだ――ついに若者は王の船に飛び移った。

ふたりの船乗りが彼を止めようとした――それをはねのけ、彼は大股で王のところへやってきた。

「こんなことをして、お前を殺すこともできよう」と王はいった。

「わたしは王の忠実なしもべです」と赤い服を着た男はいった。「これからも常にそうです。わたしが話したいのはこの男で……」彼はソルフィンを指さした。

ソルフィン伯は何も言わなかった。

「わたしは知りたいのです」とその男はいった。「兄を殺した償いを、お前はいつしてくれるのか」

当然ながら今まで幾多の人間を殺してきた、ソルフィンはいった、だが、楽しみのために殺したことはない。もしこの無礼な男の兄を殺したとしたら、その男は十分にその死に値したに違いない。

「そうではない」とその見知らぬ男はいった。「忘れてはおるまい、王の部下、ログンヴァルド伯さまを殺して、パパ・ストロンシー島から戻った日のことを。その日、お前の心は勝利の喜びと狡猾さであふれていた。カークヴォーの浜には、その船がクリスマスの醸造のためのモルトを積んだログンヴァルドの船と思い、王のノルウェー人の護衛隊が待っていた。その忠実なノルウェー人たちは、ログンヴァルド伯さまが北のほうの潮だまりで赤く血に染まり、海藻に絡まれて冷たく横たわっているのを、まったく知らなかった。お前はそれを忘れたはずがない」

「よく覚えている」とソルフィンはいった。

「それから、船底に身をかがめていたお前の武装した連中が、飛び降りて、非武装の若いノルウェー人たちを次々と殺した」とその男はいった。

「それも覚えている、確かに」とソルフィンはいった。

「そのノルウェー人のひとり、マグヌース王の忠実な部下は仲間とともに殺された」とその男はいった。「兄の死の償いをしてもらうために、ここに来たのだ」

ソルフィン伯はしばらく黙っていた。それからいった。「今まで殺した男の償いをしたことはない。たとえお前の兄が王の部下のひとりだとしても、そうするつもりはない」

マグヌース王はふたりが話している間、考え込んでいる様子だった。さっと顔が赤く染まった。何も言わなかった。言いたいことを抑えているかのようだった。

「もっとおれをよく見てみろ」とその男はいった。「おれが誰だかわかるだろう」

出会う無礼なやつを全部覚えちゃいないよ、とソルフィン伯はいった。

「だが、少なくともこれは覚えているだろう」とその男はいった。「若いノルウェー人をひとり許してやった、それで、彼はベルゲンに戻り、起こった出来事、ノルウェーの保護や友情の助けを借りずに、ソルフィンがどのように自分の領土を支配できるようになったか、を王に報告できた。その男をノルウェー行きの船に乗せたのを覚えているか」

「よく覚えている」とソルフィンは答えた。

「お前が許したその男はわたしだ。お前が東のマグヌース王に送った使者はわたしだ」

「それならそれでよい」とソルフィンはいった。「お前を許したわしは愚か者だった。でも、その知らせを持たせて東の王に送らなかったら、すばらしい話は駄目になっていたろう……人を許すのは間違いだと今になって思う――それがここセル諸島でのわしの失敗の原因と思う」

しかし、王は何も言うことができなかった。そこに座ったまま拳の上で顔のバランスを取りながら、虚空を見つめていた。

黒々とした波が船体にひたひたと打ち寄せた。

「黒人の少年よ」とソルフィン伯はいった。「その明かりで船腹を降りる私を照らしてくれないか。もう歓迎されないと思う」

しかし、黒人の少年は明かりを胸につけたまま、王のたれた頭にやさしく手を触れた。

「暗闇の中を何とか行こう」とソルフィンはいった。

それから向きを変え、赤い服を着た若い男に声をかけた。「常にこの世に吹きわたり、剣を上下させているのは運命の嵐だ。お前に償いをするつもりはない。お前の兄を襲ったのは運命だった。あの日お前を許したのも運命だ、わしではない。いつまでも幸せに暮らせよ」

黒人の少年の口からかすかなうめき声がもれた。金のイアリングが鳴った、ほんのかすかな音なので、星の出てない暗い波間にのまれてしまった。

八

ブレックネスの農場で何年か過ぎた。たいていはまずまずの収穫で、スマルリッドは有能な農場主であった。豊作の時もときどきあった。また、晩夏の嵐の天気とか虫食いによる早めの収穫のため、不作の時もあった。

だが、その地域では飢える者はいなかった。スマルリッドが父親から賢明な農業経営を受け継ぎ、まわりの小作農民たちが古くからの土地の知恵を考慮に入れたからだ。

ソルフィン伯は各島々にくまなく税取立人を送ったが、彼の税や賃貸料は概して公平と考えられた。

住民たちはよく治められていると思った。古い時代が無くなって喜んだ。昔は伯同士が覇権を求めて争い、国章が何度も何度も切り裂かれ、自分がオークニー・シェトランドの支配者であることを認めてもらう条件で、ノルウェーがある種の当て布を当てるため、何とか保持した継ぎ布をもって、伯たちは東の王に列をなした。

ソルフィン伯はもう、税の金貨を入れた箱を船倉に積んだ宝船を、ベルゲンに送らなかった。その代わり、臣下としてではなくスコットランド王と対等の立場で、スコットランドとの取引関係を増やし、スコットランド王と親戚関係を結んだ。

その時のスコットランド王はマクベスだった。ソルフィン伯はマクベスと良好な関係を結び、マクベスは強力な領主であり、勇敢で先見の明のある男であった。彼は容赦なくスコットランドの王国を築き上げていた。その当時西欧では、王国を手中におさめた夢想家や優男は誰もいなかった。マクベス王とソルフィン伯はときどき、たいていはインヴァネスの近くの王城の一つで会った。その会見の一つで、ふたりは一年割いてローマに巡礼に行くことにした。

「わたしの、この両手を見てくだされ」とスコットランド王はいった。「血の匂いが染みついています……」ソルフィン伯に力強い手を見せた。

「わたしにはとてもきれいに見えます」とソルフィンはいった。「本当に、女性の手のような香りです」

「グルアス王妃がわたしの洗面器にバラのエッセンスをいれたからです。王妃は健康がすぐれません。これまで行った汚れた行為のためばかりでなく王妃のために、年を取りすぎて旅も懺悔もできなくなる前に、ローマへ行こうと決めたのです。そういうことや、自分が王になるべきだと考える若造がイングランド王から人殺し軍隊を得てわたしを攻撃しようとしているので、彼らの手中から何とか逃れなければなりません」

ソルフィン伯は自分の海の匂いのする手でマクベス王のよい香りのする手を握り、翌年の耕作期や種まき時のあとで、ともにアルプス山脈を越えてローマやフランスやイタリアの他の都市を見ることで意見の一致を見た。

ひとりの弱々しい女性が謁見室に入ってきてソルフィンを見、首を振ってまた静かに出て行った。

「グルアス王妃です」とマクベスはいった。「健康がすぐれないのです」

その影の薄い亡霊のような女性が、王妃だとはソルフィンはほとんど信じることができなかった。数年前、王妃は君主や貴族の額にスコットランドの未来を読んで、自分の夫に、遠回りの手法ではなく素早く容赦のない方法、夜の短剣の一刺しで、スコットランドの王座に就くことを冷然と教えたのだった。

グルアスは窓の敷居に小瓶を置いていった。「それはわたしのバラ香油です」とマクベスはいった。「シリア産です。わたしが指やあごひげにすり込んで、血の匂いを消すのです。でも、あなたのような海の匂いがいいです、あるいはアルプスの雪の匂いとか」

それから、ソルフィンはオークニーに船で戻った。

ダンシネーンでのその会合の知らせは、ティングヴォーでの春季の集会のあと、スマルリッドによってラナルドにもたらされた。

「それを聞いてうれしい」と老ラナルドはいった。「ソルフィン伯は長く生きられないと気づき始めている」

今ではラナルドは、船の設計図の書かれた巻物や修道院長が貸してくれた羊皮紙を、もう読むことができなかった。視力が急速に衰えていた。

彼の孫でインゲルスの長男ロルフは毎朝早くやって来て、彼を時には羊小屋、時には鍛冶屋へ、時には漁師小屋へと連れて行った。老人と少年が畑の間をいっしょに歩いていくと、犬のブランがほえながら前を走った。

老人の一番の喜びは、インゲルスの六人の子どもたちが、農家とか「瞑想の場」に彼を訪ねてくれた時だった。スマルリッドのふたりの息子は近づかなかった。子どもたちはヴィンランドやグリーンランドやノルウェーの話をよく聞かされた。ソルスティンやソルビョルンは、ソルヴェイグや彼女のタカと丘へいったり、漁師がエビ取りかごに餌を入れる間いっしょに座ったり、やかましい鍛冶屋で立っているほうが好きだった。

しかし、インゲルスの子どもたちは祖父の話にあきることはなかった。レイヴ・エリクソンの船でアイスランドに密航したこと、スクレーリング人の少年と大木の下を歩いたこと、グリーンランドの競馬で勝ったこと、ベルゲンで王の食卓に着きハチミツ酒をたらふく飲んだこと、カークウォールでシグルド伯の商人たちとセイウチの牙や木材の取引をしたこと、ヴァイキングのハラルド・ソルンからブレックネスの農場を取り戻したこと、バーシーでシグルド伯の息子たちとチェスをしたり、未来の妻が上着に継ぎをしているのを見たが、そのラグナという娘がいつか自分の妻になるとはその時気がつかなかったこと（「そして、多分」とラナルドはいった。「お前たちのお祖母さんはバーシーを離れて、このブレックネスに来た日のことを後悔しているよ、わたしからあまり幸せが得られなかったからね、でも、お祖母さんはいい女性《ひと》だ、祝福あれ、ラグナに……」）、ある聖金曜日に、アイルランドのクロンターフでの恐ろしい戦いに数百人の若者と行き、拳にかすり傷を負った程度であの大規模な戦から生還できたこと、毎年毎年、ティングヴォーの集会に行き、公開討論や秘密の策略を聞いたりして、自分を含め、人間の愚行や残酷さに深い嫌悪を感じたこと、権力が人を狂わせるのを見たこと、口ゆがみのエイナル伯がサンドウィックのスケイルで、自身の裏切りのわなに陥ったこと、政治や暴力から手を洗い、ブレックネス農場やそこの作男たちとまわりの小作農民たちの世話だけをすることに心を決め、確固不動や寛大さでだけ向かう限り、すべてが公平さで保護され、取り扱われるようになったこと、ウォーベスに信徒仲間たちとしばらくいたアイルランド人の修道士が、西方の極楽等を発見するために航海に出た聖ブランドンの航海をラナルドに話してくれたこと、最後に、運命や自由の謎を解くことができるようにときどきひとりで来てこの小屋で過ごし、終末の水上の最後の旅の準備をすることがベストだと考えたことについて。

インゲルスの子どもたちは、雨が激しく降って小川や丘で遊ぶことができないときは、いつでもラナルドの小屋に来て長い間座り、畑から呼ぶ母親の声を聞こうとはしなかった。「どこにいるの。夕食を食べて寝る時間よ……」そして、子どもたちは祖父にねだって、また話をしてもらうのだった。時折、ラミールが明かりをもって子どもたちを探しに来るのだった。

すると、ラナルドは孫たちにお休みをいい、孫たちは彼のしわだらけのほおにひとりひとりキスをして、父親のあとをついて明かりに照らされた夜道を帰るのだった。

ときどきふたりの羊飼がラナルドに会いに来て、遅く降った雪の中での羊の出産の難儀や、その夏の羊毛の多い少ないについて、一時間ほど話すのだった。

今では、ラナルドは家にいるよりも小屋にいる方が多かった。

ソルヴェイグが週に一回ほどやってきた。最終的に、兄のスマルリッドよりむしろ彼女が農場の真の管理者で、畑や牧草地や家事にせよ、作男たちに仕事をいいつけたり、愚かなことや間違ったことをしたら厳しく叱ったりするのであった。強い男でも、ソルヴェイグが戸口に来るのを見ると震えるのだった。だが、半分ぐらいは励ましやほめ言葉をいうのだった。スマルリッドが来ると誰も不安を感じなかった――スマルリッドはみんなから好かれていた。

ちょうどイースター前のある夕方、ソルヴェイグは父親を訪ねた。「領主さまはスコットランド王に会いに行かれた」とソルヴェイグはいった。「おふたりはローマに巡礼に行かれます。おふたりの告白を聞くのは、教皇にとって有益なひと時でしょう」

ラナルドは何も言わなかった。ソルヴェイグが小屋にいるのを、彼は知らないように思えた。耳を傾けているかのように、彼は顔を片側に向けて座っていた。

西から強風が一週間にわたって吹き、そのため、ブラック・クラッグのふもとやブラガ(「雷の鳴りわたる水域」)の岩間に白波が砕けた。もう嵐はおさまったが、大西洋はまだ騒がしかった――うねり、叫び、ささやき、思うままにふるまい、うめき、あやすような、思いこがれるような、呼ぶようなさまざまな音、小さな鐘のような音、そして遠くのほうで雷のゴロゴロという音。

「まもなくわたしが船出するときだ」とラナルドはいった。

「あなたのいるところは大丈夫です」とソルヴェイグはいった。「火にたくさん泥炭をくべてください。三月の夜は冷えますよ」

それから、ソルヴェイグは小屋を出た。

翌日彼女が戻ってみると、父親はまだ海や航海について話していた。

「どこに出かけるの」とソルヴェイグはいった。「アイルランドですか。ノルウェーですか。今、昔の航海をしているのね、父さん」

「母さんにいってくれ」とラナルドはいった。「羊の毛皮のコートが必要だ。大西洋は寒くなる。うまいエールを一たる造るようにラグナにいってくれ。燻製の魚や燻製の羊の肉の貯えが必要だといってくれ。オートケーキがベストだ。長い航海になりそうだ」

ソルヴェイグは頭を横に振りながら出ていった。父親の心の中は混乱し始めている。毎日、父親の様子を見に時々行かなければならない、と彼女はスマルリッドにいった。ラグナには何も言わないほうがよいと思った。

スマルリッドは父親を訪ね、彼の変化を見た。どういってよいか分からなかった。父親は彼のことが分からないように思えた。最後にスマルリッドはいった。「カークヴォーの市で、二頭の若い雌馬を言い値で買いました」

老人はむっとした表情を見せた。「お前は何について話しているのか」と彼はいった。「馬や牛の値段について聞きたくない。ああ、お前か、スマルリッド……話してくれ、わたしの注文した船の進み具合はどうかね。ハムナヴォーのロッドがわたしのために船を作っている。もちろん、知ってるな。もう、あの船の最後の仕上げをしているはずだ。腕のいい船大工だ、ロッドは」

「ロッドさんは六年前に亡くなりました」とスマルリッドはいった。

「今度ハムナヴォーにいったら」とラナルドはいった。「ロッドに伝えてくれ、帆はスキャパのダッグに作らせるように。ダッグに帆を作らせれば最高だ」

スマルリッドは頭を横に振りながら去った。

インゲルスが子どもを連れて彼に会いに来た。「次に会うのは大分先だろう」とラナルドはいった。「船で島のわたしをたずねてくるまで、数回の種まきと収穫があるだろう」

ラナルドは孫のロルフにまじめにいった。「ヴァイキングには決して行くな。金銀の約束をするだろう、あの船長たちは。連中と関係を持つな」

孫娘のグンは彼の何本かの白い髪の毛に触れた。

「農夫と結婚しろよ、グン」とラナルドはいった。「海は厳しすぎる。海はあごひげを塩だらけにした男たちよりも、浜で待つ女たちのほうに残酷だ」

それから、少年のハルグレンにいった。「王や伯たちと関係を持つな。あの人たちは自分たちのためにわびしい場所を作る。年に二回税を払え。それ以外は、ふたりの伯とは関係を持つな」

「でも、伯さまはおひとりです」とインゲルスはいった。「バーシーのソルフィン伯さまです。強くてよい領主さまです、ソルフィン様は。島でこれほど良政が敷かれたことがありません」

「いいや」とラナルドはいった。「いつもふたりいる、時には三人の時も。オークニーをコートのようにずたずたにする。ひとりは半分のコートを持ってノルウェーの暴君に走り、もうひとりはスコットランドの暴君へ無用な飾り立てたぼろを持っていく。それは、バーシーの大きな館の箱に収められた、立派な美しい国章でなければならない」

「でも、ソルフィン伯さまは今では国章だけをつけておられます」とインゲルスはいった。「誰からも保護を受けておりません、ノルウェーからもスコットランドからも。どちらもあの方にはあえて触れません。キリスト国のどの王にも劣らず強力な方です、ソルフィン様は」

「ソルフィンには息子がおるのか」とラナルドは聞いた。

「はい、ふたりおられます」とインゲルスは答えた。「パウル様とエルレンド様です。一度おふたりがオーファーから馬でこられるのを見たことがあります。スマルリッド兄さんに会いに来られました。お父さまにも会いたがっておられましたが、お父さまはおふたりに距離を置くと伝言されました。その日、お母さまはお父さまを怒っておられました！　でも、おふたりがブレックネスを訪れるという名誉を得て、お母さまは喜んでおられました」

ラナルドは笑った、そよぐ風の中で実った大麦がたてるサラサラという音を、笑いと呼べるなら。「わしがふたりを追い払ったのかね」と彼はいった。「わしが正しかったのは確かだ。あの策謀家の父親が死ねば、あのふたりの若者は肩に国章をつけたがるだろう。そうすれば、またトラブルが始まり、北部のいたるところで屋根が燃え、溝は赤く染まるだろう。よく聞けよ」

「そんなことはありません。あんな優しく礼儀正しい若者方を見たことがありません。お互い本当に好意を抱いておられます、パウル様とエルレンド様は。きわめて明らかなことです。お互い相手の喉を狙うことなんて無いでしょう」

「いいか、よく聞けよ」とラナルドはいった。「富と権力は人を狂わせる、どんな善良で立派な若者でも」

それから、インゲルスは子どもたちと帰る用意をした。

「ヘザーブレイズでのお前とラミール・オーラフソンの暮らしはどうだね」とラナルドはいった。

うまくやっていますよ、とインゲルスは答えた。

「いろいろ聞いているよ」とラナルドはいった。「お前がわしのところに来た時、顔によく涙のあとがあるのはなぜだい、インゲルス。ラミールが怠け者で、納屋にいるよりも居酒屋で過ごす時間が多いのを知っているよ。テンストンの農場のことで追い立てられて、あいつの心は壊れた。かわいそうに、分かっているよ」

インゲルスは横を向いて、何も言わなかった。

「金持より貧しいほうがよい」とラナルドはいった。「お前の兄弟姉妹たちがお前や子どもたちが飢えないように面倒を見てくれる」

インゲルスは向きをかえて行こうとした。

「今度、バターやチーズを売りにハムナヴォーにいったら、ロッド・ペルソンさんの造船所を見てくるとよい」とラナルドはいった。「わしのために造っている船は、もうかなり出来上がっているはずだ」

翌日、ソルヴェイグは馬小屋の馬にブラシをかけてから、父親をたずねてきた。（ソルヴェイグは誰よりも速く遠くまで馬に乗った。）「今造っている船について、まだぶつぶつ言っているの。その船大工さんは亡くなっているし、ロッド・ペルソンさんは漁船しか造らなかったわ。インゲルスのおバカさんが昨夜、父さんや父さんが造っている船について泣きながらやってきたわ。その新しい船でどこへ行くの、教えて。ヴィンランド？」

その航海は自分だけの問題だ、とラナルドはいった。ヴィンランドに触れて彼の眼は輝いた。

「そこへとても行きたい」と彼はいった。「死ぬ前にスクレーリング人の少年と仲直りしたい……だが、ヴィンランドへ行くことはない。その島はヴィンランドよりはるか向こうにある。わたしの頭の中にすべてその地図は描かれている」

「それで、この有名な航海に誰と行くつもりなの」とソルヴェイグはいった。

ラナルドは何も言わなかった。その時、彼の眼はまた輝き、オークニーの何人かの年老いた人たちが、いっしょに行きたがるかもしれないといった。でも、行く人は年配者でなければならない。若者やあるいは子どもが乗れば、悲しいことになるだろう。

その晩、ソルヴェイグはスマルリッドにいった。「うそよ、老齢は知恵をもたらす、なんていうことわざは。父さんの心は色あせた貝殻のように薄くて冷たい」

「いや、優しく、幸せそうに思える」とスマルリッドはいった。「これほど満足した父さんを知らない。さらに、父さんの中には熱意も見られる」

ある日、ラナルドはピーター修道院長に会いたい、とスマルリッドにいった。修道院長は一番星とともにやってきて、空が真夜中の星で満ちあふれるまでいた。

その翌朝、ラナルドは礼拝堂の早いミサに出かけた。孫のロルフが彼の上着の袖を引いて案内した。子犬がほえながら前を走り続けた。畑は露できらきら光っていた。


夕方ラグナは、手を付けられていない朝の水差しと食物の皿を持って、小屋から帰ってくることがますます多くなった。

しかしある日のこと、ラナルドは外に彼女の忙しない息遣いとエールの容器が入り口の階段のところに置かれる音を聞いたのだろう、戸を開けて彼女の手を取った。

「ブレックネスでは、お前はずっと優しかった」と彼はいった。「それに感謝する」

「この長い間、あなたについて同じことを言えないわ」とラグナはいった。「若いころは、とてもいい夫でしたのに」

「お前のエールとチーズはもう必要としないだろう」とラナルドはいった。「今度ハムナヴォーにいったら、ロッド・ペルソンに船の代金を払ってほしい。もう、最後の仕上げをしているところだ。よく聞いてくれ、ラグナ。家の西の破風《はふ》の三層上に、石のゆるいところがある。その中に金貨、デンマークのクローネ貨幣を入れてある。だいぶ昔、ラクソニー号でノルウェーから帰ったときそれを入れたのだ。だいぶ若いころだった。その金貨を取り出して、船大工に渡してもらいたい――彼に支払わなければならない金だ」

それから、ラナルドは妻のほおにキスをした。

そして、ラグナは涙を流しながら、丘を転ぶように下りて行った。

翌朝は四月の晴れた日で、復活祭の翌日の休日だった。耕作は終わり、馬を取り扱う人びとは納屋の端に漫然と座っていた。日差しの中でエールを飲んでいた。ラナルド・シグムンドソンが小屋を出て、杖を突きながらゆっくりと浜に下りてくるのが見られた。スマルリッドは子犬のケイムを従えて、彼と話にやってきたが、ラナルドは来るなと手を振って見せた。防潮壁のほうへゆっくりと歩いていった。修道院長のピーターとふたりの見習修道士が、ビリアクルーという浜の潮だまりでバイ貝を集めていた。修道院長は背を伸ばして、ぬれた海藻の上を歩いてきて、ラナルドを迎えた。ラナルドとピーターはともに話をした。農夫や浜の漁師たちには、ラナルドが老修道院長にいっしょに来るように言っているように思えた。修道院長は首を横に振り、ラナルドを祝福し、潮だまりからバイ貝を集めるために戻った。

それから、ラナルドは浜を歩き続けた、二マイル離れたハムナヴォー村に向かっているように思えた。一、二度バランスを失った。海藻につまずいたのだ。漁師たちはイースターマンデイなので、船を出していなかったが、翌日のハドック釣りのため、釣り糸の準備をしていた。お互い見合い、三人が老人を追いかけた。

ウォーベスの小さな修道院のちょうど下のところで、ラナルド・シグムンドソンは倒れ、二度と起き上がらなかった。

漁師たちがその場所に着いたとき、アイルランド人の修道士ニャルが、臨終の者に対する最後の秘跡を行っていた。

その後まもなく、ラナルドは浜の上のほうの緑の芝生の上で、息を引き取った。

漁師たちは遺体を礼拝堂に運んだ。

修道士たちは彼の頭のところと足元に、ろうそくを灯した。

礼拝堂は小さな石の船の形をしていた。

日暮れ時、聖歌隊は歌った。

修道士の歌

仕事台のキリストよ、長くて力強い竜骨に、なんじの力と木の才覚あれかし。

よく作られた外板の条列になんじあれかし。

高いマストになんじあれかし。

こぎ座とオール受けになんじあれかし。

しなるオールになんじあれかし、水をかき、水中深くかき、水を滴らせながらともに進む、次から次へと波頭をこえるとき。

船乗りの私物箱にしまわれたパンとワインになんじあれかし。

神よ、舵になんじあれかし、最後に航海するものが顔を西へ向けるとき。


翌日、ラグナは金貨を修道院長に渡した。

その翌日、ラナルドは埋葬された。

三日目に、修道士たちは彼の鎮魂歌を歌った。

訳者あとがき

英国グレートブリテン島北東沖合に浮かぶオークニー諸島は、九世紀頃から、オークニー伯、さらにその上にノルウェー王がいる二重の支配を受けていた。北欧の王クリスチャン一世の王女マーガレットがスコットランド王ジェームズ三世のところに嫁入りするとき、オークニー諸島はその北のシェトランド諸島とともに王女の持参金の抵当となり、一五世紀末スコットランドに併合された。

本書『ヴィンランド』（*Vinland*, John Murray, 1992）はオークニー諸島出身の詩人・作家ジョージ・マッカイ・ブラウン（George Mackay Brown, 1921-1996）の第四作目の小説である。コロンブスよりも約五百年も前に、ヴァイキングは北米を訪れている。それがヴィンランドである。オークニー伯の物語『オークニー諸島の人びとのサガ』のエピソードを背景に、一一世紀初めのオークニー諸島の男性の一代記が描かれる。前半は主人公がヴィンランドやノルウェーの宮廷に行き、クロンターフの戦いに加わる波乱に富む人生である。後半は母方の祖父の農地を受け継ぎひとかどの農場主となるが、最後は政治に背を向け、宗教的な面に目を向ける。第五章の終わりの修道院長との会話は含蓄に富む。

農場の名ブレックネスは初め架空の名と思ったが、オークニーの大きい地図を見ていると、メインランドの南西端に「ブレックネス」または「ブレックネス・ハウス」の文字を見つけた。それでその近くに住まわれる、GMBフェロウシップ代表で作家・音楽家のイヴォンヌ・グレイ氏にその点をうかがった。夏は緑に包まれ、土地の農夫が放牧する家畜が草を食んでいるとのこと。また、司教の家や農家、ピクト人のブロッホの跡が残っている由。その遺跡の下のほうに、ブラガ（本書後半に出てくる）という岩礁があり、代表の家の台所の窓から大波が岩に砕けるのが見えるとのこと。ブラウンは若いころ、ストラムネスからウォーベスの墓地を通ってブレックネスまでの散歩を楽しまれたとか、『ヴィンランド』を書くにあたり、その頃の思いをめぐらしていたと思う。

オークニーの島名は -ay（古ノルド語で「島」を意味する）で終わっている場合が多い。島外の人は「エイ」と発音するが、本書では現地の発音に従って、「イー」と表記する。ラウシー、ロナルドシーというように。

この作品の時代は北欧的色彩の強い時代で、この作品に出てくる人名も英語名を交えながら北欧的な名が多く出てくる。その読みについてご教示願った学習院大学名誉教授下宮忠雄氏、ブレックネスについてご教示いただいたイヴォンヌ・グレイ氏、固有名詞の発音や内容の解釈についてお世話になったオークニーの女性スーザン・レナード氏、またイヴォンヌ・グレイ氏やブラウンの遺著管理者のご紹介、その他もろもろのお世話を願ったオークニー在住の日本人女性ジョンストン・由香氏に深く感謝する次第である。また本書の制作を担当され、いろいろとご相談に乗っていただいた（株）鳥影社編集室の北澤晋一郎氏、懇切丁寧な校正をしていただいた矢島由理氏、見応えのあるカバーを描いていただいた野村美枝子氏にもお礼を申し上げたい。

本文の訳、注など、できるだけ正確を期した積りだが、思わぬ誤りや勘違いがあろうかと思う。それらは訳者の責任であり、お気づきの点について読者所見のご教示、ご叱正をいただければ幸いである。

二〇二三年一一月吉日　米寿を記念して

訳者

〈訳者紹介〉
山田　修（やまだ　おさむ）
早稲田大学大学院文学研究科博士課程満期退学。スコットランドのダンディー大学にて在外研究（1988-89）、スコットランド文学、特にジョージ・マッカイ・ブラウンに関する資料を収集。現在、獨協大学名誉教授。
訳書に『ロバート・バーンズ詩集』（共訳、国文社、2002）、G. M. ブラウン『島に生まれ、島に歌う』（共訳、あるば書房、2003）、同『グリーンヴォー』（共訳、あるば書房、2005）、同『守る時』（あるば書房、2007）など。また H. D. Spear (ed.) *George Mackay Brown- A Survey of His Work and a Full Bibliography* (The Edwin Mellen Press, 2000) の書誌を担当。

ヴィンランド

2023年12月25日初版第1刷発行
著　者　ジョージ・マッカイ・ブラウン
訳　者　山田　修
発行者　百瀬精一
発行所　鳥影社 (choeisha.com)
〒160-0023 東京都新宿区西新宿3-5-12トーカン新宿7F
電話 03-5948-6470, FAX 03-5948-6471
〒392-0012 長野県諏訪市四賀229-1(本社・編集室)
電話 0266-53-2903, FAX 0266-58-6771
印刷・製本　モリモト印刷

ISBN978-4-86782-062-9　C0097